에디션 **F**
07

케이트 쇼팽
단편선

편견의
문제

에디션 F
07

케이트 쇼팽
단편선

편견의
문제

A Matter of Prejudice

케이트 쇼팽 | 정주연 옮김

궁리
KungRee

차례

A Matter of Prejudice

일러두기

· 본문의 각주는 모두 옮긴이 주이다.

데지레의 아기

그날 날씨가 좋아서 발몽드 부인은 데지레와 아기를 보러 마차를 타고 라브리에 갔다.

데지레가 아기를 데리고 있는 모습을 상상하니 웃음이 절로 났다. 데지레가 아기였던 게 엊그제 같아서다. 집 대문으로 말을 타고 들어오던 발몽드 씨가 커다란 돌기둥 그늘에 잠들어 있던 데지레를 발견했던 때 말이다.

그 작은 것이 발몽드 씨 팔에서 깨어나더니 "빠빠"를 찾으며 울기 시작했다. 말이라곤 그것밖에 못 했고 또 할 수 있는 일도 우는 게 전부였다. 아이가 길을 잃어 제 발로 거기 왔다고 생각하는 사람도 있었다. 아장아장 걸을 수 있는 나이이기는 했다. 그러나 대부분의 사람들은 텍사스 사람들이 일부러 아이를 두고 갔다고들 했다. 그 사람들이 그날 늦게 캔버스를 씌운 마차를 타고 농장 바로 아래 코톤 마이스가 관리하던 선착장을 지나갔기 때문이다. 얼마 뒤 발몽드 부인은 더 이상 추측하지 않기로 하고 그저 선한 신께서 자신에게 아이가 없다는 사실을 아시고 데지레를 보내신 것이라고 믿기로 했다. 그래서인지 아이는 아름답고 순하게, 자애롭고 정직하게 커서 발몽드 가문의 우상이 되었다.

어느 날 데지레가 18년 전 누워 있던 그늘 옆 돌기둥에 기대어 서 있었다. 그때 아르망 오비니가 말을 타고 지나다가 데지레를 보고 한눈에 반한 것은 전혀 놀랍지 않았다. 오비니 집안은 모두 그렇게 총에 맞듯 사랑에 빠졌으니까. 오히려 아르망이 더 일찍 데지레에게 반하지 않은 것이 이상했다. 아르망의 아버지가 파리에서 아내와 사별한 뒤 여덟 살 난 아르망을 고향에 데려왔을 때부터 줄곧 데지레를 알았는데 말이다. 그날 문 앞에서 데지레를 보았을 때 아르망의 내부에서 열정이 깨어나 산사태처럼 그를 휩쓸었다. 아니 대평원의 들불처럼, 아니 어떤 장애물이든 가리지 않고 무턱대고 달려들게 만드는 무언가처럼.

발몽드 씨는 현실적으로 생각해보고 일이 신중하게 처리되기를 바랐다. 그러니까 데지레의 출신 문제 말이었다. 아르망은 데지레의 눈을 가만히 들여다보더니 괜찮다고 생각했다. 데지레가 어떤 집안 출신인지 알 수 없다는 사실을 떠올렸다. 하지만 자신이 루이지애나에서 가장 유서 깊고 가장 자랑스러운 가문 사람으로 만들어줄 텐데 그게 무슨 문제란 말인가? 그는 파리에 결혼 선물 바구니*를 주문하고 도착할 때까지

* 19세기 프랑스에서 혼인계약을 할 때 신랑이 신부에게 보내던 선물 바구니. 기혼의 성숙한 여성이 되는 데 필요한 물건들을 넣어 보냈다.

꾹 참고 기다렸다. 그런 다음 두 사람은 결혼했다.

발몽드 부인이 데지레와 아기를 못 본 지도 4주가 되었다. 라브리에 도착해 그곳 광경을 보자 몸이 떨려왔다. 늘 그랬다. 우아한 여주인의 부재가 오랜 세월 계속되어서인지 그곳은 늘 애처로워 보였다. 사돈인 오비니 씨는 프랑스에서 결혼했는데 아내가 고국을 너무도 사랑한 나머지 프랑스를 떠나려 하지 않아서 그곳에 줄곧 살다가 결국 그곳에 아내를 묻고 돌아왔다. 저택의 지붕은 검정색 고깔모양으로 뾰족했다. 넓은 발코니가 노란 벽토를 바른 집 건물을 에워싸고 있었고 지붕이 발코니를 가리고 있었다. 지붕 가까이에 커다랗고 위엄 있는 참나무들이 자라고 있어서 두터운 잎이 달린 기다란 가지가 관 덮개처럼 그림자를 드리우고 있었다. 게다가 젊은 아르망 오비니는 엄격한 사람이어서 흑인 하인들은 생전에 태평스럽고 관대하던 옛 주인 밑에서 즐겁게 지내던 기억은 아예 잊고 살았다.

아기 엄마는 서서히 몸을 추스르는 중이어서 레이스가 달린 부드럽고 하얀 모슬린 옷을 입은 채 침상에 길게 누워 있었다. 아들은 엄마 품에서 젖을 빨다 잠들어 있었다. 피부가 누런 유모는 창가에 앉아 부채질을 하고 있었다.

발몽드 부인은 데지레 위로 통통한 몸을 기울여 입을 맞춘 뒤 다정하게 살짝 안아주었다. 그런 다음 아기를 보았다.

“아기가 왜 이래!” 부인이 놀라 소리쳤다. 당시에 발몽드 식구들은 프랑스어를 사용했다.

"엄마가 놀라실 줄 알았어요." 데지레가 웃었다. "너무 많이 컸죠. 우유에 적신 아기 돼지 같아요! 다리 좀 보세요, 엄마. 손이랑 손톱도요. 진짜 손톱이 있다니까요. 잔드린이 오늘 아침에 깎아줬어요. 그랬지, 잔드린?"

잔드린이 터번 두른 머리를 공손하게 숙였다. "예, 부인."

"그리고 아이가 울면요," 데지레가 말을 이었다. "귀가 다 먹을 것 같아요. 일전에 아르망이 라 블랑시네 오두막에서도 우리 아기 우는 소리를 들었대요."

발몽드 부인은 아기에게서 눈을 떼지 못했다. 아이를 안아 올려 가장 밝은 창가로 갔다. 아이를 이리저리 살펴본 뒤 잔드린에게 추궁하는 듯한 눈길을 보냈다. 하지만 잔드린은 먼 들판을 바라볼 뿐이었다.

"그래, 아이가 많이 자라긴 했구나. 달라지기도 했고." 발몽드 부인이 아이를 제 엄마 곁에 내려놓으며 주저하듯 말했다. "그래, 아르망은 뭐라고 하니?"

데지레의 얼굴에서 행복으로 가득한 광채가 뿜어져 나오기 시작했다.

"아르망은요, 우리 군(郡) 아빠들 중에서 목에 제일 힘을 주고 다녀요. 아들이 생겨 자기 성을 물려주게 됐으니까요. 대놓고 말한 건 아니고 딸이라도 예뻐했을 거라고는 하지만 말만 그런 거죠, 뭐. 나 듣기 좋으라고 하는 말인 게 뻔해요. 있잖아요, 엄마." 데지레가 발몽드 부인의 얼굴을 자기 쪽으로 당겨놓고는 목소리를 낮추어 이렇게 말했다. "아기가 태어나고 난 다음부터 그이가 하인들한테 벌을 한 번도 안 줬어요.

단 한 번도요. 흑인 애 하나가 일하기 싫어서 다리를 데었다고 거짓말을 했는데도 그이는 그놈이 말썽꾸러기로구나 하고 그냥 웃어 넘겼어요. 아아, 엄마, 난 너무 행복해요. 겁이 날 지경이에요."

데지레의 말은 사실이었다. 결혼을 하고 아들이 태어난 후로 아르망 오비니의 고압적이고 엄한 성격이 많이 누그러졌다. 그래서 순한 성격의 데지레는 아주 마음이 놓였다. 남편을 몹시 사랑하고 있었으니까. 데지레는 남편이 언짢아하면 불안해졌지만 그래도 남편을 사랑했다. 남편이 밝은 표정일 때면 더 이상 바랄 것이 없었다. 하지만 아르망은 데지레와 사랑에 빠진 날부터는 그 짙고 잘생긴 얼굴을 찡그리는 일이 거의 없었다.

아이가 태어난 지 석 달이 지난 어느 날 데지레는 자신의 행복을 위협하는 기운이 감돌고 있는 것을 느꼈다. 너무 미묘한 기운이어서 처음에는 알아채기 어려웠다. 이상한 낌새만 있었을 뿐이었다. 흑인들 사이에 감도는 뭔가 있는 듯한 분위기, 이유도 없이 불쑥 찾아오는 소원한 이웃 같은 것이었다. 그러다가 남편 태도가 이상하게 돌변했지만 차마 이유를 물어볼 수 없었다. 남편은 데지레와 말을 나눌 때면 눈길을 피했고 그 눈에서 사랑의 빛은 이미 사라지고 없었다. 자주 집을 비웠고 집에 있을 때는 이유 없이 데지레와 아이를 피했다. 노예를 대할 때면 별안간 악귀가 들린 듯했다. 데지레는 너무 불행해서 죽고 싶을 지경이었다.

어느 더운 날 오후 데지레는 얇은 실내용 가운 차림으로 앉아 어깨에 늘어뜨린 길고 부드러운 갈색 머리카락을 힘없이 쓰다듬고 있었다. 아기는 옷을 반쯤 벗은 채 데지레의 침대에서 잠들어 있었다. 커다란 마호가니 침대는 호화로운 왕의 침대처럼 보였고 새틴을 덧댄 덮개가 반쯤 드리워져 있었다. 라 블랑시의 어린 쿼드룬* 아들이, 역시 대충 옷을 걸치고 공작 깃털 부채로 아기에게 천천히 부채질을 해주고 있었다. 데지레는 공허하고 서글픈 눈길로 아기를 가만히 바라보며 자신을 둘러싸고 있는 불길한 안개가 무엇인지 이해하려 애쓰고 있었다. 눈길을 아기에게서 옆에 선 소년에게로 돌렸다가 다시 아기를 보고 또 소년을 보았다. 몇 번이고 그렇게 번갈아 보았다. "헉!" 의식하지도 못하는 사이에 비명이 새어 나왔다. 혈관에서 피가 얼어붙고 얼굴에는 식은땀이 솟았다.

데지레가 그 소년에게 말을 하려고 했지만 처음에는 목소리가 나오지 않았다. 소년이 자기 이름이 불리는 것을 듣고 고개를 돌려보니 주인이 문을 가리키고 있었다. 소년은 크고 부드러운 부채를 고분고분 내려놓고 반들거리는 바닥 위를 발꿈치를 든 채 맨발로 조용히 걸어 나갔다.

데지레는 아기에게서 눈을 떼지 않고 가만히 앉아 있었다. 겁에 질린 얼굴이었다.

이내 남편이 방에 들어왔는데 데지레를 본척만척하고 곧장 탁자로 가서 신문 더미를 뒤지기 시작했다.

"여보." 데지레가 불렀다. 사람이라면 듣고 흔들리지 않을 수 없는 목소리였다. 하지만 아르망은 모른 척했다. "여보." 데지레가 또 한 번 불

* 백인과 반백인 사이의 혼혈.

렸다. 그런 뒤 일어서서 남편 쪽으로 갔다. "여보." 한 번 더 숨가쁘게 부르며 남편의 팔을 잡았다. "우리 애를 봐요. 저게 무슨 뜻인지 말해줘요."

아르망이 자신의 팔에서 아내의 손을 냉정한 태도로 가만히 떼어놓았다. "무슨 뜻인지 말하라니까!" 데지레가 참담한 듯 소리쳤다.

"그건," 아르망이 대수롭지 않게 대답했다. "아이가 백인이 아니라는 뜻이지요. 그건 곧 당신이 백인이 아니라는 거고."

데지레는 남편의 비난을 곧바로 다 이해하고 나자 뜻밖에 용기가 생겨 바로 되받아쳤다. "아니에요. 그렇지 않아. 나는 백인이잖아요! 내 머리카락을 봐요, 갈색이지. 내 눈은 회색이잖아요, 여보. 내 눈이 회색인 걸 잘 알잖아요. 그리고 내 피부는 하얗고 말이에요"라며 남편의 손목을 잡았다. "내 손을 봐봐요. 당신 손보다도 더 하얘, 여보." 데지레가 발작적으로 웃었다.

"라 블랑시의 손만큼 하얗지." 아르망이 매정하게 대답한 후 아이와 아내를 남겨두고 나가버렸다.

겨우 펜을 들 수 있게 되자 데지레는 발몽드 부인에게 절망스러운 편지를 보냈다.

"엄마, 사람들이 내가 백인이 아니라고 해요. 아르망이 내가 백인이 아니라고 했어요. 제발, 그렇지 않다고 말해주세요. 엄마는 알고 계시잖아요. 죽고 싶어요. 죽어야겠어요. 너무 불행해서 살 수가 없어요."

답장은 짧았다.

"내 딸 데지레에게: 집으로 오렴. 너를 사랑하는 엄마에게 돌아와. 아이를 데리고 오렴."

데지레는 남편 서재에 편지를 가지고 가서 남편이 앉아 있는 책상에 펼쳐 올렸다. 데지레는 하얀 석상 같았다. 편지를 올려놓은 뒤 아무 말도 하지 않은 채 움직이지 않았다.

정적 속에서 아르망이 냉정한 눈길로 편지를 읽었다. 아무 말도 하지 않았다. "내가 가버릴까요, 여보?" 데지레가 걱정스럽고 불안해서 떨리는 목소리로 물었다.

"그래, 가요."

"내가 가면 좋겠어요?"

"그래요, 가면 좋겠어요."

아르망은 신이 부당하고 잔인하다고 생각했다. 그래서 그동안 아내의 마음을 아프게 하면서 신에게 복수를 하고 있는 것처럼 느끼고 있었다. 게다가 이제 더 이상 아내를 사랑하지 않았다. 아내가 자신의 가문과 이름에 먹칠을 해버렸으니까.

데지레는 심하게 얻어맞은 듯 몸을 돌렸고 천천히 문을 향해 갔다. 남편이 불러주기를 속으로 빌었다.

"잘 있어요, 여보." 데지레가 신음하듯 말했다.

아르망은 대답하지 않았다. 그것이 운명에게 가하는 마지막 일격이었다.

데지레는 아이를 찾으러 갔다. 잔드린이 아이를 안고 어두한 발코니를 거닐고 있었다. 데지레는 아무 말도 없이 유모의 팔에서 아이를 받아 계단을 내려간 다음 떡갈나무 아래를 걸어 멀어졌다.

10월의 오후였고 해가 막 지려는 참이었다. 멀리 목화밭에서 흑인들이 목화를 따고 있었다.

데지레는 하얗고 얇은 가운을 입고 있었다. 슬리퍼도 신고 있던 그대로였다. 모자를 쓰지 않아 갈색 그물 같은 그녀의 머리카락에서 햇살이 황금빛으로 빛났다. 그녀는 멀리 발몽드 농장으로 가는 넓고 편한 길로 들어서지 않았다. 인적 없는 들판을 가로질러 걸었다. 슬리퍼만 신은 데지레의 연한 발에 그루터기가 상처를 냈고 얇은 가운은 갈기갈기 찢겼다.

느릿느릿 흐르는 깊은 바이유의 둑을 따라 빽빽하게 자란 갈대와 버드나무 사이로 데지레는 사라졌다. 그리고 다시는 돌아오지 않았다.

몇 주 뒤 라브리에서 이상한 광경이 벌어졌다. 매끈하게 비질한 뒷마당 가운데에 커다란 장작불이 피워졌다. 아르망 오비니는 그 광경이 보이는 넓은 복도에 앉아 있었다. 흑인들에게 물건을 주고 태우라고 시킨 사람이 바로 아르망이었다.

예쁜 버드나무 요람이 반짝거리는 귀여운 장식 그대로 장작더미 위에 올려졌다. 값비싼 신생아 용품이 이미 잔뜩 타오르고 있었다. 신랑의 결혼 선물 바구니에서 나온, 보기 드물게 고급스러운 물건들도 올려졌다. 실크 가운, 벨벳과 새틴 가운, 레이스와 자수 장식품, 보닛과 장갑 들.

장작더미 위에 마지막으로 올린 것은 작은 편지 뭉치였다. 약혼기간에 데지레가 보낸 귀엽고 작은 편지들이었다. 그것들을 꺼내고도 서랍에 남은 것이 있었다. 데지레의 편지가 아니었다. 아르망의 어머니가 아버지에게 보낸 오래된 편지의 일부였다. 아르망이 그 편지를 읽었다. 어머니는 남편의 사랑은 축복이라며 신에게 감사드리고 있었다.

"무엇보다 우리 사랑하는 아르망이 제 어미가 저주받은 노예의 낙인이 찍힌 인종이라는 것을 절대 알지 못하게 해주신 신께 늘 감사드립니다."

셀레스틴 부인의 이혼

셀레스틴 부인은 아침에 좁은 발코니에 비질을 하러 나갈 때면 늘 몸에 잘 맞는 깔끔한 캘리코* 드레스를 입었다. 법률가 팩스턴은 뒷부분에 우아하게 주름이 진 회색 드레스를 입은 셀레스틴 부인이 아주 예쁘다고 생각했다. 그녀는 늘 목에 분홍색 리본을 달고 있었다. 부인은 그 법률가가 세인트 데니스 가로 출근할 때면 항상 발코니를 쓸고 있었다.

이따금 팩스턴은 걸음을 멈추고 울타리 너머로 몸을 기울여 부인 집 장미가 멋지다는 둥 편하게 인사를 건넸다. 시간이 넉넉할 때면 부인이 하고 싶어하는 이야기를 들어주기도 했다. 셀레스틴 부인은 보통 하고 싶은 말이 많았다. 부인은 한 손에 치맛자락을 모아 쥐고 다른 손에는 빗자루를 들어 우아하게 균형을 잡고, 말뚝 울타리에 편안하게 기대어 있는 법률가를 향해 경쾌하게 다가오곤 했다.

* 가로로 짠 올이 촘촘하고 색깔이 흰 무명베.

물론 부인이 이미 자기 문제를 이야기한 것은 말할 것도 없었다. 부인 문제를 모르는 사람이 없었다.

"그렇죠, 부인." 언젠가 팩스턴이 신중한 법률가다운 어조로 찬찬히 말했다. "그렇게 참고 사는 것은 인간의 본성에, 그러니까 여성의 본성에 맞지 않는 일입니다. 부인을 보세요. 손가락이 닳게 일을 하고 있잖아요." 부인은 늘어진 암사슴 가죽 장갑의 해진 틈으로 보이는 불그스름한 자신의 손끝을 내려다보았다. "어린아이 둘을 먹여 살리기 위해 바느질을 하고 음악을 가르치고 얼마나 많은 일을 합니까." 자기 고생을 알아주는 말을 듣자 셀레스틴 부인의 어여쁜 얼굴에서 만족스러운 광채가 뿜어져 나왔다.

"맞아요, 판사님. 남편이 지난 몇 달 동안 저한테 보내거나 준 게 정말 아무것도 없어요. 단 한 푼도요."

"건달 같은 놈!" 팩스턴이 입속으로 중얼거렸다.

"그래도," 부인이 다시 말을 이었다. "사람들이 그러는데 남편이 마음이 내킬 땐 알렉산드리아 근처에서 일해서 돈을 번대요."

"남편을 못 보신 지 몇 달은 되었겠군요?" 법률가가 떠보았다.

"여섯 달은 족히 됐죠." 부인이 털어놓았다.

"그러니까 말씀입니다. 남편께서 사실상 부인을 버린 겁니다. 부양을 게을리하고 있는 거지요. 부인한테 막 대했을 게 분명하겠고요."

"음, 그렇죠 뭐." 부인이 헛기침을 한 번 하고 말했다. "술만 퍼마시는 남자한테 뭘 바라겠어요? 저한테 약속했던 건 또 어떻구요. 흥, 남편이

준다고 약속한 돈을 다 주었다면 저는 일을 할 필요도 없을걸요, 암요."

"제 생각에는 말입니다, 부인. 그런 걸 바로잡기 위해서 이혼 법정이 있는 겁니다. 이렇게 계속 참는 건 어리석은 일입니다."

"일전에 말씀하신 것 말이군요. 이혼에 대해 생각해볼게요. 판사님 말씀이 옳겠지요."

셀레스틴 부인은 이혼에 대해 생각해보고 그와 이야기도 나누었다. 그래서 팩스턴은 그 문제에 대해 아주 깊은 관심을 가지게 되었다.

"저기, 이혼 말씀인데요, 판사님." 셀레스틴 부인은 그날 아침에도 팩스턴을 기다리고 있다가 이렇게 말했다. "가족이랑 친구들한테 이야기를 했더니, 제가 말씀드린 대로 다들 이혼에 반대했어요."

"그래요, 당연히 그렇게 반응했겠죠. 이 크레올* 사회에선 당연히 그럴 겁니다. 반대에 부딪힐 테니까 용감하게 맞서서 견뎌야 한다고 말씀드렸잖습니까."

"어, 걱정 마세요, 이겨낼 거예요! 어머니는 집안에 이혼한 사람이 한 명도 없다면서 이혼은 치욕이라고 하세요. 하지만 어머니는 그렇게 말씀할 만하시죠. 아무 문제 없이 사셨을 테니까요. 어머니는 두셰론 신부님께 반드시 상담을 받아야 한다고 하세요. 제 고해를 맡으신 신부님이세요. 그럼요, 상담하러 갈 거예요. 그래야 어머니가 걱정을 안 하시지

* 식민지 지역 미국 남부에 정착한 프랑스나 스페인 인의 후손들.

요. 하지만 세상의 어떤 신부님 말씀을 들어도 더 이상 남편의 행동을 참고 견디지 않을 거예요."

하루 이틀이 지난 뒤 부인이 또 팩스턴을 기다리고 있었다. "그 이혼 말씀 좀 드려도 될까요, 판사님."

"그럼요, 하세요." 법률가는 부인의 갈색 눈과 예쁜 입가에서 새로운 결심의 기미를 찾아내고는 더할 나위 없이 기뻐하며 대답했다. "부인께서 두셰론 신부를 뵙고 같이 이혼을 밀고 나가기로 결심하신 거군요."

"아, 그분요. 설교는 완벽했지요. 반감이 들게 하시지도, 잘못된 선례를 드시지도 않았어요. 그저 손을 떼겠다고 하셨어요. 이제 주교님을 뵈러 가야 해요."

"주교님이 부인을 막지 못할 거라고 믿습니다." 법률가는 자기도 모르게 불안해져서 더듬거리며 말했다.

"아직 절 잘 모르시잖아요." 셀레스틴 부인이 웃으면서 대화가 끝났음을 알리는 듯 고개를 돌리고 홱홱 비질을 했다.

"저, 셀레스틴 부인! 주교님은요!" 법률가 팩스턴이 부실한 말뚝 몇 개를 붙들고 서 있었다. 부인은 팩스턴을 보지 못했다. "어머, 판사님이셨군요," 부인이 한껏 서두르는 티를 내며 다가와서 팩스턴으로서는 기분이 좋지 않을 수 없었다.

"예, 주교님을 뵈었어요." 부인이 이야기를 시작했다. 법률가는 표정이 풍부한 부인의 얼굴에서 이혼 결심이 흔들리지 않았다는 것을 이미 알아보았다. "주교님은 말씀을 감동적으로 잘하셨어요. 아마 내커터시 군에서 가장 말씀을 잘하시는 분일 거예요. 저는 주교님이 제 문제를 말씀하실 때 울음을 터뜨리고 말았죠. 어찌나 제 상황을 잘 이해해주시고 안타까워해주시던지. 주교님이 제가 하려는 일, 그러니까 이혼의 위험과 유혹에 대해 말씀하시는 걸 선생님께서 들으셨다면 아마 감동하셨을 거예요. 가톨릭교도의 임무는 최후의 그날까지 모든 것을 참는 거라고 말씀하셨죠. 그리고 제가 은둔과 금욕의 삶을 이어가야 한다고요. 그 모든 걸 말씀해주셨어요."

"하지만 주교님 때문에 결심을 바꾸지는 않으셨군요." 법률가가 만족스러운 듯 웃었다.

"그럼요, 안 바꿨어요." 부인이 단호하게 대답했다. "주교님은 셀레스틴 같은 남자와 결혼해서 사는 게 어떤 건지, 저처럼 그런 행동을 참고 사는 게 어떤 건지 모르시잖아요. 주교님 때문에 참고 살진 않아요. 셀레스틴과 헤어질 법적 권리가 제게 있다고 판사님이 말씀해주신다면, 교황님이라도 절 설득하지 못할 거예요."

법률가 팩스턴이 눈에 띄게 달라졌다. 평상복 코트 대신 특별한 외출복을 입고 출근했다. 부츠 광택, 옷깃, 넥타이 모양에 점점 더 신경을 썼다. 전에 없이 세심하게 구레나룻을 빗고 다듬었다. 그리고 오래된 마을 거리를 걸으며 꿈을 꾸는 바보 같은 습관이 생겼다. 아내가 있으면 정말 좋을 텐데, 하고 꿈을 꾸었다. 그리고 셀레스틴 부인이 자기 머릿속을 차지하듯 그 달콤하고 성스러운 자리도 차지하면 좋겠다고 생각했다.

구식인 내커터시 군이 자신들을 편하게 살게 내버려두지 않겠지만 세상이 넓으니 내커터시를 떠나도 살 곳은 얼마든지 있을 게 분명했다.

어느 날 아침 팩스턴이 셀레스틴 집 근처에 이르렀는데 심장이 이상하게 불규칙하게 뛰었다. 장미나무 뒤에서 평소처럼 빗자루를 바삐 움직이는 부인이 보였다. 부인은 발코니와 계단 청소를 끝내고 제비꽃 꽃밭 가장자리의 작은 벽돌길을 쓸고 있었다.

"안녕하세요, 셀레스틴 부인."

"어머, 판사님이시군요? 안녕하세요." 법률가는 가만히 기다렸다. 부인도 기다리고 있는 것 같았다. 그러다가 부인이 약간 주저하면서 조심스레 말을 꺼냈다. "저, 그 이혼 말씀인데요. 제가 생각을 해봤는데, 그러니까 판사님께서 이제 제 이혼에 대해서는 더 이상 신경 안 쓰시는 게 좋겠어요." 부인이 장갑 낀 손바닥에 빗자루 손잡이 끄트머리를 꾹꾹 눌러 자국을 내더니 그 자국이 중요한 것이라도 되는 양 들여다보았다. 법률가가 보기에 부인의 얼굴이 평소보다 발그레하게 달아올라 있었다. 하지만 목에 두른 분홍 리본이 반사된 것일 뿐이라고 생각했다. "그게, 이제 신경 쓰실 필요가 없어요. 그러니까, 남편이 어젯밤에 돌아왔거든요. 이제 새사람이 되기로 단단히 맹세를 했고요."

바이유 테셰*의 신사

·

홀렛 농장에 머무르고 있는 서블렛 씨가 에바리스트의 사진을 찍고 싶어한 것은 조금도 이상한 일이 아니었다. 예술가 입장에서 아카디안** 은 특이한 소재였고 테셰 근처에서 '지방색'을 찾고 있던 예술가라면 관심이 생길 법했다.

서블렛 씨는 뒤쪽 발코니에 있다가 습지에서 막 나온 에바리스트를 보았다. 에바리스트가 가정부에게 야생 칠면조를 팔려 하고 있었다. 서블렛은 곧바로 에바리스트에게 말을 걸어 이야기를 나누다가 다음 날 아침에 사진을 찍으러 오라고 했다. 그런 뒤 1달러 은화 두 닢을 건넸다.

* 미국 루이지애나 주 남중부에 있는 길이 201킬로미터의 강. 강 이름은 '뱀'이라는 뜻의 프랑스어에서 왔다.

** 오늘날의 캐나다 동북부 지역에 있던 옛 프랑스 식민지 아카디아에 살던 프랑스계 정착민들. 여기서는 1785년 전쟁의 패배로 영국인들에 의해 쫓겨나 미국 남부에 정착한 이민자들을 말한다. '케이준'이라고 와전되어 널리 불린다.

그 계획이 나쁜 일이 아니라는 것을 보여주고 그 아카디안에게 약속을 지키라는 뜻으로 준 돈이었다.

"그 사람이 고급 잡지에 내 사진을 싣고 싶다더구나." 에바리스트는 그날 오후 딸 마르티네트에게 그 일을 이야기했다. "그 사람이 왜 내 사진을 찍고 싶어하는 거 같으냐?" 부녀는 방 두 칸짜리 낮고 수수한 오두막집에 살고 있었다. 홀렛 씨가 거느린 흑인 구역처럼 그다지 쾌적하지 않았다.

마르티네트가 입술을 오므리자 붉은 입이 아주 작고 동그래졌고 검은 눈은 생각에 잠긴 것 같았다.

"아빠가 작년 겨울에 카란크로 호수에서 큰 물고기를 잡았단 얘기를 들었나보죠. 그게 《슈가볼》에 자세히 실렸잖아요." 아버지가 아니라는 듯 손을 저었다.

"여하튼 아빠는 외모를 좀 다듬어야 해요." 마르티네트가 이유를 더 생각해보지 않고 단호하게 말했다. "바지 다른 거 입고 코트도 좋은 걸로 입으세요. 그리고 레온스 씨한테 머리도 좀 잘라달라고 하세요. 구레나룻도 다듬고요."

"나도 그러려고 했지." 에바리스트가 맞장구를 쳤다. "내가 그 신사한테 멋지게 하고 가겠다고 했어. 신사가 '아니요, 아니에요'라며 안 좋아하는 듯하기는 했는데. 내가 습지에서 나온 모습 그대로가 좋다면서. 바지랑 코트가 해져 있고 진흙투성이인 게 더 낫다면서." 부녀는 그 낯선 신사가 괴상한 걸 바라는 이유를 이해할 수 없었고 이해하려고 하지도 않았다.

그 일로 아주 의기양양해진 마르티네트가 한 시간 뒤 그 이야기를 들려주러 다시 아줌마의 오두막으로 갔다. 그 흑인 여자는 다림질을 하고 있었다. 장작이 타고 있는 난로 앞에 다리미들이 길게 한 줄로 놓여 있었다. 마르티네트는 난로 구석에 앉아서 불을 향해 발을 들어 올렸다. 공기가 눅눅했고 문에서 냉기가 조금씩 흘러들고 있었다. 마르티네트는 몹시 낡은 신발에 겨울에 입기에는 추워 보이는 얇은 옷을 입고 있었다. 아버지가 예술가에게서 받은 2달러를 가능한 한 현명하게 쓰려고 가게에 가는 길이었다.

"있잖아요, 다이시 아줌마." 다이시 아줌마가 홀렛 씨 식당에서 일하는 자기 아들 윌킨스를 끝도 없이 흉보는 것을 듣고 있던 마르티네트가 흐뭇한 듯이 말을 꺼냈다. "홀렛 씨 집에 있는 낯선 신사 아시죠? 그 사람이 우리 아빠 사진을 찍고 싶대요. 그리고 사진을 저쪽 도회지 고급 잡지에 싣는대요."

다이시 아줌마가 다리미가 뜨거워졌나 보려고 침을 뱉었다. 그런 뒤 실실 웃기 시작했다. 작은 소리로 계속 웃더니 뚱뚱한 몸 전체를 떨며 웃었는데 말은 하지 않았다.

"왜 웃어요, 아줌마?" 마르티네트가 몹시 이상하다는 듯 물었다.

"웃기는 누가 웃어."

"웃었잖아요."

"아니야, 신경 쓰지 마. 그냥 너랑 네 아버지가 얼마나 단순한가 생각했을 뿐이야. 내 평생 본 사람들 중에서 제일 단순해."

"무슨 뜻인지 자세히 말해주세요, 다이시 아줌마." 마르티네트가 궁금하기도 하고 걱정도 돼서 물고 늘어졌다.

"그건 뭐, 단순하니까 단순하다는 거지." 여자가 뒤집어놓은 낡은 파이 팬 위에 다리미를 쾅 내려놓으며 딱 부러지게 말했다. "네 말대로 네 아버지 사진이 도회지 잡지에 실리겠지. 그럼 그 사진 밑에 뭐라고 적히는지 아니?" 마르티네트는 온 신경을 집중해 들었다. "이렇게 써놓겠지. 바이유 테셰의 천한 케이준."

마르티네트의 얼굴이 피가 빠져나간 듯 시체처럼 허예졌다. 그러더니 피가 홍수처럼 재빨리 돌아왔고 눈에 가득한 눈물이 불처럼 뜨겁기라도 한 듯 눈이 욱신욱신 아파왔다.

"난 그런 사람들을 잘 알아." 다이시 아줌마가 멈추었던 다림질을 계속하면서 말을 이었다. "그 낯선 사람한테 엉덩이를 때려 가르치기엔 너무 큰 아이가 있더구나. 그 악동이 어제 여기에 웬 상자를 안고 뛰어 들어왔어. 그러더니 안녕하세요 마담, 제가 마담이 다리미 옆에 서 있는 모습을 사진으로 찍게 해주시겠어요? 하더라고. 그래서 내가 얼른 나가지 않으면 이 다리미로 몸에 사진을 남겨주겠다고 했지. 그러자 함부로 들어와서 미안하다더라고. 나이 든 흑인 여자한테 그게 할 짓이야! 그 애가 낄 자리 안 낄 자리 못 가린단 거야."

"그럼 그 아이가 어떻게 말했어야 해요, 다이시 아줌마?" 마르티네트가 속상한 것을 감추려고 애쓰며 물었다.

"들어와서 이렇게 말했어야지. '안녕하세요, 다이시 아줌마! 죄송하지만 모임에 갈 때 입는 새 무명 드레스를 입고 보닛도 쓰고 저 다리미판 옆에 서주시겠어요? 제가 사진을 찍고 싶은데요.' 제대로 자란 아이라면 이렇게 말해야지."

마르티네트가 일어서 있다가 슬금슬금 나가기 시작했다. 그러더니 오두막 문에 서서 머뭇거리며 돌아보았다. "아줌마는 홀렛 씨네 있는 사람들에 대해선 전부 윌킨스한테 들으신 거잖아요."

마르티네트는 계획대로 가게에 가지 않고 무거운 발걸음으로 집으로 향했다. 걸음을 뗄 때마다 주머니에서 은화가 짤랑거렸다. 동전을 들판에 던져버리고 싶었다. 그것이 왠지 망신의 대가 같았기 때문이다.

해가 기울고 황혼이 바이유에 은색 광선 한 줄기를 내리며 뿌연 안개 속에서 들판을 감싸고 있었다. 마르고 구부정한 에바리스트가 오두막 문에서 딸을 기다리고 있었다. 나뭇가지로 불을 지펴 그 앞에 주전자를 놓고 물을 끓이고 있었다. 미심쩍은 눈으로 찬찬히 딸을 맞이하던 그는 딸이 빈손인 것을 보고 깜짝 놀랐다.

"가게에서 왜 아무것도 안 사 왔니, 마르티네트?"

마르티네트가 집에 들어와 체크무늬 선보닛을 의자에 던졌다. "가게에 안 갔어요." 그러더니 벌컥 화를 냈다. "그 돈 돌려줘요, 아빠. 사진 찍지 마세요."

"하지만, 마르티네트," 아버지가 조심스레 끼어들었다. "약속을 했고 일이 끝나면 돈을 더 준다고 했는걸."

"그 사람이 돈을 한 드럼통 준다고 해도 사진 찍으면 안 돼요. 사진 밑에다 뭐라고 쓸지 아세요? 모두가 읽게 될 텐데." 마르티네트는 다이시 아줌마가 했던 험한 말을 그대로 옮기며 흉측한 진실을 다 전할 수는 없었다. 아버지가 너무 상처받게 할 수는 없었다. "이렇게 쓸 거예요. '바이유 테셰의 케이준.'" 에바리스트가 움찔했다.

"그걸 어떻게 아니?" 에바리스트가 물었다.

"들었어요. 정말 그럴 거예요."

주전자 물이 끓고 있었다. 에바리스트가 물을 부어 마시려고 준비해 둔 커피에 물을 조금 부었다. 그런 다음 딸에게 말했다. "내일 아침에 네가 가서 그 2달러를 돌려주면 좋겠구나. 나는 카란크로 호수에 가서 물고기를 많이 잡아 올게."

다음 날 아침 홀렛 씨와 우락부락한 사내 몇이 모여 약간 늦은 아침밥을 먹고 있었다. 식당은 크고 텅 비어 있었지만 거대한 난로에서 커다란 굴뚝 안쪽으로 통나무가 활활 타오르고 있어 활기가 넘쳤다. 주위에는 총과 낚시 도구 같은 여가 활동용 기구들이 있었다. 식탁머리에서 기다리고 있는 흑인 소년 윌킨스 뒤에서 좋은 혈통의 개 두 마리가 제멋대로 서성였다. 서블렛 씨 옆 의자는 평소에는 어린 아들이 앉는데 이때는 비어 있었다. 아침 일찍 밖에 나간 아이가 아직 돌아오지 않아서였다.

아침밥을 반쯤 먹었을 때 홀렛 씨가 바깥 발코니에 마르티네트가 서 있는 모습을 보았다. 식당문은 거의 항상 열려 있었다.

"저기 바깥에 있는 게 마르티네트 아니냐, 윌킨스?" 생글생글한 얼굴의 젊은 농장주가 물었다.

"맞아요." 윌킨스가 대답했다. "해 뜰 무렵부터 저기 있었어요. 발코니가 되려고 뿌리 내리는 방법을 궁리하나보죠."

"도대체 뭐하러 온 거지? 왜 왔는지 물어봐라. 들어와서 불 쬐라고 해."

마르티네트가 머뭇거리면서 식당으로 들어왔다. 작은 갈색 얼굴은 체크 선보닛에 깊이 묻혀 거의 보이지도 않았다. 푸른색 코트네이드* 치마는 앙상한 발꿈치를 덮기는커녕 거기 닿지도 않았다.

"안녕하세요." 마르티네트가 웅얼거리면서 모인 사람들 모두에게 살짝 고개를 움직여 인사를 했다. '낯선 신사'를 찾으려 눈으로 식탁을 훑었는데 곧바로 알아보았다. 머리 가운데에 가르마를 타고 뾰족한 수염이 있어서였다. 다가가서 신사의 접시에 2달러 동전을 올려놓고 뭐라 한 마디 설명도 없이 돌아가려 했다.

"잠깐만, 마르티네트!" 농장주가 불러 세웠다. "이 웃기는 상황이 다 뭐냐? 이야기를 해봐."

"우리 아빠가 사진 안 찍고 싶대요." 마르티네트가 약간 주저하며 말했다. 문 쪽으로 가다가 이 말을 하려고 뒤를 본 참이었다. 이때 마르티네트는 사람들이 서로 은밀한 미소를 주고받는 것을 보았다. 그녀는 몸을 홱 돌려서 사람들 모두를 향해 외쳤다. 흥분해서 목소리가 크고 높았

* 작업복이나 싸구려 잠옷 등에 쓰이는 성긴 면포.

다. "우리 아빠는 천한 케이준이 아니에요. 아빠는 사진 아래 그렇게 쓰도록 가만히 앉아 당하지 않을 거예요!"

마르티네트는 대담하게 외치고 너무 흥분해 거의 눈앞이 안 보이는 상태로 방을 뛰쳐나왔다.

발코니 계단을 내려갔을 때 계단을 오르고 있는 아버지와 정면으로 맞닥뜨렸다. 아버지는 어린아이, 아치 서블렛을 안아 들고 있었다. 아이는 작은 몸집에 비해 지나치게 큰 옷을 입고 있어서 아주 어색했다. 흑인 소년들이 입는 거친 진이었다. 에바리스트는 옷을 입은 채 수영을 한 것이 분명해 보였고 젖은 옷을 그대로 입은 채 바람과 햇볕을 받아서 이제 옷이 반쯤 마른 상태였다.

"서블렛 씨 아이입니다." 에바리스트가 비틀거리며 방으로 들어서면서 소리쳤다. "아이를 통나무배에 이렇게 혼자 태우면 안 됩니다." 서블렛 씨가 의자에서 벌떡 일어나 달려왔다. 다른 사람들도 마찬가지로 급히 왔다. 서블렛 씨가 걱정에 휩싸여 부들부들 떨며 즉시 아이를 받았다. 아이는 전혀 이상이 없었고, 조금 전 물에 빠진 탓에 약간 창백하고 겁을 먹은 것뿐이었다.

에바리스트가 엉터리 영어로 멈칫거리며 말했다. 자신이 카란크로 호수에서 한 시간 넘게 낚시를 하고 있었는데 아이가 시커멓고 깊은 물에서 조개처럼 생긴 배에 탄 채 노를 젓고 있는 것을 보았다고 했다. 배가 호수에서 자라는 삼나무 덤불 근처에 오자, 나뭇가지에 매달려 물을 따라 흔들리고 있던 빽빽한 이끼에 걸렸다고 했다. 그다음에 보니 배가 뒤집혔고 아이 비명 소리가 들리더니 잔잔하고 컴컴한 호수 아래로 아이가 사라졌다는 것이었다.

"헤엄을 쳐서 아이를 찾아" 에바리스트가 말을 이었다. "얼른 제이크 밥티스트의 오두막으로 가서 아이를 주무르고 따뜻하게 해준 뒤 지금 입고 있는 저 옷을 입혔습니다. 아이는 이제 괜찮아요, 선생님. 하지만 아이를 혼자 통나무배에 타게 하면 안 됩니다."

마르티네트가 아버지를 따라 식당에 들어와 있었다. 아버지 옷이 젖은 것을 걱정스레 만져보고 이제 집에 가자고 프랑스어로 말했다. 홀렛 씨가 윌킨스에게 곧장 뜨거운 커피와 따뜻한 식사 2인분을 가지고 오라고 했다. 부녀는 전혀 사양하지 않고 더없이 순박하게 식탁 한구석에 앉았다. 윌킨스는 대놓고 싫어하며 경멸을 애써 감추지 않고 식사를 가져다주었다.

서블렛 씨가 아들을 소파에 조심스레 눕히고 아이가 아무 데도 다치지 않았다는 것을 확인한 후 에바리스트에게 어떤 감사 인사로도, 황금으로도 갚을 수 없는 은혜를 말로 표현하려고 애썼다. 에바리스트는 그 진심 어린 따뜻한 말이 과분한 것 같아서 어쩔 줄을 몰랐다. 부끄러워서 커피 잔에라도 얼굴을 숨기고 싶었다.

"이제 사진을 찍게 해주시오, 에바리스트." 서블렛 씨가 아카디안의 어깨에 손을 얹으며 부탁했다. "내가 제일 소중하게 여기는 것들 사이에 걸고 싶습니다. 사진에 '바이유 테셰의 영웅'이라는 제목을 붙일 거요." 이렇게 확실하게 못을 박자 에바리스트는 아주 난처해하는 것 같았다.

"아니, 아니에요." 에바리스트가 싫다고 했다. "물에서 아이를 구하는 건 영웅이 아닙니다. 길에 넘어진 아이를 일으켜 세우듯이 그냥 아주 쉬운 일이에요. 안 할 겁니다. 사진 안 찍어요."

훌렛 씨가 서블렛이 그 사진을 정말 찍고 싶어한다는 것을 알아챈 후 거들고 나섰다.

"에바리스트, 서블렛 씨가 사진을 찍게 하고 제목은 자네가 붙이고 싶은 대로 붙이면 어떤가. 서블렛 씨가 분명 그렇게 해줄 거야."

"물론 기꺼이 그러죠." 예술가도 동의했다.

에바리스트가 아이처럼 기뻐하며 수줍게 서블렛을 쳐다보았다. "그렇게 해도 돼요?" 그가 물었다.

"그럼요." 서블렛 씨가 확실히 말했다.

"아빠." 마르티네트가 작게 말했다. "집에 가서 바지랑 코트를 갈아입어야죠."

"그럼, 그 말 많았던 사진 제목을 뭐라고 하지?" 농장주가 불 쪽으로 등을 돌리고 서서 기분 좋게 물었다.

에바리스트가 조심스럽고 진지하게 상상의 펜으로 상상의 글자를 식탁보에 쓰기 시작했다. 진짜 펜으로 진짜 글자는 쓸 수 없었다. 쓸 줄 몰랐으니까.

"사진 아래 이렇게 써주십시오." 에바리스트가 찬찬히 말했다. "바이유 테셰의 신사, 미스터 에바리스트 아나톨 보나무르."

절세미인 조라이드

여름밤은 덥고 고요했다. 경작지로 바람 한 점 불어오지 않았다. 세인트 존 바이유* 건너 멀리 어둠 속에 드문드문 불빛이 반짝였고 캄캄한 하늘에 별 몇 개가 깜박이고 있었다. 호수에서 내려온 작은 돛단배가 천천히 여유롭게 바이유로 움직이고 있었다. 배에 탄 남자는 노래를 부르고 있었다.

노랫가락이 밤처럼 까만 마나 룰루의 귀에 어렴풋이 들려왔다. 덧문을 활짝 열어놓으려고 발코니에 올라와 있던 참이었다.

후렴구를 가만히 듣고 있자니 오래되어서 거의 잊고 있던 크레올어로 된 노래가 떠올라 덧문을 열면서 혼자서 가만가만 부르기 시작했다.

* Bayou. 미국 남부의 독특한 지형으로, 넓은 저지대에 물이 찬 늪 또는 유속이 느린 큰 강을 뜻한다. 텍사스 주와 케이트 쇼팽 소설의 주 무대가 되는 루이지애나 주가 특히 바이유 지형으로 유명하다.

"Lisett' to kité la plaine 리세트, 당신이 평원을 떠나버리고
Mo perdi bonhair à moué; 나의 행복이 사라졌어요.
Ziés à mouésemblé fontaine, 내 눈은 샘이 되고 말았어요.
Dépi mo pa miré toué. 당신을 볼 수 없으니까요."*

애인을 잃은 남자의 슬픔을 노래한 이 노래가 떠오르면서 부인에게 들려줄 이야기도 덩달아 떠올랐다. 부인은 화려한 마호가니 침대에 누운 채 잠들기 전 마나 룰루가 와서 부채질을 하며 이야기를 들려주기를 기다리고 있었다. 그 늙은 흑인은 이미 주인의 하얗고 예쁜 발을 씻기고 차례차례 다정하게 입을 맞추었다. 아름다운 머리도 빗겨주었다. 비단처럼 부드럽고 윤기가 흐르며 부인의 결혼반지와 같은 빛깔이었다. 그녀는 이제 다시 방에 들어가서 살금살금 침대로 다가가 앉아 들릴 부인에게 부드럽게 부채질을 해주기 시작했다.

늘 들려줄 이야기가 있지는 않았다. 부인이 실제로 있었던 이야기만 들으려고 했기 때문이다. 하지만 오늘밤에는 이야기가 고스란히 머릿속에 들어 있었다. 절세미인 조라이드의 이야기였다. 마나 룰루는 부드러운 크레올 사투리로 이야기를 들려주었다. 영어로는 그 아름다움과

* 이 노래의 가사는 1757년경 백인 식민지 개척자 뒤비비에르(Duvivier de la Mahautière)가 지은 것으로 서인도제도의 아이티에서 사용했던, 프랑스어를 기반으로 한 아이티 크레올어로 쓰여졌다. 흑인 노예인 화자가 연인을 강제로 다른 농장에 떠나보낸 슬픔을 노래하고 있다.

맛을 전달할 수 없기 때문이다.

"절세미인 조라이드의 눈은 아주 짙고 너무도 아름다워서 그 눈을 오래 들여다본 남자는 분별력을 잃지 않을 수 없었고, 그러다가 때로는 아예 마음을 빼앗겨버렸답니다. 부드럽고 매끄러운 피부는 카페오레 색깔이었어요. 조라이드의 기품 있는 태도, 날씬하고 우아한 자태는 주인인 마담 델라리비에르를 보러 온 숙녀들조차 다들 부러워했지요.

조라이드가 주인을 따라 걷고 있을 때 보면 과연 로열 가에서 가장 아름다운 숙녀라 할 만큼 매혹적이고 예뻤어요. 손가락은 고운 모슬린을 꿰매는 정도 이상의 험한 일을 한 적이 없었지요. 심지어 조라이드는 어린 흑인 하인을 따로 두고 시중을 들도록 했답니다. 부인은 조라이드의 주인이면서 대모이기도 했고요. 그녀는 자주 이렇게 말하곤 했습니다.

'잘 들어, 조라이드, 결혼을 하려거든 네가 자란 우리 가문의 명예에 걸맞게 해야 한다. 대성당에서 해야 하고 웨딩드레스, 지참금 바구니, 모두 최고급으로 할 거야. 내가 직접 처리해주마. 앙브루아즈는 네가 말만 하면 언제든 결혼해줄 거야. 앙브루아즈의 주인이 내가 너한테 해주는 만큼 기꺼이 해줄 거고 말이지. 어느 모로 보나 둘이 결혼한다면 참 좋겠어.'

앙브루아즈는 랭글리 박사의 몸종이었어요. 절세미인 조라이드는 그 작은 물라토*를 아주 싫어했지요. 백인처럼 진한 구레나룻에 잔인하고

* 백인과 흑인 사이의 혼혈.

뭔가 감추고 있는 듯한 뱀처럼 작은 눈을 가진 남자였어요. 조라이드는 싫은 표정을 감추고 이렇게 말했어요.

'저, 대모님, 저는 지금 이대로가 행복해요. 대모님 곁에 있는 게 제일 좋아요. 당장은 결혼하고 싶지 않아요. 내년이나 내후년쯤에나 할까봐요.' 부인은 그 말을 듣고 마음씨 좋은 미소를 지으며 조라이드에게 여자의 매력이란 영원한 것이 아니라고 일깨워주곤 했어요.

하지만 사실 조라이드가 그렇게 말한 것은 콩고 광장에서 밤불라를 추는 미남자 메조를 보았기 때문이었죠. 발이 땅에 박힌 것처럼 꼼짝 못하게 만드는 모습이었어요. 메조는 삼나무처럼 꼿꼿하고 왕처럼 당당해 보였어요. 허리를 드러낸 몸은 흑단 기둥 같았고 거름을 칠한 듯 광택이 흘렀어요.

불쌍한 조라이드는 밤불라 소리에 들떠 번뜩이는 메조의 날카로운 눈과, 춤동작에 따라 우아하게 이리저리 움직이고 흔들어대는 멋진 몸을 본 순간부터 사랑으로 가슴앓이를 하기 시작했어요.

그런데 나중에 그를 알게 된 후 그가 가까이 다가와서 말할 때 보니 메조의 눈에서 날카로움은 모두 사라져 그저 다정하기만 했고 목소리도 부드럽기만 했어요. 메조도 사랑에 빠졌던 것이죠. 그래서 조라이드는 한층 더 마음이 어지러웠어요. 메조는 콩고 광장에서 밤불라를 추지 않을 때는 웃통을 벗어젖히고 맨발로 그 도시 외곽에 있는 주인의 사탕수수밭을 갈았어요. 랭글리 박사는 앙브루아즈뿐만 아니라 메조의 주인이기도 했지요.

어느 날 조라이드가 무릎을 꿇고 부인의 최고급 실크 스타킹에 매달려 말했어요.

'대모님, 저에게 결혼 이야기를 이따금 하셨지요. 드디어 남편감을 골랐어요. 하지만 앙브루아즈 씨가 아니에요. 제가 결혼하고 싶은 사람은 미남자 메조예요. 다른 사람은 싫어요.' 조라이드는 그렇게 말하고 두 손으로 얼굴을 가렸어요. 주인이 화가 많이 났을 거라고, 당연히 그럴 거라고 생각했으니까요. 처음엔 델라리비에르 부인이 정말로 화가 나서 아무 말도 하지 않았어요. 그러다 마침내 입을 열기는 했는데 너무 화가 난 나머지 거의 고함을 질러댔지요.

'흑인이라니! 흑인! 세상에나! 말도 안 돼!'

'저는 백인인가요, 대모님?' 조라이드가 간곡하게 물었죠.

'넌 하얗잖아! 이것아! 다른 노예들처럼 채찍을 맞아야겠구나. 네 스스로 비천함을 드러내고 말았어.'

'저는 백인이 아니에요.' 조라이드가 공손하고도 조심스레 맞섰어요. '랭글리 박사님이 저와 그분의 노예는 결혼시키시지만 그분의 아드님과 결혼하라고는 안 하실 거잖아요. 저는 백인이 아니니까 저와 인종이 달라도 제가 사랑하는 사람과 결혼하게 해주세요.'

하지만 부인이 그렇게 하라고 했을 리는 없겠죠. 조라이드가 메조에게 말도 못 걸게 했고, 메조에게도 조라이드를 다시 만나지 말라고 경고했지요. 하지만 흑인들이 어떤지 아시잖아요, 아가씨." 마나 룰루가 약간 씁쓸하게 미소를 지으며 덧붙였다. "어떤 주인도, 왕도, 사제도 흑인들의 사랑을 막을 수는 없지요. 그 둘은 어떻게든 방법을 찾았어요.

몇 달이 지나고 조라이드는 아주 다른 사람이 되어서 냉정하게 생각에 골몰한 채 주인에게 다시 말했어요.

'대모님, 제가 메조를 남편으로 삼지 못하게 하셨지요. 하지만 그 말씀에 따르지 않았어요. 제가 죄를 지었어요. 저를 죽이고 싶으시면 죽이시고 용서하고 싶으시면 용서하세요. 하지만 메조가 저에게 조라이드, 사랑해라고 말했을 때 전 죽을 수는 있어도 메조를 사랑하지 않을 수는 없었어요.'

조라이드의 고백을 들은 델라리비에르 부인은 이번에는 너무 괴롭고 크게 상심해서 화조차 나지 않았어요. 알아듣기 힘든 소리로 횡설수설 나무랐을 뿐이었죠. 하지만 부인은 말보다 행동이 앞서는 사람이어서 즉시 행동에 들어갔어요. 처음 한 일은 랭글리 박사에게 메조를 팔라고 한 것이었지요. 랭글리 박사는 홀아비로, 오래전부터 델라리비에르와 결혼하고 싶어하던 터라 부인이 시킨다면 대낮에 다름 광장에서 기어 다닐 수도 있었죠. 랭글리 박사는 망설임 없이 미남자 메조를 팔아 치워버렸어요. 조지아인가 캐롤라이나인가 어디 아주 먼 지방에 팔아버려서 메조는 이제 크레올 언어를 들을 수도, 칼린다*를 출 수도 없고 절세미인 조라이드를 안을 수도 없게 되었지요.

* Calinda. 18세기 초부터 카리브해 지역에서 유행한 춤이자 민속 음악. 아프리카 전투 춤을 기반으로 하고 있으며 대서양을 횡단한 노예들에 의해 전해졌다.

메조가 멀리 보내지자 불쌍한 조라이드의 가슴이 무너져내렸지만 머지않아 품에 안게 될 아기를 생각하며 버텼어요.

절세미인 조라이드는 점점 더 슬퍼졌어요. 그저 슬프기만 한 것이 아니라 고통스러웠고, 그래서 출산의 고통과 함께 죽음의 그림자가 찾아왔어요. 하지만 어머니란 갓 태어난 아이를 가슴에 안고 자기 자신보다 더 소중한 제 자식의 살갗에 입을 맞추는 순간 어떤 괴로움이든 잊을 수 있는 존재잖아요.

그렇게 해서 조라이드는 본능적으로 그 끔찍한 죽음의 그림자에서 벗어나서는 이상하다는 듯 주위를 둘러보면서 떨리는 손으로 양쪽을 더듬었어요. '제 아기는 어디 있나요?' 애원하듯 물었어요. 곁에 있던 부인과 유모가 번갈아가며 이렇게 대답했지요. '아기는 죽었다.' 그건 사악한 거짓말이었죠. 천국의 천사들이 눈물을 흘릴 만했죠. 아기가 멀쩡히 건강하게 살아 있었으니까요. 태어나자마자 엄마 품에서 떨어져 멀리 해안에 있는 부인의 농장에 보내졌지요. 조라이드는 이렇게 끙끙거리며 고개를 벽 쪽으로 돌렸어요. '죽었어, 죽었어.'

부인은 조라이드에게서 아이를 빼앗으면서 그 젊은 몸종이 예전처럼 거리낌 없이 행복하고 아름다운 채로 곁에 있기를 바랐죠. 하지만 부인의 의지보다 더 강한 것이 있었어요. 바로 신의 뜻이었죠. 조라이드가 죽을 때까지 그 슬픔에서 절대 헤어나지 못하도록 이미 예정해두신 거예요. 이제 조라이드는 절세미인이 아니었어요. 밤낮으로 아이의 죽음을 안타까워하는 슬픈 눈의 여인이었어요. '죽었어, 죽었어.' 조라이드는 곁에 있는 사람들에게 한숨을 짓고 또 지었고 사람들이 질려서 떠나버리자 혼자서 계속 되뇌었어요.

하지만 상황이 그런데도 앙브루아즈는 아직도 조라이드와 결혼할 생각이 있었어요. 슬픈 아내든 명랑한 아내든 조라이드이기만 하면 괜찮다면서요. 그리고 조라이드는 이제 세상에 중요한 것이 아무것도 없다는 듯 기꺼이 결혼하겠다고 했어요. 아니 결혼에 굴복했다고 할까요.

어느 날 조라이드가 바느질을 하고 있는 방에 흑인 하인이 부시럭거리면서 들어갔어요. 조라이드는 묘하게 넋이 나간 행복한 표정으로 벌떡 일어났어요. '쉿, 쉿.' 손가락을 입술에 가져다 대고 나직이 말했어요. '아기가 잠들었어. 깨우면 안 돼.'

침대 위에 배내옷을 입은 아기 모양의 옷가지 뭉치가 있었어요. 그 위로 모기장을 쳐놓고 조라이드가 흡족한 표정으로 옆에 앉아 있었어요. 그러니까 그날부터 조라이드가 정신이 나가버린 거죠. 밤에도 낮에도 그 인형을 침대에 눕히거나 팔에 안고서 눈을 떼지 않았어요.

이제 부인은 아끼던 조라이드가 그렇게 끔찍한 고통을 겪는 모습을 보고 슬퍼하며 회한에 젖었어요. 랭글리 박사와 의논해서 조라이드에게 살과 피가 있는 진짜 아기를 돌려주기로 했어요. 멀리 농장에서 흙먼지 속을 아장아장 걸어 다니며 기다리고 있던 진짜 아기를요.

부인이 직접 예쁘고 작고 어린 그리프*를 제 엄마에게 데려다주었어

* 흑백혼혈과 흑인 사이의 혼혈.

요. 조라이드는 마당의 돌벤치에 앉아서 분수가 조용히 후두거리는 소리를 들으면서 넓적한 하얀 판석 위에 야자수 이파리 그림자가 파닥파닥하는 모습을 보고 있었어요.

'여기 있다.' 부인이 다가가며 말했어요. '여기 있어, 불쌍한 조라이드, 네 아기가 여기 있어. 아이를 키워. 아이는 네가 키워. 이제 아무도 다시는 아기를 빼앗지 않을 거야.'

조라이드가 의심하는 눈초리로 제 주인과 자기 앞에 선 아이를 시무룩하게 바라보았어요. 손을 뻗더니 못 믿겠다는 듯 아이를 밀쳤어요. 다른 쪽 손으로는 옷뭉치 아기를 가슴에 바짝 끌어안았지요. 그 옷뭉치 아기를 빼앗아 가려고 그러는 거라 생각해서였죠.

아무리 기다려도 조라이드는 아이가 다가오게 허락하지 않았어요. 그래서 결국 그 아이는 다시 농장에 보내졌고 끝내 부모의 사랑을 받지 못했죠.

이것이 조라이드 이야기의 끝이에요. 조라이드는 다시는 절세미인이 되지 못했고 결국 미친 조라이드로 불렸어요. 아무도 조라이드와 결혼하려 하지 않았어요. 앙브루아즈조차도요. 조라이드는 그렇게 나이가 들었고 사람들은 조라이드가 옷뭉치, '아기'를 늘 껴안고 있는 모습에 안타까워하기도 하고 비웃기도 했어요."

"주무세요, 티티테 양?*"

* 티티테(titite)는 루이지애나 방언으로 작다는 뜻. 원문의 Ma'zèlle Titite는 '꼬마 아가씨',

"아니, 안 자. 생각하고 있었어. 휴, 불쌍한 어린 것, 그 불쌍한 어린 것! 죽는 게 나았을 거야!"

사실 들릴 부인과 마나 룰루는 이런 식으로 이야기를 주고받고 있었다.

"Vou pré droumi, Ma'zélle Titite?"

"Non, pa pré droumi; mo yapré zongler. Ah, la pauv' piti, Man Loulou. La pauv' piti! Mieux li mouri!"

'작은 아가씨' 정도로 부르는 애칭이다.

편견의 문제

마담 카람보는 귀스타브의 생일 파티 때 절대 자신을 귀찮게 하지 말라고 못을 박아두었다. 뒤쪽 발코니에 있던 마담의 큰 흔들의자는 앞쪽 발코니로 옮겨졌다. 뒤쪽 발코니는 아이들이 놀 정원을 향해 있었고 앞쪽 발코니는 초록색 제방과 넘칠 듯 흐르는 미시시피 강 가까이에 면해 있었다.

뉴올리언스 프랑스 지구의 남쪽에 위치한 그녀의 집은 옛 스페인 풍으로 널찍하고 낮게 지어졌고 넓은 발코니가 사방을 둘러싸고 있었다. 초목과 꽃이 아열대 지역처럼 빽빽하게 자란 네모반듯한 땅에 지어진 집이었다. 가장자리에 무시무시하게 쇠못을 둘러 박은 판자 울타리가 어쩌다 지나가는 사람들의 시선을 차단하고 있었다.

마담 카람보는 과부인 딸 마담 세실 라롱드와 함께 살았다. 이번 파티는 마담 라롱드의 어린 아들 귀스타브를 위한 것이었는데 마담 라롱드의 입장에서 파티는 일종의 반항이었다. 매년 꿋꿋하게 파티를 열고 있다는 사실은 마담 라롱드 본인에게도 놀라운 일이었지만, 이 모녀를 아는 사람들에게는 거의 경이로운 일이었다.

마담 카람보는 편견이 많은 노인이었기 때문이다. 그냥 많은 정도가 아니라 일일이 다 꼽을 수 없을 정도였다. 그녀는 개, 고양이, 거리의 악사, 백인 하인, 시끄러운 아이들 소리에 질색했다. 또한 미국인, 독일인, 그리고 자신과 신앙이 다른 사람 전부를 경멸했다. 마담의 생각대로라면 프랑스적이지 않은 것은 사실상 존재할 권리가 없었다.

마담은 아들 앙리가 프리태니아 가(街) 출신의 미국 여자와 결혼했다는 이유로 아들과 10년 전부터 말을 하지 않았다. 녹차를 집에 못 들이게 해서 커피를 못 마시거나 안 마시는 사람들은 마담이 좋아한다는 이유만으로 월계수 꽃 차를 마셔야 했다.

그렇지만 파티 당일 아이들은 내내 재미나게 노는 것 같았고 악사들도 마음껏 손풍금을 연주했다. 마담이 피신한 곳에서 비명 소리, 웃음소리, 음악 소리가 생각보다 훨씬 더 또렷이 들렸다. 마담은 요란하게 흔들의자를 흔들면서 "시리아로 출발하라*"를 흥얼거렸다.

마담은 꼿꼿하고 호리호리했다. 머리는 백발인데 불룩하게 부풀려 관자놀이를 덮고 있었다. 피부는 하얗고 파란 눈은 차가웠다.

갑자기 발소리가 다가오는 것이 들렸고 마담은 성가셔지겠구나 하는 생각이 들었다. 발소리만이 아니고 비명 소리까지! 어린애 둘이, 마담이

* Partant pour la Syrie, 프랑스 제2제정 애국가.

앉은 자리 가까운 곳까지 하나가 다른 하나를 바짝 뒤쫓으며 쏜살같이 달려왔다.

앞서가던 예쁘장한 여자애가 흥분해서 마담 카람보의 다리 위로 뛰어오르더니 마담의 목을 확 끌어안았다. 그 아이 친구가 아이를 살짝 치면서 "잡았다" 하고는 좋아서 웃으며 달려가버렸다.

그런 때 보통 아이였다면 어리고 생각 없는 또래들처럼 "고맙습니다"나 "죄송해요" 같은 인사는커녕 아무 말도 없이 마담의 다리에서 그냥 내려왔을 텐데 이 아이는 그렇게 하지 않았다. 아이는 겁먹은 새처럼 쌕쌕거리고 떨면서 그 자리에 그대로 있었다.

마담은 짜증이 치밀었다. 아이를 밀어내려는 몸짓을 하고 수선스럽고 버르장머리 없다며 심하게 꾸짖었다. 아이는 프랑스어를 못 알아들어서 야단을 맞는 줄도 모르고 마담의 다리 위에 그대로 있었다. 아이가 뜨겁게 달아오른 작고 통통한 뺨을 마담의 드레스에서 하얗고 보드라운 리넨 부분에 갖다 댔다.

뺨이 뜨끈뜨끈하고 뻘겠다. 또한 메말라 있었는데 그건 손도 마찬가지였다. 호흡은 빠르고 불규칙했다. 마담은 금세 무슨 일인지 알아챘다.

마담이 편견에 사로잡힌 사람이기는 했지만 능숙하고 솜씨 좋게 간호를 잘했고 건강에 관해서는 전문가였다. 마담은 이런 능력을 자랑스러워해서 발휘할 기회를 놓치는 법이 없었다. 떠돌이 악사라도 아픈 시늉만 하면 다정하게 보살펴줄 태세였다.

아이를 대하는 마담의 태도가 확 달라졌다. 팔과 다리를 조금씩 조정해서 아이가 가장 편히 쉴 수 있게 했다. 앞뒤로 아주 살살 의자를 흔들었다. 야자 이파리 부채로 부드럽게 부채질을 하면서 "시리아로 출발하라"를 조용히 듣기 좋게 불렀다.

아이는 아주 만족한 듯 가만히 누워서, 마담이 끔찍하게 여기는 나라말로 뭐라고 중얼거렸다. 하지만 이내 그 갈색 눈이 졸음 속을 허우적대더니 잠이 들었고 작은 몸뚱이는 마담의 품에서 점점 묵직해졌다.

아이가 잠들자 마담 카람보는 몸을 일으켜 조심스레 발코니와 붙어 있는 방으로 들어갔다. 방은 크고 쾌적하고 좋아 보였다. 바닥에는 시원한 매트가 깔려 있었고 크고 오래되고 반들반들한 마호가니 가구가 놓여 있었다. 마담은 아이를 팔에 그대로 안은 채 종의 끈을 잡아당겼다. 그리고 선 채 기다리면서 아이를 앞뒤로 살살 흔들었다. 곧 나이 든 흑인 여자가 왔다. 고리 모양 금 귀걸이를 걸고 머리에 밝은색 두건을 둘러 신기하게 묶고 있었다.

"루이스, 이불 좀 걷어봐." 마담이 명령했다. "저 푹신한 작은 베개를 베개받침 아래에 놔. 신께서 내 품에 작고 가련한 것을 안겨주셨어." 마담이 조심스레 아이를 내려놓았다.

"어휴, 미국인들이란! 아이를 키울 자격이나 있는 사람들인가? 아이를 키우는 일에 대해 아는 게 없잖아!" 마담이 이렇게 말하자 루이스는 흑인 방언을 모르면 못 알아들을 말로 웅얼웅얼 맞장구를 쳤다.

"봐봐, 루이스, 애가 펄펄 끓잖아." 마담이 말했다. "아이가 힘이 하나도 없어. 내가 들어 올릴 테니까 저 작은 보디스를 끌러줘. 아, 이런 부모가 또 있을까! 열이 날 줄도 모르고 저렇게 원숭이처럼 입혀서 악사 장단에 맞춰 춤추고 놀라며 보내다니, 멍청하게."

"루이스, 아이 신발을 벗기는데 기병대 장교의 부츠 벗기듯 하면 안 된다는 것 정도는 알아야지." 마담은 요정 같은 손길로 보살피라고 하고 싶었을 것이다. "이제 마드무아젤 세실한테 가서 귀스타브가 2년 전 여름에 입던 부드럽고 얇은 나이트가운을 달라고 해."

여자가 물러가자 마담은 시원한 등화수(橙花水) 한 주전자를 만들고 어린 환자를 닦아줄 진통액을 새로 섞느라 분주했다.

마담 라롱드가 오래되고 부드러운 나이트가운을 직접 가지고 왔다. 그녀는 예쁘장하고 통통한 금발에 아담했고 의지가 있어도 쓸 데가 하도 없어서 무기력해져버린 사람처럼 주눅 든 분위기를 띠고 있었다. 그녀는 어머니가 한 일을 보고 약간 난처해했다.

"아니, 엄마! 저 애 부모가 아이를 데려갈 마차를 금방 보낼 텐데요. 정말 이럴 필요가 없었어요. 이런! 아유!"

침대 기둥이 말을 했어도 마담 카람보가 이보다는 더 귀를 기울여 들었을 것이다. 침대 기둥이 말을 한다면 설득력은 없어도 적어도 놀랍기는 했을 테니까 말이다. 마담 라롱드는 어머니를 설득하지도 놀라게 하지도 못했다.

"그래, 애가 이걸 입으면 아주 편할 거야." 마담이 머뭇거리는 딸의 손에서 옷을 가져가며 말했다.

"하지만 엄마! 저 애 부모가 마차를 보내면 난 뭐라고 말해요? 이런,

아이구!"

"그건 네가 알아서 해야지." 마담이 아주 쌀쌀맞게 대답했다. "난 내 집에 있게 된 아픈 아이밖에 관심이 없어. 다 늙어서 이제야 할 일이 뭔지 알게 된 것 같구나, 세실."

마담 라롱드가 예상한 대로 곧 마차가 왔다. 무뚝뚝한 영국인 마부가 몰고 온 마차엔 뺨이 붉은 아일랜드인 유모가 타고 있었다. 마담은 유모에게 아이를 보여주지도 않았다. 그녀는 아일랜드인의 목소리가 환자를 힘들게 한다는 이상한 지론을 가지고 있었다.

마담 라롱드는 아이 부모가 안심하도록 유모 편에 긴 편지를 들려 보냈다. 아이는 마담 카람보의 보호 아래 아무도 못 건드리게 해야 했으니까. 아이는 귀엽고 순하고 살가웠다. 밤 내내 엄마를 찾아 울고 칭얼거렸지만 어쨌든 부인의 따뜻한 보살핌을 기꺼이 받아들이는 것 같았다. 열이 그리 심하지 않아서 이틀이 지나자 집에 보내도 될 만큼 나았다.

마담은 여태 아픈 사람들을 다양하게 보았지만 미국인 아이만큼 불쾌한 환자는 간호해본 적이 없었다. 하지만 아이가 가고 난 다음에 아무리 생각해도 아이의 태생 말고는 불쾌한 구석이 전혀 떠오르지 않는다는 것이 문제였다. 태생이 그런 건 아무튼 운이 나빴던 것뿐이고 아이가 프랑스어를 모르는 것도 아이 잘못이 아니었다.

그런데 부드럽게 와 닿는 아이 팔의 감촉, 밤이면 찰싹 붙어 있던 말랑말랑한 작은 몸뚱이, 그 목소리, 엄마와 함께 있다고 착각해 마담에게 입을 맞췄을 때의 따뜻한 입술, 이런 느낌들이 마담을 둘러싼 편견의 껍

데기를 뚫고 심장에 깊이 가 닿았다.

마담은 이따금 넓고 웅장한 강을 바라보며 발코니 이쪽 끝에서 저쪽 끝까지 걸었다. 때로는 열대 밀림처럼 적적하고 미로처럼 복잡한 정원을 거닐었다. 바로 그럴 때 마담의 마음속에서 그 씨앗이 싹트기 시작했다. 한 순진한 어린아이가 무심코 심어놓은 씨앗이었다.

씨앗이 밀어올린 첫 번째 싹은 의심이었다. 마담은 몇 번 그 싹을 뽑았다. 하지만 다시 싹이 났고 이번에는 불신과 불평의 싹도 함께였다. 그다음 씨앗의 핵에서, 의심과 의혹의 싹 사이에서 진실의 꽃이 피어났다. 몹시도 아름다운 그 꽃은 크리스마스 아침에 활짝 피었다.

그날 아침 마담 카람보가 딸과 함께 교회에 가려고 마차에 오르다가 흑인 마부 프랑수아에게 지시를 내리려고 멈추어 섰다. 프랑수아는 아주 오래전부터 매주 일요일 아침 마담들을 프랑스 성당에 태워다주었다. 너무 오래돼서 언제부터였는지 정확하게 기억이 나지 않지만 마담 라롱드가 어렸을 때부터였다. 그러니 마담 카람보의 말에 그가 깜짝 놀랄 만했다.

"프랑수아, 오늘은 미국 교회에 데려다줘."

"뭐라고요, 부인?" 흑인이 놀라 제 귀를 의심하면서 말을 더듬었다.

"내 말은, 미국 교회로 가자고. 아무 미국 교회나." 마담이 손짓하며 덧붙였다. "미국 교회는 다 거기서 거기일 테니까." 그런 다음 딸을 따라 마차에 올랐다.

마담 라롱드는 어머니에게 이유를 물어볼 용기가 없었겠지만 설령 있었다고 해도 이때는 너무 놀라고 당황해서 입을 열 수조차 없었다.

프랑수아는 캠프 가에 있는 성 패트릭 교회로 마차를 몰았다. 교회 문으로 들어서는 마담 라롱드는 물에서 나온 물고기처럼 보였고 본인도 그렇게 느꼈다. 오히려 마담 카람보는 평생 패트릭 교회에 다닌 사람 같았다. 긴 예배 시간과 지루한 영어 설교가 진행되는 내내 그녀는 차분하고 조용히 앉아 있었다. 한마디도 못 알아들었는데도 말이다.

예배가 끝나 다시 마차에 오르려던 마담 카람보가 이번에도 마부를 향했다.

"프랑수아." 그녀가 냉랭하게 말했다. "내 아들, 므슈 앙리 카람보 집으로 가줘. 마드무아젤 세실이 어딘지 알려줄 거야." 그녀가 다 알고 있다는 듯한 예리한 눈길을 보내자 마담 라롱드는 움찔했다.

맞다. 딸 세실은 그 집이 어딘지 알고 있었고 사실 프랑수아도 알고 있었다. 그들은 생 샤를 대로로 향했다. 아주 먼 곳이었다. 미국 지구가 이렇게 휘황하게 발전해 달라진 이후 한 번도 이곳에 와본 적 없는 마담 카람보에게는 낯선 도시 같았다.

그날 아침은 따스하고 포근해서 아주 쾌적했다. 게다가 장미란 장미는 모두 활짝 피어 있었고 쇠못이 박힌 울타리 뒤에 가려져 있지도 않았다. 마담은 장미를 못 본 것 같았다. 아니, 지나가고 있는 대로 옆 아름답고 인상적인 주거지를 아예 못 본 것 같았다. 그녀는 뉴올리언스에서 가장 아름다운 지구가 아니라 가장 불결한 곳을 지나고 있다는 듯 코 밑에 방향염*을 들이댔다.

앙리의 집은 거리에서 약간 떨어진 곳에 있었는데 대단히 현대적인데다가 아주 멋있었다. 집을 둘러싼 정원에는 귀하고 멋진 식물들이 자라고 있었다. 숙녀들이 내려서 벨을 누르고 인도에 서서 철문이 열리기를 기다렸다.

백인 하녀가 일행을 맞았다. 마담은 아무렇지도 않은 것 같았다. 온갖 격식을 다 차리며 자신의 명함을 건네고 딸을 따라 집으로 들어갔다.

마담은 단 한 번도 흔들리는 모습을 보이지 않았다. 아들 앙리가 와서 크레올 특유의 살가운 태도로 목을 끌어안고 흑흑 울 때조차도 그랬다. 앙리는 몸집이 크고 잘생기고 순수해 보이는 남자였다. 부드러운 갈색 눈은 죽은 제 아버지를, 단호해 보이는 입술은 제 어머니를 닮아 있었다.

젊은 카람보 부인의 곱고 생생한 얼굴도 환하게 밝아졌다. 어린 딸아이의 손을 잡고 있었는데 나이 든 마담 카람보가 한 달 전에 살뜰히 돌봐준 그 '미국인 아이', 그저 모르는 아이라고밖에 달리 생각해본 적이 없는 바로 그 아이였다.

"그 열병이 정말 행운이었구나! 기막힌 우연이었어!" 마담 라롱드가 숨가쁘게 수선을 떨었다.

"세실, 당연히 우연이 아니었지. 신의 섭리였어." 마담이 꾸짖듯 말했고 아무도 군말이 없었다.

* smelling salts. 과거에 병에 넣어 보관하다가 의식을 잃은 사람의 코 밑에 대어 정신이 들게 하는 데 쓰던 화학물질.

강가의 오래된 집에서 크리스마스 정찬을 함께 하기 위해 모두 다 같이 마차에 올랐다. 마담은 어린 손녀를 다리 위에 앉혔다. 아들 앙리가 맞은편에 앉았고 며느리는 자기 옆에 앉혔다.

앙리는 마차에 편히 기대앉아 아무 말이 없었다. 차마 말을 할 수 없을 만큼 기쁨이 벅차올랐다. 이제 기나긴 십 년의 추방생활을 끝내고 태어난 집으로 돌아가고 있었다.

강물이 푸르른 제방에 철썩이는 소리를 다시 들을 것이다. 그가 기억하는 한 그것과 비슷한 소리를 들어본 적이 없었다. 쑥 나와 있는 지붕 밑 정겹고 그윽한 그늘에 앉을 것이다. 그리고 그 오래된 정원, 어린 시절 장난을 치고 꿈을 꾸던 그곳에서 한적함을 마음껏 누리며 거닐 것이다. 앙리는 어머니가 "내 아들아"라고 부르는 목소리를 들을 것이다. 어머니와 아내를 두고 선택을 해야 하기 전에 늘 듣던 그 목소리를. 정말 차마 말을 할 수가 없었다.

하지만 앙리의 아내는 쾌활하게 많은 말을 했다. 그런데 프랑스어였다. 시어머니가 들으라고 하는 말이 분명했다.

"정말 안타까워요, 어머니." 앙리의 아내가 말했다. "아이가 프랑스어를 못해서요. 제 잘못은 분명 아니에요"라고 말하더니 얼굴을 붉히며 약간 머뭇거렸다. "그건… 그러니까 프랑스어를 못 쓰게 한 건 저이였어요."

"괜찮다." 부인이 아무렇지 않게 대답하며 아이를 가까이 당겼다. "할머니가 가르칠 거야. 그럼, 애는 할머니한테 영어를 가르치면 돼. 있잖아, 나는 편견은 없단다. 앙리와 다르지. 잰 늘 고집이 셌어. 왜 그런 성격이 됐는지는 정말 하느님이나 아실 거야!"

수치스러운 일

1

밀드레드 오름은 크라우머 농장 주택 커다란 현관의 가장 아늑한 구석자리에 앉아 꽤 만족스러워하고 있었다.

우스꽝스러운 소설에 나오는 그런 농장이 아니었다. 이곳에는 태양빛 아래 황금색 바다처럼 부풀어 일렁이는 드넓은 밭이 있었다. 메라멕 강은 은색으로 반짝였다. 아니, 은색이라기보다 순수한 크리스털에 가까웠다. 강 아래로 녹색과 노란색의 보석 같은 조약돌이 다 들여다보였다. 강가에 바싹 붙어 나무들이 자라고 있었으며 버드나무 가지는 아예 물에 잠겨 물을 휩쓸고 있었다.

그 주택은 시골집들이 그렇듯 크고 넓었다. 남자 집주인도 크고 넓적했다. 여자 집주인은 작고 여위었는데 정오가 되면 농장 노동자들을 식사에 부르기 위해 커다란 종을 요란하게 울리곤 했다.

마음에 드는 구석자리에서 밀드레드는 브라우닝이나 입센을 읽으며 느긋하게 앉아서 매일 한결같은 그 여자를 구경했다. 투박한 농장 일꾼들이 하나같이 쿵쿵거리며 계단을 올라와 현관을 지나 식사를 하러 안으로 들어가곤 했는데 그 일꾼들에게는 절대 눈길을 주지 않았다. 왜 그랬을까? 일꾼들이 그다지 보기 좋지도 않았고 밀드레드가 인류학자도 아니었으니까. 그런데 언젠가 밀드레드가 난간 위에 아무렇게나 올려놓은 신문이 바람에 날려 가서 지나가던 일꾼 대여섯 명 앞에 떨어졌다. 한 일꾼이 신문을 줍더니 계단을 올라와 밀드레드에게 돌려주었다. 남자는 젊고 갈색 피부였다. 물론 태양이 그렇게 만든 것이었다. 눈은 아름다운 푸른색이었다. 금빛 머리카락은 엉클어져 있었다. 어깨는 각지게 떡 벌어져 있었고 팔다리는 강인하고 깨끗했다. 대충 걸친 옷 때문에 목이 훤히 보였고 거리낄 것 없이 아무렇게나 움직였지만 매력적인 얼굴이었다.

밀드레드가 깍듯하게 인사를 하며 슬쩍 본 그 짧은 시간 동안 그렇게 여러 가지를 알아차린 것은 아니었다. 여러 날에 걸쳐 관찰한 결과였다. 그녀는 남자가 지나갈 때마다 슬쩍 신호를 보냈다. 쳐다보면 거만하게 살짝 미소를 지어주려고 했다. 하지만 남자는 밀드레드를 한 번도 보지 않았다. 스무 살의 똑똑하고 젊은 여자라면, 예쁜 데다가 여러 번 구혼을 퇴짜 놓은 적이 있고 인생이란 따분한 것이 틀림없다고 체념하고 있는 여자라면 일꾼들이 자신을 보든 안 보든 지푸라기만큼도 신경을 쓰지 않을 게 분명했다. 밀드레드도 그랬다. 악령이 끼어들어서 인력이 제대로 공급되지 못하게 하지만 않았어도 일꾼들에게 단 한순간도 관심을 주지 않았을 것이다. 때는 여름이었고 밀드레드는 할 일이 없었다. 그리고 자존심이 상해 언짢았다. 그것이 바로 수치스러운 일의 시작이었다.

“이 남자들은 누군가요? 부인이 부리는 사람들 말이에요, 크라우머 부인. 어디서 데리고 오는 거예요?”

“아, 여기저기서 데려와요. 동네 사람들도 있고 떠돌이도 있고 그래요.”

“그럼 저 어깨 벌어진 젊은 사람은요, 동네 사람이에요? 일전에 나한테 신문을 주워줬는데, 기억하시죠?”

“이런, 아니에요! 거의 떠돌이예요. 하지만 증기기관처럼 일을 하죠.”

“음, 아주 못돼 보이는 사람이네요. 부인도 조심하셔야겠어요. 어떤 사람인지 모르시잖아요.”

“뭘 조심하라는 거지요?” 그 작은 여자가 웃었다. “그 사람은 듣지도 말하지도 못하는 사람처럼 말을 거의 안 해요. 아가씨가 그렇게 애처럼 소심하신지 몰랐네요.”

“아니, 크라우머 부인. 날 애 취급하지 마세요. 그러니까 부인 생각만큼 겁쟁이는 아니라고요. 그 사람한테 내일 나를 교회에 태워다줄 수 있는지 물어봐주세요. 아시겠죠? 그 사람이 하나도 안 무서우니까요.” 밀드레드가 미소를 덧붙였다.

이 막돼먹은 일꾼이 밀드레드에게 보낸 답은 단호한 거절이었다. 낚시를 하러 가야 해서 교회에 태워다줄 수가 없다고 했다.

“하지만” 친절한 크라우머 부인이 나섰다. “한스 플라츠펠트가 교회에 태워다준대요. 어디든. 한스는 착하니까, 믿을 만해요.”

“아, 아주 고맙다고 전해주세요. 그런데 생각해보니 내일 써야 할 편지가 아주 많더라고요. 날씨도 무척 덥다고 하고요. 그래서 교회에 안 가고 싶어요.”

밀드레드는 분해서 하마터면 울음을 터뜨릴 뻔했다. 일꾼에게 거절당하다니! 게다가 떠돌이일 텐데. 나, 밀드레드 오름은 이런 외진 곳에 있을 사람이 아니고 가족들과 내려갠싯에 있어야 했단 말이다. 여기서 쉬면서 차분하게 고귀한 사유에 잠기려고 머무르는 것뿐이란 말이야. 밀드레드는 일꾼들이 너무 이상한 사람들이라고 어이없어했다.

그 남자는 무례한 답을 보낸 뒤, 밀드레드가 앉아 있는 현관을 지나면서 마침내 그녀에게 눈길을 주었는데 갑자기 뻔뻔스러워진 그 태도에 밀드레드는 숨이 턱 막혀왔다.

그러나 그 묘한 눈길이 마음에 남았다. 떨쳐지지가 않았다.

2

다음 날은 예상과 달리 그다지 덥지 않았다. 밀드레드는 고개 숙인 밀밭을 가로질러 강으로 가는 길고 좁다란 길을 따라 걸었다. 누런 밀이 허리 위까지 자라 있었다. 밀드레드의 갈색 눈은 밀밭을 바라볼 때 반사된 황금빛으로 가득했고 부드러운 바람에 답하듯 밀밭이 흔들리는 소리가 들렸다. 한여름 밀밭을 가로질러 걸어본 사람은 누구나 알고 있는 소리였다.

숲속은 향긋하고 경건하고 서늘했다. 그리고 강 옆에 그 나쁜 놈이 있었다. 처음엔 무관심으로 그다음에는 노골적인 눈길로 밀드레드를 약 오르게 했던 놈.

"낚시하세요?" 밀드레드가 예의 바르고 상냥하면서도 품위 있게 물었다. 그런 태도가 그 남자보다 자신이 우월하다는 것을 나타낸다고 믿었다. 어쨌든 뜬금없는 질문은 아니었다. 남자가 가만히 앉아서 손에 낚싯대를 잡고 눈은 물 위에서 까딱거리는 코르크에 고정하고 있는 모습을 보고 물었으니까.

"예, 마담." 짧은 대답이 돌아왔다.

"내가 여기 잠깐 서서 뭘 잡는지 보면 방해가 될까요?"

"아뇨, 마담."

밀드레드는 들고 온 책을 꽉 쥔 채 아주 가만히 서 있었다. 그녀의 이마를 반쯤 덮고 있는 청동빛 갈색 곱슬머리 위로 밀짚모자가 한쪽으로 꼴사납게 미끄러져 내려와 있었다. 뺨은 태양이 꼬드겨 가져다놓은 빛깔로 익어 있었다. 입술도 마찬가지였다.

다른 일꾼들은 외출복을 차려입고 나갔다. 그런데 이 사람은 작업복이나 다름없는 것을 걸치고 있었다. 그런 생각이 들자 여성 특유의 동정심이 함께 솟아올랐다. 남자는 한마디도 하지 않았다. 밀드레드는 남자가 얼마나 오래 앉아서 물고기가 미끼를 물 때까지 참고 기다릴 수 있을지 궁금했다. 하지만 그러고 있자니 싫증이 나기 시작해서 결국 상황을 바꿔보기로 했다.

"내가 잠깐만 해봐도 될까요? 좋은 생각이 있어서."

"그러세요, 마담."

'이 남자는 정말 멍청한가봐. 말을 저렇게 짧게밖에 못 하는 걸 보니.' 밀드레드는 생각했다. 하지만 짧게 말하는 것이 시골 사람들의 특징이라는 사실이 떠올랐다.

밀드레드는 책을 잘 내려놓고 그가 건네준 낚싯대를 조심스레 잡았다. 이제 남자가 얌전히 입을 다물고 뒤에 서서 그 눈을 뗄 수 없는 작업을 지켜볼 차례였다.

"이야!" 밀드레드가 낚싯줄이 끌려서 물속 깊이 들어가는 것을 보자 별안간 흥분해서 소리를 질렀다.

"가만, 기다려요. 아직 아니에요."

남자가 밀드레드 옆으로 확 다가왔다. 이글이글 끓는 눈을 팽팽하게 당겨진 낚싯줄에 고정한 채, 밀드레드 의도대로였던 것 같은데, 그녀가 줄을 당기지 못하게 낚싯대를 거머쥐었다. 아니, 사실은 낚싯대를 잡으려다가 그 갈색 손이 미끄러져 밀드레드의 하얀 손을 잡고 말았다.

남자가 흠칫 놀라서 보니 밀드레드의 청동빛 갈색 머리카락이 너무 가까이 있어서 자신의 턱에 쓸리고 있고 어깨에서 몇 센티미터 안 떨어진 곳에 그녀의 뜨거운 뺨이 있었다. 어리고 짙은 눈이 잠깐 동안 무의식을 드러내며 자신의 눈을 바라보고 있었다.

도대체 왜 그런 것인지, 어떻게 된 일인지 그는 밀드레드를 끌어안고 입술에 키스를 했다. 밀드레드는 키스가 열 번이었는지 단 한 번이었는지도 알 수가 없었다.

얼굴이 우유처럼 허예져서 둘러보니 자신이 그곳에 올 때 지나온 길을 따라 남자가 재빨리 사라지는 모습이 보였다. 이제 그녀는 혼자 남았다.

새들만이 보았고 새들의 과묵함은 믿을 만했다. 다른 사람들도 그랬겠지만 그녀는 치를 떨며 분통을 터뜨리지 않았다. 수치심에 제정신이 아니었다. 하지만 그러는 동안에도 정숙한 입술이 순결을 빼앗겼다고 크라우머 가족에게 말하는 것이 좋을지 생각했다. 이 혼란스러운 상황을 알리라고? 아니! 일단 방에 가서 차분하게 생각해보고 어떻게 행동할지 결정하기로 했다. 비밀은 아무에게도 누설하지 말아야 했다. 그 불쾌한 짐은 잊을 수 있을 때까지 혼자 짊어지기로 했다.

3

그 일을 잊을 수 없을까봐 두려워서 그녀는 그날 밤 눈물을 흘렸다. 끔찍한 진실이 자신을 미치게 만든 것이 아닐까 하루 종일 생각했다. 미쳤을까봐 두려웠다. 그렇지 않다면 어떻게 그 키스가 20년 동안 느껴본 것 중에 가장 달콤한 일일 수 있는가? 키스의 얼얼한 느낌이 입술에 닿은 후 결코 사라지지 않았다. 그 달콤한 통증 때문에 누워도 잠을 잘 수 없었다.

하지만 밀드레드는 흉측한 꿈처럼 별안간 자신을 덮친 수치스러운 기분에 굴복해서 인생의 겉모습을 바꾸지 않기로 했다. 아무것도 회피

하지 않으려 했다. 늘 하던 대로 오고 가기로 했다.

아침에 보니, 강가에 두고 온 책이 현관 의자에 놓여 있었다. 새로이 분노가 일었다! 하지만 거리낌없이 오갔고 평소처럼 익숙한 풍경에 둘러싸여 현관에 앉았다. 범인이 지나갈 때 눈을 들어 보지 않았지만 알 수 있었다. 보고 들어야만 알 수 있는 것이 아니잖아? 자신을 흔들어놓는 분위기로 알 수 있었고 그게 무엇인지는 몰랐다.

밀드레드는 어느 날 그 남자가 바깥에서 크라우머와 이야기를 나누는 모습을 몰래 지켜보았다. 남자가 가고 나서 그녀는 와인에 푹 취한 사람처럼 그대로 있었다. 그러다가 벌떡 일어나서 크라우머 농장을 떠날 준비를 시작했다.

오후가 다 지나갈 무렵 편지를 받았다. 그중 하나에 이렇게 쓰여 있었다.

"안녕, 밀드레드! 나 지금에야 내러갠싯에 왔는데 네가 없어서 무척 실망했어. 아이언 산에 있는 크라우머 농장에 내려가 있다면서. 잘했어! 너 매력적인 괴짜 프레드 이블린에 대해 어떻게 생각해? 하는 짓을 보면 프레드는 괴짜가 틀림없어. 생각해봐! 작년에 프레드가 벌판에 차를 몰고 이리저리 다녔잖아. 올해는 일꾼들이랑 같이 땅을 갈고 있어. 내년엔 또 미친 것처럼 다른 일을 벌이겠지. 프레드는 자꾸 돈키호테 같은 이유를 대며 새로운 짓을 하려고 하잖아. 우린 아주 친하게 잘 지내고 있어. 프레드가 나한테 자기가 황소처럼 튼튼해졌다고 썼더라. 하지만 네가 거기 있다는 이야기는 하지 않더라고. 네가 프레드와 사이가 좋지 않은 것을 알고 있어. 프레드가 좀 덜 똑똑하니까 말이야. 입센을 지긋지긋해하고 톨스토이를 욕하고. 프레드는 책 속에 있는 것을 읽지 않아. 책은 근시가 인생을 볼 때 쓰는 안경이라면서 말이지. 프레드를 밀어내거나 너무 심하게 대하지 마. 미국 최고의 괴짜이긴 해도 마음씨는 아주 고와."

밀드레드는 이 편지가 되찾게 해준 지성으로 자신을 괴롭히는 쓰라린 수치심을 덜어낼 수 있지 않을까 생각했다. 하지만 소용없었다. 사실 소용이 없을 거라는 걸 알고 있었다.

그녀는 짙어지는 황혼 속에 이슬이 잔뜩 내려 향기로워진 밀밭을 다시 가로질러 걸었다. 길은 아주 길고도 좁았다. 길 가운데에 이르렀을 때 범인이 자기 쪽으로 오고 있는 것을 보았다. 어떻게 하지? 어린애처럼 돌아서서 뛰어 도망갈까? 놀란 짐승처럼 밀밭으로 뛰어들어 숨을까? 그저 그 상황에서 꼭 필요한 위엄을 잃지 않고 그를 지나치는 수밖에 없었다.

하지만 남자는 밀드레드가 그냥 지나가게 두지 않았다. 당황한 표정으로 모자를 손에 들고 길목에 버티고 서 있었다.

"오름 양." 남자가 말했다. "지난주 내내 이 말이 하고 싶었어요. 나는 세상에서 제일 나쁜 개 같은 놈이에요."

밀드레드는 대답이 없었다. 온몸으로 그 말이 맞다고 말하고 있는 것 같았다.

"오름 양에게 아버지나 오빠, 그러니까 누구든 오름 양이 그런 일을 말할 사람이 있다면…"

"그 이야기를 하면 할수록 더 범죄를 저지르는 게 된다고 생각해요. 그 이야기를 다시 꺼내지 말아주세요. 완전히 다 잊고 싶어요. 제가 좀 지나가도 될까요?"

"아," 그가 조심스러우면서도 간절하게 말했다. "잊고 싶다고요! 그러면, 잊고 싶으시니까 그 범인을 관대하게 용서해줄 수도 있겠군요? 언젠가는."

"언젠가는." 밀드레드가 거의 들리지 않게 그의 말을 따라했다. 남자를 보고 있는 것 같았지만 보고 있지 않았다. "언젠가는 그럴 수도요. 나 자신을 용서할 때."

남자는 잠자코 서서 그녀의 호리호리하고 꼿꼿한 모습이 천천히 멀어져 작아지는 것을 지켜보았다. 그는 그 말이 무슨 뜻인지 생각해보았다. 그러다가 갈색 목에 갑자기 재빠른 일렁임이 밀려와 부딪혔고 목을 붉게 물들였다. 그 말의 뜻을 알 것 같았다.

쟁점!

결혼함—5월 11일 화요일. 일리노어 게일과 찰스 패러데이.

결혼 발표의 형식을 띤 것 중에 《플림데일 프로멀게이터》 저 구석에 숨겨지고, 제일 연한 색의 제일 작은 활자로 인쇄된 이것만큼 눈에 잘 안 띄는 것은 없을 것이다. 게다가 이 결혼 발표는 여름 몇 달 동안 집을 비우는 정기 구독자에게 추가부담금을 면제해준다는 (의심의 여지 없이 위치와 색이 잘못된) 커다란 검정색 활자의 공고와, 해머스미스 사가 크고 다양한 대리석과 화강암 기념비를 판매한다는 역시나 검정색으로 인쇄된 광고 사이에 수수하게 끼어 있었다.

샌드위치처럼 끼어 있는데도 일리노어에게는 그 작은 결혼 발표문이 동네방네 가두행진이라도 하고 있는 것 같았다.

눈을 어디로 돌리든 그 발표문이 비웃으며 꾸짖듯 쏘아보는 것 같았다.

자기 자신이 대중에게 억지로 무례하게 공개되고 있는 느낌이었다. 그리고 그 발표를 보니 예의를 지키려고 양보해서 결혼 공고를 허락해준 것에 대한 후회가 막심했다.

이제 양보의 시간이 끝나기를 바랐다. 일리노어는 플림데일 여성들이 다들 걸어간 덕에 잘 다져진 길에서 벗어나기를 선택한 후 앞을 막아선 시련을 오랫동안 참을성 있게 견뎌왔다. 혼란스럽고 굴욕도 뒤따랐지만 자유로운 사상의 저 높은 곳을 걷고 있다는 만족감을 위안 삼고 정신적 해방의 쾌락도 만끽하면서, 사람들이 아무렇게나 뭉뚱그려 구분해놓은 '괴짜'로 취급받아도 꾹 참아왔다.

일리노어는 미리 알리지도 않고, 남의 일 캐기 좋아하는 사람들이 촉각을 곤두세우고 보는 장신구도 따로 받지 않고 결혼하기로 했고, 미혼 시절의 마지막을 장식한 그 행동은 여태 그녀가 했던 눈에 띄는 행동들과 일맥상통했다. 즐길 거리를 빼앗겨 실망한 대중은 대신 그녀의 현재를 비난하면서 과거를 가차 없이 헐뜯고 미래에 대해 끔찍한 예언을 할 수밖에 없었다.

플림데일 대학 수학과 교수 직함을 가진 찰스 패러데이는 일리노어 게일이 자신의 이상형이라는 사실을 깨달았다.

사실은 이상형을 약간 능가했다. 일리노어를 알게 됐을 때는 그저 아름다운 여자가 이상형이었다. 일리노어의 장점은 약간 강조하고 단점은 살짝 줄여 보게 되자 일리노어가 이상적인 여성의 원형이 되었다.

"인간 본성의 매일의 양식 때문에 너무 (밝거나) 좋지 않다*"고 하지

* 윌리엄 워즈워스의 시 「그녀는 기쁨의 환영이었다(She was a Phantom of Delight)」 한 구

만 패러데이에게는 너무 좋아서 그런 이상형을 실제로 보리라고는 소망한 적도 없었다. 하지만 일리노어는 그 앞에 나타나 이상형의 자리를 차지하고 그동안 그가 꿈꾸던 여성을 보잘것없는 존재로 만들어버렸다. 처음에는 일리노어가 너무도 아름다웠다. 우아한 여성적 매력이 조화로웠고 남의 눈을 의식하는 뻔한 행동을 하지 않아서 더 매력적이었으며 그런 매력은 보기 드문 만큼 더욱 패러데이의 마음을 사로잡았다. 이야기를 나누는 동안 자신을 바라보는 일리노어의 눈에서 일리노어가 자신과 같은 지성인이라는 것을 곧바로 감지했다. 그리고 더 오래 알게 될수록 유혹적인 태양의 온기를 향해 열리는 강인한 꽃의 꽃잎처럼 자신을 향해 열린 그녀의 아름다운 정신이 더욱 궁금해졌다. 일리노어가 아는 것이 많다는 뜻은 아니었다. 직접 겸손하게 표현한 대로라면 아는 것이 하나도 없었다. 실제 지식의 양만 놓고 보면 플림데일에 일리노어보다 더 많이 아는 여학생들은 얼마든지 있었다. 하지만 일리노어는 예리한 추론 능력과 단호하고 편견 없는 관점을 가지고 있었다. 그야말로 희귀조(rara avis), 그러니까 논리적인 여성이었다. 패러데이가 한 번도 만나본 적이 없는 부류였다. 패러데이의 나이가 많지 않은 것은 사실이었다. 30살까지 그다지 다양한 여성을 만나지는 못했다. 하지만 그는 미

절. 아내를 칭송하는 시다. 첫 연에서는 아내가 영(phantom) 같은 천상의 존재라고 하고 두 번째 연에서는 인간이 매일 섭취하는 것, 슬픔, 사랑, 눈물 따위 때문에 너무 밝지도 너무 좋지도 않은 존재라고 하였다. 원래 구절은 (A Creature) not too (bright) or good / For human nature's daily food. 여기서는 괄호 부분이 빠져 있다.

래가 된다고 해서 그런 논리적인 대단한 영재 여성들이 과거보다 더 많아지지는 않을 것이라고 확신했다.

패러데이가 보기에 일리노어는 인생과 인류를 폭넓게 조망할 준비가 되어 있었다. 질문을 이해할 수 있었고, 자신이 이성으로 더 느리게 꾸준히 걸어서 도달했던 결론을 일리노어는 직관을 통해 재빨리 예상할 수 있었다.

한 달 한 달이 흘러 일 년이 넘도록 두 사람은 같은 목표를 향해 조화롭게 함께했다.

함께 인생의 즐거운 일들을 찾으러 다녔고 철학의 닫힌 문을 두드리기도 했다. 일리노어는 그의 도움을 받아 과학의 드넓은 들판으로 위험을 무릅쓰고 차근차근 불안한 발걸음을 내디디며 들어갔다.

패러데이가 이끄는 곳이면 어디든 따랐지만 때로는 그가 보수성을 떨치지 못해 들어가기를 망설이는 낯선 길로 그녀가 먼저 열정적으로 이끌기도 했다.

그렇게 생각이 잘 맞아 서로 너무도 가까워져서 혹시 결혼을 하면 더 빨리 더 가까워질 수 있을까 하는 생각은 아예 떠오르지도 않은 것 같았다. 그러다 어느 날 패러데이에게 미지에서 오는 계시처럼 일리노어를 아내로 맞을 수도 있다는 생각이 별안간 떠올랐다.

패러데이가 새롭게 솟은 생각에 사로잡혀 간절하게 이야기를 하자 일리노어가 웃으며 이렇게 대답했다.

"그거 좋네요." 일리노어는 이미 오래전에 생각했던 일이었다.

둘은 새로운 인생을 시작하면서 관례에 휘둘리지 않기로 했다. 결혼은 둘의 관계를 법적으로 정해주지만 서로의 개별성은 전혀 건드리지 않고 온전하게 보전해주는 것이어야 했다. 각자가 자유롭고 완전한 한 인간으로 유지되며 결혼법이라고 일컬어지는 것에 따를 것을 강요하지 말아야 했다. 그리고 그런 결합을 가능케 하는 요소는 서로에 대한 사랑과 명예, 예절에 대한 신뢰이며, 각자의 자유를 허락한 결과를 기꺼이 받아들이겠다는 조항을 따로 만들었다.

패러데이는 아내가 어린 시절 누리지 못한 문화의 혜택을 누리게 해주어야겠다고 생각했다.

결혼이 여성의 지적 생활에 종지부를 찍는 경우가 허다하지만 일리노어의 경우 결혼은, 강인하고 품위 있는 정신에 응당 있어야 할 장식물을 찾기 위해 통과해야 할 문이 될 것이었다.

일리노어에게 당장 필요한 것은 완벽한 프랑스어 말하기 능력이었다. 둘은 파리 장기 체류가 그 목적 달성에 유일하고도 믿을 만한 방법이라고 생각했다.

패러데이의 휴가 3개월 동안 유럽 대륙 전역을 한가하게 돌아다니며 느긋하게 신혼여행의 행복을 누린 후 패러데이는 아내를 프랑스 수도에 두고 떠날 계획이었다. 아내는 2년이든 3년이든 필요하다면 무한정 머무르다가, 여름이 되면 패러데이가 그곳에 와서 더 돈독해진 부부의 사랑을 다시 확인하기로 했다.

그래서 그들은 5월에 결혼했고 9월에 일리노어는 클레어고보라는 노

부부의 펜션에 자리를 잡고, 다가올 외로움을 달래줄 달콤한 추억을 가슴 가득 채운 채 리볼리 가가 보이는 예쁜 방에 편안하게 앉아 있었다.

벽에 걸린 남편의 초상화가 다정한 눈길로 항상 가만히 내려다보고 있었다. 일리노어는 그 아래 아담하고 예쁜 책상을 놓고 앉아 오래 행복한 시간을 보내려고 했다.

책이 사방에 있었다. 둘의 취향이 묻어나는 책들이 클레어고보 가의 보잘것없는 씨앗에서 싹을 틔워놓은 그 우아한 실내장식에 개성을 부여해주고 있었다. 게다가 창밖은 파리였다!

일리노어는 새롭고 흥미로운 환경에 더없이 만족했다. 남편과 떨어져 있는 고통이 오히려 목적을 달성하겠다는 열의를 더해주는 것 같았다.

패러데이는 짧은 체류 기간 동안 일이 잘되고 있다는 성취감과 앞으로도 잘될 것이라는 기대감이 가득했다. 하지만 남성 특유의 강렬한 감정 때문에 오래 머물지 못하는 아쉬움을 더 격하게 느꼈다.

그러나 지켜야 하는 원칙이 있다고 생각하자 그런 상황은 받아들일 만한 것이 되었다. 패러데이는 플림데일과 대학 일로 돌아가 다시 조용한 독신 생활을 시작했다. 하지만 하루가 멀다 하고 방해받기는 했다.

페러데이와 친분이 있는 사람들은 지난 몇 달 동안 그를 잊고 지내더니 페러데이가 혼자 집으로 돌아오자 다시 관심을 보였다. 사람들은 패러데이가 뻔뻔스럽게 혼자 온 것이 수치스러운 일이라며 떠들썩하게 분통을 터뜨렸다.

두 젊은 것이 시건방지게 결혼을 저렇게 크게 달라지게 만들다니!

그럴 필요가 없어!

잘못된 일이지!

꼴사나운 일이야!

그 여자가 유별나서 패러데이가 벌써 질린 게 분명해. 그러니 파리에 두고 온 거지.

파리에, 다른 데도 아니고 파리에 젊은 여자를 혼자 두다니! 아예 지옥에 두고 오지?

아무렴, 그 여자는 프랑스어를 배우러 파리에 남았지. 그런데 여태 플림데일의 상류층은 마담 블레어에게서 프랑스어를 잘만 배웠는데 언제부터 그 프랑스어가 실제 생활에 모자라는 수준이 된 거냐고!

하지만 패러데이는 할 일이 산더미 같아서 짧디짧은 여가 시간이 너무도 소중했고 귓전에 떠밀려 왔다가 잠시도 생각을 붙들지 못하고 흘러가버리는 쓸데없는 가십에 관심을 주기가 아까웠다.

아내와는 편지를 매개로 계속 함께했다. 실제로 함께 사는 것과는 달랐지만 서로 지속적으로 생각을 나누며 아주 만족스러워했다.

서로 말할 만하다고 생각하는 일상을 아주 상세히 이야기했다.

읽은 것에 대해 토론했다. 견해를 나누었다. 관심 있는 문제가 실린 신문을 잘라 주고받았다. 관심 없는 사건이 있기는 했을까?

두 사람이 보지 못할 만큼 거대한 문제는 없었다. 그 자체로는 사소한 문제지만 그들의 포괄적인 사고로 보면 중요한 사건들이 이상하게 두 사람을 사로잡았다. 일리노어는 이런 문제에 아주 극단적으로 몰두했다. 하지만 다행히 패러데이가 둘 사이에 유쾌한 분위기와 낙천성을 불어 넣어 너무 과도하게 무거워지지는 않았다.

패러데이에게는 플림데일에 친구들이 있었다. 그러나 아무도 일리노어가 차지한 위치 근처에도 가지 못했다. 일리노어는 탁월했다. 패러데이 자신과 같았다.

하지만 패러데이는 다정다감한 성격이었다. 동료들과 우정을 쌓았고 아무리 짧은 기간 동안 만났던 사람이더라도 그 만남을 고마워하는 마음을 늘 품었다.

플림데일에서 패러데이가 가장 자주 출입한 곳은 비튼 가였다.

비튼 페레는 동료 교수였고 패러데이보다 나이가 한참 많았지만 세월이 외모에 특유의 흔적을 남겼을 뿐 그 외에는 비튼 페레에게 그다지 영향을 끼치지 못했다.

비튼의 정신은 여전히 젊은이 같아서, 가족이 그를 중심으로 모여 각자 유쾌한 시간을 보냈다.

비튼 부인은 가족이 잘되기만을 바라는 사람이었는데 그 바람이 이루어졌다는 만족감이 온몸에서 뿜어져 나왔다.

장녀인 마거릿은 약간 특이해 보였고, 여성 참정권 운동 쪽으로 살짝 기울어 있었다.

그래서 저항 단체의 일원들과 이래저래 교제를 하고 있었다. 또 이상한 모양의 옷을 입고 다녔다. 그런 옷은 입은 사람에게 가짜 해방감을 주지만 착용감이 불편해서 오랫동안 입을 수 없는 탓에 그 조직의 궁극적인 목표에는 도움이 되지 않았다. 막내딸인 키티 비튼 양은 기숙학교에서 돌아온 지 얼마 안 되었는데, 얻을 수 있을지 의심이 들고, 도움이 될 가능성이 적거나 의심이 드는 권리는 대놓고 요구하지 않지만, 일단 손아귀에 들어오면 나폴레옹처럼 틀어쥐고 집안일을 제 맘대로 좌지우지하려 했다.

키티 비튼은 자신의 젊음과 아름다움과 행복을 뿌듯해하며 더없이 행복한 환상에 빠질 나이였다. 존엄한 자신의 즐거움을 위한 것 말고는 이 세상에서 관심거리가 하나도 없는 나이였다. 젊음의 저 대단한 이기심에는 그저 씩 웃어 넘겨주는 수밖에 없지 않은가? 경험이라는 거친 손이 그 짧은 꿈을 망치려고 다가갈 것을 잘 아니까 말이다.

모두 영리하고 밝고 재미있는 사람들이었다. 이 가족과 함께 있을 때면 패러데이는 견뎌야 하는 외로움과 일에서 놓여나 편안했다.

그 가족은 패러데이의 결혼생활이 현명하지 않다거나 제멋대로라고 생각한 적이 있다고 해도 예의상 그런 생각을 표현하지 않았다. 늘 다정하게 맞이해주었고 자리에 없는 일리노어에 대해 눈에 띄게 관심을 드러내며 일리노어를 아주 존중한다는 뜻을 밝혔다.

패러데이와 비튼은 아주 다른 길을 가지는 않으면서도 뚜렷한 거리를 두고 만나는, 남자들 사이에 있을 법한 유쾌한 관계였다.

하지만 키티는 여전히 소녀 같은 매력으로 패러데이를 자극했는데, 패러데이에게 아주 자주 있는 일은 아니었지만 너무 사소한 일이어서 불쾌해하거나 하지 않았다.

키티의 웃음과 노래 소리, 행복한 듯 끊임없이 움직이는 모습을 우아한 아기 고양이가 장난치며 노는 모습을 보듯 편안하게 바라보며 즐거워했다.

패러데이는 은은하게 반짝이는 그녀의 눈이 마음에 들었다. 키티가 곁에 있을 때면 벨벳처럼 부드러운 그 분홍색 뺨 때문에 키스를 해야만 제대로 표현할 수 있을 것 같은 감정으로 가슴이 설렜다.

아무리 모범적인 남자들이라도 평생 여성의 아름다움에 눈을 감고 여성의 매혹에 휘둘리지 않은 채 목석처럼 살 수 있으리라고 생각하는 것은 어리석은 일이다.

패러데이는 이런 느낌을 대수롭지 않게 여겼다. (그리고 다들 그렇다고는 하지만 솔직히 그렇지는 않다.)

어느 날 그는 아내에게 편지를 쓰면서 다른 화제와 아주 엄밀하게 똑같은 정도로 중요하다고 생각해서 이 이야기를 언급했다. 키티 양이 여성스럽고 귀여워서 관심이 간다고 꽤 상세히 썼다.

아내와 그런 이야기를 나누는 것이 괜찮은 일인지 깊이 생각했더라도 썼을 것이다. 속 좁은 평범한 여자들에 비하면 일리노어는 이해심이 아주 넓으니까.

둘의 인생 규칙에 대중을 지배하는 편견에 휘둘리지 말자는 것이 있지 않았던가?

하지만 사실 그런 생각도 해보지 않았다. 키티 이야기도, 대학 수업 이야기도 결국 일리노어에 대한 애정을 표현하기 위해 하는 것이니까 말이다.

편지를 보내고 난 뒤에는 내용에 대해서 다시 생각하지 않았다.

몇 달이 지나는 동안 패러데이는 그 내용이 아내를 향한 변치 않는 사랑과 상관없는 것으로 치부했다.

크게 걱정되는 순간이 한 차례 있기는 했다. 규칙적으로 오던 아내의 편지가 오지 않더니 뒤늦게 편지가 왔는데 묘하게 냉정하게 씌어져 있어서 마음이 아팠지만 금세 강렬한 사랑을 담은 편지가 파리에서 계속 왔고 괜찮아졌다.

다시 5월이 되었고 패러데이는 수없이 많은 연인들이 그러듯 안달하며 일리노어를 다시 만나기 위해 서둘러 바다를 건넜다.

저녁 무렵 일리노어는 방에서 이리저리 걷고 있었다. 마음의 고통을 물리치려고 이성으로 무장해 하루 종일 싸웠고 이제 그 마지막 발버둥을 치고 있었다. 고통을 무시하면 그만이라고 생각했지만 그런 전략은 처절하게 실패했다. 매일 걸어 다니며 보는 모든 것에 고통이 깃들었다. 연기처럼 그녀를 에워싼 고통 속에서 파리는 사하라 사막보다 더 음울했다.

일을 하면 고통을 물리칠 수 있을 것이라고 생각했지만 고통은 화학자의 도가니 속에서 어지럽게 끓어오르는 원소들처럼 그녀의 한계를 넘어 펄펄 끓어 넘쳤다.

그녀는 방에서 혼자 이성의 힘만으로 이겨내리라 생각했다. 우선 위엄 있게 드리워지는 드레스를 입고 몸을 편안하게 했다. 고뇌하는 여신처럼 보였다.

머리카락을 풀어서 어깨에 늘어뜨리고 머릿속 이성적 힘이 자극을 받도록 풍성한 금발 속에 하얀 손가락을 밀어 넣었다.

이렇게 흐트러진 상태에서 일리노어는 방과 작은 가구들에 비해 너무 커 보였다. 가만히 쉬고 있을 때는 그 공간이 일리노어에게 잘 맞았지만 이제 막 시작된 태풍처럼 그 좁은 공간을 휩쓸고 있는 일리노어에게는 그렇지 않았다.

이성이 제대로 작동해서 굳게 자리를 잡았지만 오래전부터 전해져 내려오는 안이한 편견이 여성의 감정을 뒷받침하고 있어서 감정이 이성을 이길 가능성이 너무도 높았다.

그녀는 마침내 작은 책상 앞 의자에 털썩 앉았다. 기다리고 있는 듯한 두 팔 위로 금빛 머리가 떨어졌고 폭풍처럼 흐느끼며 눈물을 터뜨렸다. 항복의 표시였다.

다행히도 일리노어처럼 뛰어난 여성에게 그런 이례적인 동요가 일어난 이유는 모른 척해도 괜찮다. 그런 고통에 빠진 이유는 직접 털어놓지 않는 한 아무도 알 수 없을 것이다.

패러데이가 처음 아내를 안았을 때는 꿈에 그리던 아내의 모습만 보았다. 하지만 곧 아내가 더 아름다워졌다는 걸 깨닫게 되었다. 플림데일에서는 결코 보지 못했던 좋은 혈색에 아주 건강한 모습이었다. 일리노어가 머지않아 완벽해질 만큼 이미 프랑스어를 많이 배웠으니 파리에 머무르는 목적이 곧 달성될 것이었다.

둘이 함께 방에 앉아서 여름에 어떻게 지낼지 의논하고 있었는데 조심스러운 노크 소리가 들려서 고개를 들었더니, 어린 하녀가 명함 하나를 가장자리만 살짝 보이게 손에 들고 일리노어에게 수상한 눈길을 보냈다.

일리노어는 얼른 하녀에게 다가가서 명함을 본 다음 주머니에 넣고는 몇 마디 소근거리며 이야기를 나누었다. 들리는 말은 "죄송하다고," "약속이", "다음에"밖에 없었다. 일리노어는 약간 어리둥절해 보이는 남편에게 돌아와 하던 이야기를 이어갔고 그는 의문의 방문객에 대해서는 아무것도 묻지 않았다.

며칠 뒤 패러데이가 응접실에 들어서는데 아내가 아주 놀랄 만큼 잘생긴 신사와 이야기를 나누고 있었고 신사는 막 떠나려는 참이었다.

둘은 당혹스러워했다. 특히 아내는 고개 숙여 인사를 하고 남자를 거의 밀어내면서 얼른 나가기를 바라는 것 같은 모습이었다. 남편이 보지 않기를 바라는 것 같기도 했다.

패러데이가 짐짓 아무렇지 않은 척하며 누군지 물었다.

"아, 그냥 아는 사람이에요." 아내는 태연한 척했지만 소용없었다.

패러데이는 아내가 어쩐지 솔직하지 않은 것 같다고 생각은 했지만 되묻지 않고 그냥 받아들였다.

하지만 아내가 급한 일로 누군가를 만나야 한다며 오후 내내 함께 있을 수 없다고 양해를 구했을 때, 그토록 굳게 지키려 했던 이 자유로운 결혼생활의 원칙을 수정해야 할지 의구심이 들기 시작했다.

아내가 여태 배운 프랑스어로 수십 번도 더 다정하게 인사를 하고 나갔다.

패러데이는 일부러 급히 보내야 할 편지를 쓰기 시작했지만 머리에 떠오르는 생각을 멈출 수 없었다.

점점 추잡한 생각에 빠져들어서 그런 생각을 떨칠 방법을 궁리했다.

창밖을 응시하던 그는 왜 자신이 집에 그대로 있나 하는 생각이 들어 모자를 들고 거리로 달려 나갔다.

초여름 낮의 파리 대로는 모든 고통을 떨칠 수 있게 잘 조성돼 있었다. 그러나 단 하나의 고통은 예외였다. 이때 패러데이가 바로 그 고통을 느끼기 시작하고 있었다.

이럴 때 남자들은 응시하고 즐기는 모든 것이 못마땅하다고 화를 내게 마련이었다.

태양이 너무 뜨겁군.

상점 진열장은 천박해. 예술적인 면은 없고 치장밖에 없군.

여태껏 왜 파리 여자들이 매력적이라고 생각했던 것일까? 그 여자들은 세련미를 잃어버렸어. 거의 다들 뼈만 앙상하잖아. 봐줄 가치도 없어.

그는 화랑 가로 가서 거닐며 생각에 잠겼다. 일리노어가 함께 가고 싶어했던 곳이었다. 그래서 혼자 가보고 싶어졌다.

마침내 몸보다 정신이 더 피로해져서 카페의 작은 테이블에 자리를 잡고 '마자랭'*을 주문했고, 기다리는 동안 파리의 파노라마가 무관심한 눈앞을 스쳐 지나갔다.

흘러가던 풍경 중 한 장면이 난데없이 그에게 기절시킬 듯한 충격을 가했다.

아내의 모습이었다. 4륜 승합마차에 며칠 전 찾아왔던 신사와 함께 타고 있었고 둘은 신나게 이야기를 나누고 있었다.

패러데이는 순간 맥이 빠진 채 앉아 있다가 피가 혈관 속에서 거꾸로 솟아오르는 듯했다. 당장이라도 벌떡 일어나 ('편견을 품은 보통 사람'이라면 누구나 할 법하게) 그 악당을 갈기갈기 찢어 대로를 그놈의 악랄한 피로 붉게 물들게 하고 싶어서 손가락 끝이 실룩거렸다.

생각이 머릿속에서 거칠게 소용돌이쳤다.

따라가서 설명하라고 할까? 아내 얼굴을 다시 볼 필요도 없고 그 신사는 더더욱 그럴 가치도 없으니 그냥 파리를 떠나버릴까?

이때 더 나은 자아와 더 나은 감각이 재빨리 돌아왔다.

좀 전에 보인 반응은 남자가 마음의 준비를 하기도 전에 외과의사의 칼이 살에 닿았을 때 자기도 모르게 저항한 것과 같았다.

둘이 얼마 전까지 함께 꿈꾸었던 것과 하고자 했던 많은 일들, 그 모든 것이 떠올랐다. 이제 첫 번째 시련이 왔고 이렇게 외칠 만했다. "못 참겠어."

패러데이가 펜션에 돌아갔을 때 초조하게 기다리고 있던 일리노어가 남편을 보자 기뻐서 활짝 웃었다.

* 프랑스식 케이크.

일리노어는 흥분을 숨기느라 남편이 제정신이 아닌 것을 알아채지 못했다.

그녀는 힘없는 남편의 손을 잡아 침실과 연결된 작은 응접실로 데리고 갔다.

응접실에는 승합마차에 함께 탔던 신사가 미소를 지으며 서 있었고, 일리노어는 패러데이에게 벽에 걸린 또 다른 일리노어를 기쁘게 소개했다. 그 그림은 놀랄 만큼 아름다운 일리노어의 광휘와 그것을 그려낸 사람의 솜씨를 보여주기에 모자람이 없는 최상의 불빛을 받으며 벽에 걸려 있었다.

일리노어와 화가는 패러데이가 깜짝 선물에 이렇게 황홀해할지 전혀 예상하지 못했다.

'화가 선생'은 미국인들이 감정을 잘 드러내지 않는데 이 사람은 아주 감동을 받았구나 생각하며 자리를 떴다. 호주머니에는 미국인의 안목을 보여주는 섭섭잖은 증거가 들어 있었다.

패러데이는 아내에게서 초상화로 놀라게 해줄 생각이었다는 설명을 듣게 됐다. 그림의 완성이 미루어진 이야기며 화가가 일리노어에게 한 번 더 모델을 서달라고 해서 그날 아내가 나갔고 둘이 함께 마차에 그림을 싣고 집으로 돌아온 이야기를 들었다. 그리고 화가가 그림을 훌륭한 조명 아래 잘 걸어두고 마지막으로 자신이 몹시도 흠모하고 존경하는 부인의 남편 패러데이에게 그림이 주어지는 모습까지 보고 싶어했다는 이야기도 들었다.

"이걸 집에 가져가세요." 일리노어가 말했다.

두 사람은 끊임없이 타오르는 온화한 촛불 빛 속에서 그 아름다운 창조물을 보고 있었다.

"그럴게요, 여보." 패러데이가 대답했지만 절묘하게 아름다우나 생명이 없는 그림을 가지고 집으로 돌아갈 생각에 그다지 기쁘지 않았다.

"돌아가는 표는 예매했어요?" 일리노어가 물었다.

일리노어가 남편의 무릎 앞에 앉아 어느 날 저녁 고통스러운 여신처럼 입었던 드레스의 매무새를 가다듬었다.

"아, 아니요. 아직 시간이 아주 많잖아요." 패러데이가 대답했다. "그건 왜 물어요?"

"그냥 확인하려고요"라고 하더니 잠시 뒤에 일리노어는 이렇게 말했다.

"찰리, 내 생각에는, 그러니까 내 프랑스어 실력이 아주 많이 는 것 같지 않아요?"

"당신은 기적을 이룬 셈이에요, 넬리. 당신 프랑스어와 마담 클레어 고보의 프랑스어가 다르지 않던걸요. 당신 프랑스어가 훨씬 더 아름답다는 것 말고는."

"그래요?" 아내가 손을 살짝 쥐면서 좋아했다.

"내가 옳지 않을 수도 있으니 솔직하게 말해줘요. 마담 블레어가 있잖아요. 내가 너무 호들갑을 떠는 것 같긴 한데, 어때요? 표를 두 장 사는 게 낫지 않을까요?"

패러데이는 벅차오르는 기쁨에 무언극 배우처럼 말없이 몸짓으로 대답했다. 그리고 더 이상 미룰 수 없는 사랑의 확인을 말없이 주고받았다.

"넬리." 다정한 키스를 나누느라 다가온 얼굴을 바라보며 그가 물었다. "가끔 궁금한 게 있었는데 꼭 대답할 필요는 없긴 해요." 그리고 웃으며 덧붙였다. "당신이 답장을 안 한 적이 있었잖아요. 그다음에 차갑게 편지를 써 보내서 일주일 동안 내 마음을 아프게 한 적이 있었죠. 왜 그런 거예요?"

일리노어가 얼굴을 붉히고 머뭇거리다가 마침내 용기를 내서 대답했다. "그때, 당신이 키티 비튼을 너무 좋아할 때라."

너무 놀라 패러데이는 잠깐 동안 말을 잃었다.

"하지만 일리노어! 도저히! 말도 안 돼요!"

"당신이 뭐라고 할지 다 알아요." 일리노어가 대답했다. "온갖 생각을 다 하고, 생각하고 또 생각했어요. 하지만 소용없었요. 여자가 이해할 수 없는 일이 있는 거더라고요. 죽음이 바로 곁에 와 있을 때는 죽음에 대해 생각할 수 없듯이 말이죠."

"하지만 당신 생각엔…"

"쉿! 이제 그만 말해요. 생각 안 할 거예요." 일리노어가 눈을 감은 채 약간 떨면서 더 가까이 다가왔다.

아내에게 열정적으로 키스하며 패러데이는 이렇게 생각했다. "어떤 일이 있어도 아내를 사랑하지만 넬리도 결국 여자일 뿐이군."

패러데이 역시 남자들이 다들 빠져 있는 그 자가당착에 빠져 초상화 때문에 자기가 어땠는지는 깡그리 잊어버리고 말았던 것이다.

아젤리

아젤리는 느리고 주저하는 발걸음으로 마당을 가로질렀다. 분홍색 선보닛을 쓰고 빛바랜 캘리코 원피스를 입고 있었는데 작년 여름에 지은 옷이어서 이제 품도 길이도 모두 작았다. 팔에는 커다란 주석 들통을 걸고 있었다. 농장주택으로 다가가 몇 야드 남겨두고 멀구슬나무 아래에 서서 이따금 고개를 이쪽저쪽으로 천천히 돌리기만 할 뿐 꼼짝 않고 가만히 있었다.

매서린 씨가 위쪽 발코니로 올라가다가 아젤리를 보고 웃었다. 누군가가 자신을 알아보고 물어봐줄 때까지 아젤리가 그대로 가만히 서 있을 것을 알기 때문이었다.

농장주 매서린 씨는 이제 막 도시에서 돌아온 참이어서 그가 프랑스어로 신선한 공기라고 부르는 것, 널찍하고 고요한 시골 풍경, 들판의 향기를 대하면 늘 그렇듯 기분이 최고였다. 셔츠 바람인 그는 희고 네모낳고 커다란 집을 에워싼 발코니를 걷고 있었다. 발코니 아래에는 방들과 연결된, 벽돌로 포장된 현관이 있었다. 하얗게 칠해진 커다란 기둥들이 위쪽 발코니를 지탱하며 널찍널찍하게 서 있었다.

아래쪽 건물 한쪽 구석에 가게가 있었는데, 누구에게나 물건을 파는 곳은 아니고 매서린 씨의 '일꾼들'에게 필요한 것을 공급할 용도로만 운영됐다.

"어이! 뭘 줄까요, 아젤리?" 농장주가 마침내 프랑스어로 말을 붙였다. 아젤리가 몇 걸음 걸어 나오더니 선보닛을 뒤로 젖힌 채 순하고 악의 없는 얼굴로 올려다보았다. 매서린은 언젠가 그 얼굴을 두고 "고해성사를 안 하고도 영성체를 줄 수 있을 것 같은" 얼굴이라고 말한 바 있었다.

"안녕하세요, 매서린 씨." 아젤리가 프랑스어로 대답하고 영어로 말을 이었다. "고기 조금 가지러 왔어요. 집에 고기가 다 떨어져서요."

"그래, 그래. 고기가 아가씨한테 걸어가진 않겠지. 발이 없으니까. 폴리트 씨한테 가봐요. 저쪽 헛간 아래에서 마차를 고치고 있지." 아젤리가 조심스럽게 몸을 돌려 폴리트를 찾으러 갔다.

"또 왔군요!" 젊은 남자가 아젤리를 보고 짜증 난 척하면서 소리쳤다. 몸을 일으키고 알 만하다는 눈빛으로 아젤리와 들통을 내려다보았다. 잘생긴 갈색 얼굴 위에 땀방울이 구슬처럼 빛나고 있었다. 셔츠 바람에 바짓가랑이는 굽이 높은 고급 부츠에 밀어 넣은 채였다. 밀짚모자는 한쪽으로 홱 기울여 쓰고 있어서 전체적으로 허풍쟁이 같은 분위기였다. 뒷주머니를 더듬어 가게 열쇠를 찾았는데, 가끔 주머니에 넣어두곤 하는 권총만큼 커다란 열쇠였다. 아젤리가 성큼성큼 걷는 남자의 보폭을 따라잡으려고 잰걸음으로 마당의 빽빽하고 더부룩하게 자라난 풀밭을 가로질러 갔다.

폴리트가 무거운 가게 문을 열자 닫힌 공간에 들어차 있던 갖가지 물건과 음식 냄새가 빠져나오며 코를 찔렀다. 아젤리는 그 냄새를 좋아하는 듯 사람들이 향기로운 꽃이 가득한 온실에 들어갈 때처럼 고개를 들고 냄새를 맡았다.

열린 문을 통해 널따란 빛의 띠가 비쳐 들어 우중충한 내부를 밝혔다. 나무 덧창 두 개는 모두 닫혀 있고 안쪽에서 쇠고리가 걸려 있었다.

"그래, 뭘 줄까요, 아젤리?" 폴리트가 거만한 태도로 서두르는 듯 카운터 뒤로 들어가며 물었다. "난 멍청한 짓 할 시간이 없어요. 어서 뭐가 필요한지 말해요."

아젤리는 매서린 씨에게 한 것과 아주 똑같이 대답했다.

"고기 조금 가지러 왔어요. 집에 고기가 다 떨어져서요."

폴리트는 몹시 화가 난 것 같았다.

"오, 이거 봐라! 저기서 다들 고기로 뭘 하는 거요? 곡식을 땅에서 거두기도 전에 먹어치울 생각을 하는 거 아닌가? 아가씨 아버지는 왜 도축하는 걸 도와주고 거기서 생고기를 얻어 올 생각은 한 번도 않는 거지?"

아젤리는 아이처럼 감정도 억양도 없는 날카로운 목소리로 대답했다. "아빠도 도축하는 걸 도와요. 하지만 아빠는 절인 고기를 안 먹으면 일을 할 수가 없대요. 아빠는 먹일 사람이 많아요. 농사를 지으려면 고용을 해야 하고 그 일꾼들을 먹여야 해요. 안 그러면 그 사람들은 여기 안 붙어 있어요. 그리고 할머니랑 소트렐, 나도 먹여야 해요."

"그러니까, 할 줄 아는 거라곤 구석에서 불 쬐면서 하루 종일 커피 주전자만 찾는 아카디안 게으름뱅이 모두를 먹여야 한다는 거겠죠." 폴리트가 툴툴거렸다.

그는 돼지고기 통에서 절인 고깃덩이를 쇠갈고리로 조금 꺼내 무게를 달아서 아젤리의 들통에 넣었다. 그러자 아젤리가 커피를 조금 달라고 했다. 폴리트는 마뜩잖아하면서 주었다. 설탕은 훨씬 더 내주기 싫어했고 라드*는 아예 딱 잘라 거절했다.

아젤리는 벗고 있던 선보닛으로 부채질을 하면서 팔꿈치를 카운터에 얹고 기댄 채, 잘 정리된 선반을 천천히 눈으로 훑었다. 폴리트는 아젤리의 그런 모습과 태도에 늘 그렇듯 짜증이 끓어올라 얼굴을 쏘아보며 서 있었다.

얼굴은 창백하고 빨간 입술의 곡선만 보였다. 짙고 순진한 눈은 무언가를 찾는 듯 동그랗게 뜨고 있었고 검은 머리카락은 이마와 관자놀이에 매끈하게 딱 달라붙어 있었다. 교태라고는 찾아볼 수 없었다. 폴리트는 자신이 남자로 안 보여서 그러는 거라고 생각해 기분이 나빴고 용납할 수가 없었다.

* 돼지고기 지방을 녹인 식용 기름.

“자, 아젤리, 안 보이는 게 있으면 보고 싶다고 해요.” 그는 나름 유머라고 생각하고 말을 건넸다. 하지만 아젤리에겐 유머라는 것 자체가 없었다. 그녀는 주머니에서 진지하게 작은 병을 꺼냈다.

“아빠가 술을 조금만 주면 좋겠다고 했어요. 안 그러면 아파서 움직일 수가 없대요.”

“아가씨 아빠도 우리가 위스키 안 파는 걸 알잖아요. 매서린 씨에겐 주류 판매 허가증이 없어요.”

“알아요. 아빠는 조금만 주면 아저씨를 위해서 뭐라도 기꺼이 한대요.”

“안 돼요! 절대 안 돼!” 폴리트는 거래기록장에 손을 뻗어 아젤리에게 준 물품을 기록하려 했다.

하지만 아젤리의 요구는 거기서 끝이 아니었다. 담배를 달라고 했지만 폴리트는 주지 않으려고 했다. 실도 한 타래 달라고 해서 그가 한 타래를 감아 페퍼민트 막대사탕 두 개와 함께 들통에 담아주었다. 석유 한 병을 달라고 해서 폴리트가 마지못해 주겠다고 하고는 더는 아무것도 주지 않을 테니 더 이상 뇌를 쥐어짜도 소용없다고 말했다. 폴리트가 카운터에 쌓인 상자 뒤 석유 탱크 쪽으로 들어갔다. 아젤리는 빈 병 찾는 소리, 주석 깔때기가 덜걱거리는 소리를 듣고 기대어 있던 카운터에서 물러났다.

가게에서 나온 후 폴리트는 하얗게 칠한 기둥에 잠시 기대어서 이해할 수 없다는 표정으로 아젤리가 마당을 가로질러 가는 모습을 지켜보았다. 아젤리는 선보닛을 접어서 머리 위에 올리고 그 위에 무거운 들통을 올린 후 균형을 잘 잡았다. 그러고는 똑바로 서서 천천히 조심스레 발걸음을 떼며 걸었다. 가게 문지방에 서 있던 마당 개 두 마리가 꼬리를 흔들며 아젤리를 졸졸 쫓아갔다. 폴리트가 개들을 불렀다.

소녀가 아버지, 할머니, 남동생 소트렐과 살고 있는 오두막은 농장주 택에서 꽤 떨어져 있어서 만개한 목화밭 너머 멀리로 뾰족한 지붕만 점처럼 보일 뿐이었다. 아젤리의 모습이 이내 시야에서 사라지자 폴리트는 발코니에서 나와, 하다 만 일을 다시 시작했다. 그러다 위층에서 가만가만 걷고 있는 농장주에게 말을 걸었다.

"매서린 씨, 이제 아르센 포셰한테 외상을 그만 줄 때도 되지 않았나요? 그 사람이 가진 곡식으로 외상을 갚을 수 있을 것 같지 않은데요. 저는 매서린 씨가 어쩌다가 그 하찮은 리틀 강 패거리를 받아들이시게 됐는지 알 수가 없네요."

"맞아, 내가 잘못한 거야, 폴리트. 하지만 어쩔 수가 없잖나?" 농장주가 사람 좋게 어깨를 으쓱하며 대답했다. "그 사람들이 여기 있는 이상 굶어 죽게 내버려둘 수는 없지. 되는 건 뭐든 일을 시켜. 꼭 필요하지 않은 건 주지 말고. 내년엔 그 사람들 먹여 살리는 특권을 다른 사람들이 누리게 하자고." 농장주가 웃으며 말을 맺었다.

"전부 리틀 강으로 돌아가면 좋겠네요." 폴리트가 몸을 돌려 천천히 걸어가며 목소리를 죽여 웅얼거렸다.

가게 바로 뒤의 방이 그 젊은 남자가 자는 숙소였다. 그는 그곳에서 아주 편안하게 지냈다. 창과 문엔 방충망을 달았다. 마데이라 덩굴을 심어두었더니 방에 면한 두 기둥 사이에 두터운 초록 커튼이 드리워졌다. 그는 바깥에 해먹을 걸어두고, 고된 하루를 보낸 뒤 거기서 쉬는 것을 참 좋아했다.

그날 저녁 그는 해먹에 오래 누워 비몽사몽 중에 그날 일과 다음 날 일을 생각하면서 긴 복도를 거쳐 온 따스한 공기와 밤, 자신을 에워싼 거의 깨지지 않는 적막의 매혹에 완전히 빠져 있었다.

간혹 두서없는 생각이 저절로 알아들을 수 없는 말이 되기도 했다. "그 여자가 여기서 떠나면 좋겠어."

개 한 마리가 다가와 축축하고 서늘한 주둥이를 폴리트의 뺨에 디밀었다. 폴리트는 그 친구의 덥수룩한 머리를 어루만졌다. "그 여자는 왜 그런지 모르겠어." 한숨을 내쉬었다. "생각이 없는 것 같아."

한참 있다가 또 이렇게 중얼거렸다. "그 여자가 여기서 떠나버리면 좋겠어!"

달 가장자리가 말려 올라가 있었다. 목화밭의 어두운 윤곽 위로 예리하게 꺾인 빛의 날. 폴리트가 달을 보고 몸을 일으켰다. "이렇게 늦은지 몰랐네." 혼잣말을 했다. 아니, 개에게 하는 말이었을까. 그는 바로 방에 들어가서 침대에 눕더니 깊이 잠들었다.

몇 시간 뒤 폴리트가 잠에서 깨어났는데 무엇 때문에 깼는지 몰랐다. 정신이 완전히 들지 않아 알아챌 수가 없었다. 처음에는 아무 소리도 나지 않았다. 그러나 곧이어 들을 수 있었던 것이 신기할 만큼 아주 희미한 소리가 한 번 났다. 방문이 가게와 통해 있지만 그 문은 사용한 적이 없었고 반대편에 물품을 쌓아두어서 문이 없는 것과 다름없었다. 그 희미한 소리는 가게에서 났고 뒤이어 확 타오르는 불빛이 문틈으로 한 번 보이더니 성냥 한 개비가 타는 정도의 시간 동안 켜져 있었다.

누군가가 가게에 있는 것이 확실해졌다. 어떻게 들어왔는지는 알 수 없었다. 가게 열쇠는 시계 그리고 권총과 함께 베개 밑에 그대로 있었으니까.

최대한 조심스레 옷을 걸치고 맨발에 슬리퍼를 꿰신은 그는 총을 꺼내 든 채 현관으로 몰래 나갔다.

가게 덧창 하나가 열려 있었다. 폴리트는 창가로 다가가서 기다렸다. 어두운 데다 물건이 가득한 가게 안으로 들어갔다가 침입자와 쓸데없이 실랑이가 벌어지는 것보다 기다리는 편이 더 안전하고 확실하다고 생각해서였다.

오래 기다릴 필요가 없었다. 이내 누군가가 고양이처럼 재빠르게 창으로 빠져나왔다. 폴리트는 심하게 한 대 맞은 듯이 휘청거리며 뒤로 물러섰다. "이런! 하마터면 죽일 뻔했잖아!" 이것이 그가 가장 먼저 한 생각이자 가장 먼저 내뱉은 말이었다.

아젤리였다. 그녀는 소리를 지르지 않았지만 바로 도망가려고 했다. 폴리트가 억센 손아귀로 아젤리의 팔을 붙들었다. 주머니에 권총을 다시 꽂았다. 폴리트는 중풍에라도 걸린 듯 떨고 있었다. 아젤리가 들고 있던 꾸러미에서 물건을 하나씩 꺼내 가게로 다시 던져 넣었다. 많지는 않았다. 담배 몇 갑, 싸구려 파이프, 낚시 도구 몇 점, 오후에 가지고 왔던 병. 병은 마당에 던졌다. 그대로 빈 병이었다. 위스키 통 '열쇠'를 찾지 못했으니까.

"이러면, 이러면 도둑이 되는 거야!" 폴리트가 낮은 목소리로 거칠게 웅얼거렸다.

"아저씨 때문에 아파요." 아젤리가 버둥대며 투덜거렸다. 그가 약간 풀어주면서도 놓아주지는 않았다.

"난 도둑이 아니에요." 아젤리가 내뱉듯 말했다.

"도둑질을 하고 있었잖아요." 폴리트가 곧바로 받아쳤다.

"도둑질이 아니에요. 다들 너무 인색하게 굴며 나한테 안 줬던 하찮은 거 몇 개만 가지고 가려는 것뿐이었어요. 모두 우리 아빠를 개 취급하잖아요. 바로 지난주만 해도 매서린 씨가 손 앙브루아즈가 도시에 가는데 좋은 짐마차를 내줬잖아요. 그래봐야 흑인일 뿐인데요. 우리 아빠는 겨우 싸구려 담배가 필요하고요. 그러니 이건 도둑질이 아니죠." 그녀가 단조롭고 새된 목소리로 크게 말했다. 폴리트가 뒤이어 말했다. "쉿, 잘 들어! 조용히 해요! 누가 듣겠어요. 쉿! 가게에 침입한 걸로 충분히 잘못한 거죠. 그런데 어떻게 들어왔어요?" 그가 시선을 열린 창문으로 돌리며 덧붙여 물었다.

"아저씨가 상자 뒤 석유 탱크에 갔을 때 덧창 고리를 열어뒀어요." 아젤리가 뚱하게 설명했다.

"그걸로 내가 아가씨를 배턴루지*에 보낼 수 있다는 걸 몰라요?" 그는 중대한 잘못을 저질렀다는 것을 이해시키려는 듯 아젤리를 흔들었다.

"그깟 담배 때문에!" 아젤리가 훌쩍이며 말했다.

폴리트가 그녀의 손을 쓱 놓아주었다. 아젤리가 꽉 잡혀 있던 팔을 계속 문질렀다.

길게 늘어선 기둥 사이로 달이 흐린 빛줄기를 내보냈다. 그 빛줄기 속에 둘이 서 있었다.

"아젤리," 폴리트가 말했다. "얼른 여기서 떠나요. 여기 있다간 누가 볼지도 모르니까. 가게에서 뭔가 필요한 게 있으면, 아가씨든 아가씨 아버지든 상관없으니 나한테 달라고 해요. 하지만 다시는 가게에 발을 들이지 말아요. 얼른 가요. 얼른!"

아젤리는 전혀 사정해보려 하지 않았다. 몸을 돌려서 좀 전에 지나온 곳을 다시 가로질러 갔다. 큰 개 한 마리가 따라가기 시작했다. 이번에는 폴리트가 개를 불러들이지 않았다. 저 인적 없는 들판을 지나는 동안 개가 같이 있으면 안전할 거라고 생각했다.

폴리트는 곧바로 방에 돌아와 베개 밑에 있는 가게 열쇠를 꺼냈다. 그러고는 가게로 가서 창을 잠갔다. 전부 다시 확인하고 현관에 있는 벤치에 맥없이 앉았다. 미동도 없이 오래 앉아 있었다. 그러더니 그는 내부에서 일어난 어떤 강렬한 감정에 휘말려 얼굴을 손에 묻고 흐느꼈다. 격

* 미국 루이지애나 주의 주도. 도둑질을 했으니 이곳에 있는 법원으로 가게 될 수도 있다는 말.

렬한 흐느낌에 온몸이 떨렸다.

그날 밤 이후 폴리트는 아젤리를 필사적으로 사랑하게 되었다. 그 일로 그녀가 혐오스러워야 했는데 오히려 사랑의 불을 붙인 것 같았다. 그 사랑이 타락처럼 느껴졌다. 스스로 인정하기 수치스러운 무언가처럼. 그리고 그 사랑을 억눌러봐야 소용이 없다는 것도 알고 있었다.

이제 폴리트는 전전긍긍하며 아젤리가 오기를 기다렸다. 아젤리는 자주 왔다. 폴리트가 한 말을 한 마디 한 마디 다 기억했으니까. 그래서 '아빠의' 생활에 꼭 필요하다고 생각하는 사치스러운 물건들도 주저 없이 달라고 했다. 가게에 들어오려고 하지 않고 알아서 항상 바깥에서 기다리며 웃고 개들과 장난쳤다. 자신이 저지른 일에 수치심도 후회도 느끼지 않는 것 같았는데, 그것이 수치스러운 행동이라는 것 자체를 모르는 게 분명했다. 폴리트는 아젤리에게 도덕관념이 아예 없다는 생각에 너무 싫어서 진저리를 치곤 했다.

폴리트는 늘 부지런하고 바쁘게 움직이고 게으름이라고는 피우지 않는 사람이었다. 그런데 이제는 아젤리의 모습이 보이기를 기다리면서 몇 시간이고 아무것도 하지 않았다. 일을 하고 있을 때조차 보고 싶은 마음에 괴로웠고 어떤 때는 너무 절실해서 일을 다 팽개치고 아젤리의 모습을 찾아 두리번거리며 아젤리의 오두막 근처를 헤매고 다녔다. 수풀에서 놀고 있는 소트렐의 모습이라도 슬쩍 볼 수 있기를, 아니면 아르센이 발을 질질 끌면서, 이제 담배를 꼬박꼬박 받아 가는 바람에 입에서 떨어질 날이 없는 파이프를 물고 돌아다니는 모습이라도 볼 수 있기를 바랐다.

어느 날 바이유 둑 아래에서 아젤리와 마주쳤는데 너무 갑작스러운 일이어서 어찌할 줄을 몰라 그녀를 끌어안고 얼굴에 키스를 퍼부었다. 아젤리는 화를 내지 않았다. 예민하고 교태를 부리는 여자와 달리 당황하지도 화를 내지도 않았다. 그저 놀랐고 짜증을 냈다.

"뭐 하는 거예요, 폴리트 씨?" 아젤리가 버둥거리며 소리쳤다. "놓으세요. 갈 거예요. 놓으라니까요!"

"사랑해, 사랑해, 사랑해요!" 폴리트가 주체하지 못하고 아젤리의 면전에서 더듬거리며 말했다.

"돌았군요." 폴리트가 놓아주자 아젤리가 버둥거리느라 얼굴이 벌게진 채 말했다.

"맞아요, 아젤리. 내 생각에도 나는 돈 게 분명해." 그런 뒤 그는 바이유 둑으로 있는 힘을 다해 재빨리 올라갔다.

그때부터 폴리트가 저지른 일은 수치스러운 것이었고 스스로도 알고 있었지만 상관하지 않았다. 그는 아젤리의 손을 잡을 구실을 만들었다. 다시 키스하고 싶어서 예전처럼 가게로 들어오라고 했다. 이제 아젤리는 덧창 고리를 몰래 열어둘 필요가 없었다. 달라는 것은 뭐든, 폴리트가 장부에 자기 이름으로 외상을 달아놓고 다 주었다. 아젤리는 아무 반응 없이 애무하도록 내버려두었지만 지금으로선 그것이 폴리트에게 유일한 삶의 목적이었다. 그는 아젤리에게 작은 금반지를 주었다.

폴리트는 해가 가서 아르센이 리틀 강으로 돌아갈 시기가 오기를 애

타게 기다렸다. 아젤리에게 청혼할 생각이었다. 가족들이 떠나면 그녀와 계속 함께 있을 작정이었다. 아젤리에게 도덕관념이 없는 것이 가족과 환경 때문이라 생각했고 그런 가족과 환경으로부터 구해주고 싶었다. 아젤리가 가족과 떨어져서 자신과 함께 있게 되면 더 훌륭하고 더 나은 자극을 받게 될 것이라고 믿었다.

하지만 정작 청혼을 하자 아젤리는 깜짝 놀라 그를 쳐다보았다. "아, 아니요. 폴리트 씨와 있지 않을 거예요. 아빠와 함께 리틀 강으로 떠날 거예요."

폴리트는 그 결심을 듣고 놀랐지만 믿지 않는 척했다.

"농담이죠, 아젤리. 나한테 조금은 관심이 있잖아요. 여태 나한테 관심이 있는 것처럼 보였는데."

"그럼 우리 아빠는요? 아, 안 돼요."

"리틀 강에서 얼마나 외로웠는지 기억 안 나요, 아젤리?" 폴리트가 애원했다. "난 리틀 강을 생각하면 항상 슬퍼요. 묘지를 떠올릴 때처럼요. 리틀 강에 간다는 건 어쩐지 죽는 것처럼 느껴진다고요. 아, 너무 싫어요! 나하고 같이 삽시다, 아젤리. 떠나지 말아요."

아젤리는 폴리트의 말을 듣고 이렇다 저렇다 거의 말을 하지 않았고 폴리트는 아젤리가 그의 바람대로 떠나지 않고 아내가 되기로 결심한 것이라고, 믿고 싶은 대로 믿어버렸다.

그들이 떠난 날은 12월의 서늘하고 상쾌한 어느 아침이었다. 아르센 포셰와 그 가족은, 여기저기서 대충 모아다 매어놓은 말들이 끄는, 금방이라도 주저앉을 듯한 마차를 타고 매서린 농장을 떠나 리틀 강에 있는 오래되고 익숙한 거처로 향했다. 마녀 같은 모습의 할머니가 검정색 숄을 머리에 둘러 묶은 채 마차 바닥 이불 뭉치 위에 앉아 있었다. 소트렐은 장난기로 반짝이는 구슬 같은 눈으로 힐끔거렸다. 아젤리는 분홍색 선보닛으로 동그랗고 어린 얼굴을 완전히 가린 채 마차를 모는 아버지 옆에 앉아 있었다.

폴리트는 그 가족이 탄 마차가 지나갈 때 슬쩍 보았다. 그러고는 몸을 돌려 서둘러 방으로 돌아가더니 틀어박혀 나오지 않았다.

머지않아 폴리트의 일손이 별로 필요치 않아질 것이 분명했다. 폴리트도 잘 알고 있었다. 어느 날 그는 농장주에게 다가가 이렇게 말했다. "매서린 씨, 새해가 되기 전에 제가 그만둔다는 말씀을 드리는 게 낫겠어요." 폴리트는 계단에 서서 난간에 등을 기대고 있었다. 농장주는 약간 위의 발코니에 있었다.

"도대체 무슨 소리야, 폴리트!" 농장주가 놀라서 소리쳤다.

"말 그대로예요. 그만두겠습니다."

"더 좋은 데로 가는 거야?"

"아니요. 오라는 데 없어요."

"그럼 왜 그러는 거야, 이 사람아. 말해봐." 매서린 씨가 기분이 좀 상한 채 물었다. "여기서 떠나 어디로 갈 거야?"

폴리트는 흐물거리는 펠트 모자로 자신의 다리를 툭툭 치며 말했다. "리틀 강 저쪽에 가도 괜찮을 것 같아요. 아젤리가 있는."

점잖은 여자

바로다 부인은 남편 친구 구버나일이 농장에서 한두 주 동안 지낼 거라는 말을 듣고 약간 짜증이 났다.

부부는 겨울에 손님을 꽤 많이 맞았고 뉴올리언스에서는 이런저런 사소한 일들로 시간을 허비하기도 했다. 그래서 부인은 이제야 방해받지 않고 쉬면서 남편과 둘만의 시간을 가지게 되는구나 기대하고 있었는데 바로 그때 남편이 구버나일이 올 거라는 이야기를 했다.

부인은 구버나일을 만난 적이 없었고 이야기만 많이 전해 들었다. 그는 남편의 칼리지 친구였다. 언론인이었고, 사교계 인사도 '마당발'도 아니어서 여태 만날 기회가 없었던 것 같았다. 하지만 부인은 자기도 모르게 마음속으로 이래저래 상을 그려놓고 있었다. 키가 크고 호리호리하고 냉소적인 사람으로, 안경을 쓰고 손은 호주머니에 찔러 넣은 모습을 상상했다. 여하튼 마음에 들 것 같지 않았다. 구버나일은 호리호리하기는 했지만 키는 그리 크지 않았고 또 그다지 냉소적이지도 않았다. 안경을 안 썼을 뿐만 아니라 손을 호주머니에 넣지도 않았다. 그리고 처음 보았을 때 외려 부인은 그가 마음에 들었다.

그런데 그가 마음에 든 이유를 스스로에게 설명해보려고 했지만 만족스럽게 설명할 수가 없었다. 남편 가스통은 구버나일이 똑똑하고 유망하다고 자주 말했는데 부인이 보니 그런 면은 전혀 없었다. 오히려 구버나일은 그저 말없이 듣기만 하는 쪽이었다. 그 앞에서 부인은 구버나일이 마음 편히 지내게 하려고 열심히 수다를 떨었고 가스통은 스스럼없이 이 말 저 말 해댔다. 구버나일의 태도는 제아무리 까탈스러운 여자가 보기에도 예의가 발랐다. 그러면서도 생색을 내거나 칭찬을 바라지 않았다.

농장에 어느 정도 적응이 되자 구버나일은 널따란 현관에 있는 커다란 코린트식 기둥 그늘에 앉아 있기를 좋아하는 것 같았다. 거기서 한가하게 담배를 피우면서 설탕 농장을 경영하는 가스통의 이야기를 찬찬히 듣곤 했다.

구버나일은 사탕수수밭을 쓸고 온 바람이 자신을 따스하고 향기로운 벨벳처럼 어루만질 때 "이런 게 정말 사는 거지"라고 말하곤 했다. 커다란 개들이 다가와서 스스럼없이 그의 다리에 몸을 다정하게 비벼대는 것도 좋아했다. 낚시하러 가려 하지 않았고 가스통이 콩새 사냥을 가자고 했지만 그다지 관심을 보이지 않았다.

구버나일의 성격이 좀 이상한 것 같기는 했지만 바로다 부인은 그가 마음에 들었다. 사실 구버나일은 매력도 있고 무해한 사람이었다. 며칠이 지난 후에도 처음 만났을 때처럼 여전히 그를 잘 알 수 없었는데 부인은 더이상 당황스럽지는 않아도 기분이 좀 상했다. 그래서 대부분 남편과 그 친구 둘만 시간을 보내도록 자리를 피했다. 그러나 구버나일이 그런 행동에 전혀 언짢아하지 않기에 부인은 이번엔 일부러 그에게 다가가서 같이 방앗간까지 산책을 가고 강둑을 따라 거닐었다. 구버나일이 무의식적으로 스스로에게 둘러친 막을 뚫어보려고 계속 시도했다.

"그 사람 언제 가? 그 친구 말이야." 부인이 어느 날 남편에게 물었다. "그 친구 때문에 너무 피곤해."

"아직 일주일밖에 안 됐잖아, 여보. 왜 그러는 거야. 구버나일이 당신한테 뭘 해달라는 것도 아니잖아."

"응, 아니지. 그랬다면 더 좋아했을 거야. 다른 사람들처럼 구는 게 낫단 말이지. 그 사람을 편안하고 즐겁게 해주려면 뭔가 고민을 해야 하잖아."

가스통은 두 손으로 아내의 예쁜 얼굴을 감싸고 다정하게 웃으며, 찌푸리고 있는 눈을 바라보았다. 둘은 바로다 부인의 드레스룸에서 편하게 같이 옷을 차려입는 중이었다.

"당신은 정말 의외의 사람이야, 자기." 가스통이 아내에게 말했다. "어떤 때는 당신이 어떻게 행동할지 전혀 짐작할 수가 없어." 그는 아내에게 키스하고 돌아서서 거울 앞에서 넥타이를 매며 말을 이었다.

"당신은 딱한 구버나일을 이상하게 보고 수선을 떨잖아. 그게 구버나일이 제일 싫어할 일인데."

"수선이라고!" 부인이 벌컥 화를 냈다. "무슨 소리야! 어떻게 그런 말을 할 수가 있어? 수선이라니! 그런데 당신 말론 그 사람이 재치있다면서."

"맞아. 지금은 그 불쌍한 놈이 일이 힘들어서 그런 거야. 그래서 여기 와서 쉬라고 한 거고."

"또 기발한 생각이 많은 사람이라고도 했잖아." 부인은 화가 가라앉지 않아 쏘아붙였다. "난 적어도 재미있는 사람이겠거니 기대했어. 아침에 봄 옷 맞추러 시내에 갈 거야. 그 사람이 떠나면 알려줘. 난 옥타비에 숙모 댁에 가 있을 테니까."

그날 밤 부인은 자갈길 옆 떡갈나무 아래 벤치에 혼자 앉아 있었다.

자신이 왜 그렇게 갈피를 못 잡는지 알 수가 없었다. 그저 아침에 집을 떠나야 한다는 생각만 강렬했다.

바로다 부인은 자갈이 밟히는 소리를 들었다. 하지만 어두워서 담뱃불의 빨간 점밖에 보이지 않았다. 남편은 담배를 피우지 않으니 구버나일이 틀림없었다. 구버나일이 자신을 보지 못하기를 바랐지만 하얀 드레스 때문에 눈에 띄었다. 구버나일이 담배를 던지고 부인 옆에 앉았다. 자신이 온 것을 부인이 싫어할 수도 있다는 생각은 전혀 하지 않는 듯했다.

"가스통이 이걸 가져다주라고 했어요, 바로다 부인." 그가 얇고 하얀 스카프를 부인에게 건네며 말했다. 가끔 머리와 어깨에 두르곤 했던 것이었다. 부인이 작게 고맙다고 말하며 스카프를 받아서 다리 위에 올려놓았다.

구버나일이 그 계절 밤공기가 몸에 나쁘다는 둥 뻔한 이야기를 했다. 그런 다음 멀리 어둠속을 바라보면서 거의 혼잣말처럼 중얼거렸다.

"남쪽에서 바람이 불어오는 밤—커다란 별들이 빛나는 밤! 가만히 졸고 있는 밤!"*

부인은 그 밤의 시에 아무런 대꾸를 하지 않았다. 사실 딱히 부인을 향해 읊은 것도 아니었다.

구버나일은 전혀 소심한 사람이 아니었다. 남의 시선을 의식하는 사람이 아니었으니까. 그동안 말수가 적었던 것은 타고난 성격 때문이 아니라 분위기 때문이었다. 바로다 부인 옆에 앉아 있으니 그 침묵이 잠시 녹아내렸다.

그는 편안하고 살갑게 느릿느릿 말했다. 낮고 머뭇거리는 목소리였지만 듣기 싫지 않았다. 가스통과 친하게 지냈던 칼리지 시절 이야기를 했다. 크나큰 포부를 품고, 앞뒤 없이 간절하게 야망을 추구했던 시절 이야기도 했다. 그러나 이제는 기존의 질서를 달관한 듯 묵인하게 되었다. 지금 코로 들이마시고 있는 것 같은 진짜 인생을 가끔씩만 누리며, 허락되는 것만 욕망하면서.

부인은 그의 말을 아주 어렴풋이 이해했다. 그 순간에는 그녀의 육체가 더 우위였다. 그녀는 말의 뜻에 대해 생각하고 있지 않았다. 목소리

* 미국의 시인 월트 휘트먼의 장시 「나 자신의 노래(Song of myself)」 중 한 구절. 에로틱한 시. 구버나일이 낭송한 구절 바로 뒤에는 "mad, naked, summer night"이라는 구절이 나온다.

에 빠져 있을 뿐이었다. 어둠 속에서 손을 뻗어 예민한 손가락 끝으로 그의 얼굴과 입술을 만지고 싶었다. 바싹 다가가 뺨에 대고 무슨 말이든 속삭이고 싶었다. 점잖은 여자가 아니었다면 그렇게 했을 것이었다.

다가가고자 하는 충동이 강해질수록 실제로는 더 멀리 떨어졌다. 그녀는 자리를 떠도 무례하지 않을 순간에 일어서서 그를 놔두고 혼자 가버렸다.

부인이 집에 도착하기 전에 구버나일은 새 담배에 불을 붙였고 밤 노래를 끝마쳤다.

바로다 부인은 자신의 친구이기도 한 남편에게 그날 밤 자신을 사로잡았던 그 어리석은 생각에 대해 이야기해주고 싶었다. 하지만 하지 않았다. 그녀는 점잖은 여자이기도 하지만 아주 현명한 여자이기도 했으니까. 그리고 인생에는 홀로 맞서야 하는 싸움이 있다는 것을 알고 있었으니까.

가스통이 아침에 일어나보니 아내는 이미 나가고 없었다. 부인은 도시로 가는 이른 아침 기차를 탔다. 그리고 구버나일이 자기 집에서 떠날 때까지 돌아오지 않았다.

이듬해 여름에 구버나일을 다시 부르자는 이야기가 여러 번 나왔다. 가스통이 간절히 원했지만 아내가 완고하게 반대해 어쩔 수 없었다.

그런데 그해가 다 가기 전 아내가 자진해서 구버나일을 다시 부르라고 했다. 남편은 그 제안에 놀라면서도 몹시 기뻐했다.

"당신이 드디어 구버나일을 싫어하는 마음을 이겨냈구나. 다행이야,

여보. 그 친구는 그런 대접을 받을 친구가 아니었지."

"그래," 부인이 남편에게 길고 부드럽게 키스한 뒤 웃으며 말했다. "전부 다 이겨냈지! 두고 봐. 이번엔 아주 잘 해줄 거야."

후회

마드무아젤 오렐리는 불그스름한 뺨, 회색이 되어가는 갈색 머리카락에 단호한 눈매를 가진 꽤 강인한 외모의 소유자였다. 농장 근처에서는 남성용 모자를 썼고 추울 때면 낡은 푸른색 군복 코트를 입었으며 가끔 톱부츠*를 신었다.

마드무아젤 오렐리는 결혼은 생각해본 적이 없었다. 사랑해본 적도 없었다. 스무 살 때 청혼을 받았는데 그 자리에서 거절했고 쉰 살이 되어서도 그 일을 전혀 후회하지 않고 살고 있었다.

그래서 그녀는 세상에서 혼자였다. 개 폰토와 그녀 소유의 오두막에 살며 농사를 짓는 흑인들과 가금, 소 몇 마리, 노새 한 쌍, 총(말똥가리를 쏘는 데 쓰곤 했다)과 신앙이 있었다.

* 승마용 부츠. 윗부분 가장자리에 밝은 색 가죽이나 다른 재료를 사용해 접은 느낌을 연출한다.

어느 날 아침 마드무아젤 오렐리는 발코니에 서서 양손을 허리에 짚은 채 아주 조그만 아이들을 응시하며 생각에 잠겨 있었다. 아이들이 하늘에서 갑자기 떨어진 것처럼 너무도 갑작스레 와서 전혀 달갑지 않았다. 사실 그렇게 친하지는 않지만 어쨌든 제일 가까운 이웃인 오딜의 자식들이었다.

그 젊은 여자가 아이 네 명을 데리고 온 지 겨우 5분이 되었다. 어린 로디를 안아 들고 티 놈을 억지로 잡아끌고 왔다. 마르셀린과 마르셀레트는 우물쭈물하며 뒤를 따랐다.

오딜의 얼굴은 잔뜩 상기되고 눈물로 얼룩져 있었다. 근처 군에서 어머니가 위독하니 급히 오라는 전갈을 받은 터였다. 남편은 텍사스에 가 있었다. 오딜에게 텍사스는 백만 마일 떨어져 있는 것 같았다. 그리고 이제 밸신이 오딜을 역에 태워다주려고 노새 마차에서 기다리고 있었다.

"무조건 맡아줘요, 마드무아젤 오렐리. 내가 돌아올 때까지 아이들을 맡아줘야 해요. 정말이지, 다른 방법이 있었다면 절대 이렇게 귀찮게 하지 않았을 거예요. 애들을 휘어잡아요, 마드무아젤 오렐리. 살살 봐주면 안 돼요. 난, 있죠, 애들 사이에서 반쯤 미쳤고요, 레온은 집에 없는데 엄마는 살아 계실지 어쩔지 몰라요!" 그래서 오딜은 막막한 식구들을 남겨두고 끝내 황급히 떠날 수밖에 없었다.

마드무아젤 오렐리는 아이들이 길쭉하고 낮은 집 현관의 좁다란 그늘로 우르르 몰려 들어오게 내버려두었다. 하얀 햇살이 오래된 하얀 널빤지 위에 작열하고 있었다. 닭 몇 마리가 계단 밑 풀밭을 이리저리 쪼고 다녔는데 한 마리는 겁 없이 계단을 올라와서 퉁퉁거리며 묵직하고 진지하게 발코니를 건너고 있었다. 공중에는 상쾌한 패랭이꽃 향기가 퍼져 있었고 꽃이 핀 목화밭을 건너 흑인들의 웃음소리가 울려오고 있었다.

마드무아젤 오렐리는 아이들을 가만히 보며 서 있었다. 특히 마르셀린을 심각한 눈으로 보고 있었다. 아이가 토실토실한 로디의 무게에 눌려 비틀거리며 서 있었다. 티 놈이 시끄럽게 울며 반항하는 동안 조용히 눈물을 흘리는 마르셀레트도 유심히 살폈다. 그렇게 잠시 생각에 잠겨 정신을 가다듬고 임무에 딱 맞게 행동방침을 정했다. 아이들을 먹이는 일부터 시작했다.

그것만 해도 됐다면 아주 간단했을 것이다. 오렐리의 식품 저장실은 날씨나 흉년 같은 만일의 경우를 대비해 충분히 채워져 있었으니까 말이다. 하지만 어린아이는 새끼 돼지가 아니다. 아이들은 관심이 필요했고 돌봐주어야 했다. 마드무아젤 오렐리는 관심은 전혀 예상치 못했고 줄 준비도 안 돼 있었다.

처음 며칠 동안 오딜의 아이들을 돌보는 데 아주 서툴렀던 것이 사실이다. 큰 소리로 명령하듯 이야기하면 마르셀레트가 늘 울음을 터뜨린다는 것을 알 리가 없었다. 마르셀레트만 그랬으니까. 티 놈이 꽃을 아주 좋아한다는 것을 알게 된 것도, 아이가 식물학적 구조를 자세히 관찰할 목적이라는 듯 최고급 치자꽃과 패랭이를 다 뽑아버리고 난 후였다.

"말로 해서는 안 돼요, 마드무아젤 오렐리." 마르셀린이 가르쳐주었다. "재를 의자에 묶으세요. 나쁜 짓 할 때마다 엄마는 늘 그렇게 해요. 엄마는 의자에 재를 묶는다니까요." 마드무아젤 오렐리가 티 놈을 묶은 의자는 크고 편안해서 아이는 따스한 오후에 낮잠만 잘 잤다.

밤이 되어 오렐리가 닭장에 닭을 몰아넣듯이 아이들에게 훠이훠이 다 자러 가라고 명령했지만 아이들은 멀뚱멀뚱 서 있기만 했다. 그 작고 하얀 잠옷은 또 어떻고. 베갯잇에 넣어서 가져온 것을 꺼낸 다음에 소 채찍을 휘두르는 소리가 날 때까지 세게 털어야 했다. 물통을 바닥 가운데까지 가져다놓아야 하는 건 또 어떻고. 거기에 작고 지치고 흙투성이에 햇볕에 그은 발을 담가서 깔끔하게 씻겨야 했다. 그리고 마드무아젤 오렐리가 티 놈이 귀신이나 늑대인간 이야기, 아니면 둘 다를 안 듣고도 잠이 들 거라고, 또 로디가 흔들며 노래를 불러주지 않아도 잠이 들 거라고 잠시 동안이나마 믿는 모습을 보며 마르셀린과 마르셀레트는 재미있다고 웃었다.

"루비 아줌마, 정말이지," 마드무아젤 오렐리가 자기 집 요리사에게 장담했다. "아이 네 명을 키우느니 농장 열두 개를 관리하겠어. 아주 진이 빠지는 일이야. 아이구! 나한테 애들 얘긴 꺼내지도 마요!"

"마드무아젤이 애들에 대해 잘 모를 것 같았어요. 어제 내가 보니까 애들이 마드무아젤의 열쇠 바구니를 가지고 놀더라고. 그래서 정말 모르는구나 생각했지요. 그러면 애들이 고집쟁이가 되는 걸 모르세요, 열쇠를 가지고 놀면요? 거울을 보면 이가 튼튼해지는 것처럼요. 애들을 키우고 관리하려면 그런 걸 알아야 해요."

마드무아젤 오렐리는 그렇게 중요한 것들을 루비 아줌마처럼 일일이 다 알려고는 감히 생각도 하지 않았다. 아줌마는 한창때 "다섯을 키우고 여섯을 묻었다". 마드무아젤은 순간순간 필요한 사소한 요령 몇 개를 배우는 것이면 충분했다.

티 놈의 끈적거리는 손가락 때문에 어쩔 수 없이 오랫동안 쓰지 않던 하얀 앞치마를 꺼내야 했고 티 놈의 축축한 뽀뽀에 적응해야 했다. 티 놈은 다정하고 감정 표현을 잘하는 성격이었다. 옷장 제일 위 선반에서 여태 거의 쓰지 않던 바느질 바구니를 내려 찢어진 베갯잇과 허리 단추가 떨어진 옷에 언제든 쓸 수 있게 손 닿는 곳에 두어야 했다. 집 전체에 온종일 울려 퍼지는 웃음과 울음, 재잘대는 소리에 익숙해지는 데에 며칠이 걸렸다. 그리고 처음 며칠은 아기 로디의 따뜻하고 포동포동한 몸뚱이가 와 닿고 그 작은 존재의 숨결이 새의 날갯짓처럼 뺨에 부딪히는 통에 잠을 잘 수가 없었다.

하지만 2주가 지나자 꽤 익숙해져서 투덜대지 않게 됐다.

2주가 지난 어느 날 저녁 마드무아젤 오렐리는 소가 먹이를 먹는 구유로 눈길을 돌리다가 밸신의 푸른색 마차가 길 굽이를 돌아오고 있는 것을 보았다. 오딜리가 그 물라토 옆에 꼿꼿하게 앉아 두리번거리고 있었다. 가까이 다가올 때 그 젊은 여자의 환한 얼굴을 보니 일이 잘되어 돌아오는 길이라는 것을 알 수 있었다.

하지만 예고 없이 불쑥 여자가 돌아오자 마드무아젤 오렐리는 당황해서 허둥댔다. 아이들을 불러야 했다. 티 놈은 어디 있지? 저쪽 광에서 숫돌에 제 칼을 갈고 있었다. 그러면 마르셀린와 마르셀레트는? 발코니 구석에서 헝겊으로 인형 옷을 만들고 있었다. 로디라면, 마드무아젤 오렐리의 품에 안전하게 잘 안겨 있었다. 그러다가 엄마를 다시 데려다줄 익숙한 파란 마차를 보자 기뻐서 비명을 질렀다.

동요가 가라앉았고, 다들 가버렸다. 아이들이 가고 나니 세상 조용하구나! 마드무아젤 오렐리는 발코니에서 바라보며 귀를 기울이고 있었다. 더는 마차가 보이지 않았다. 들판과 길을 가로질러 붉은 일몰과 청회색 석양이 보라색 안개를 뿌려 마차를 가려버렸기 때문이었다. 마차 바퀴의 끼익끼익하는 소리도 들리지 않았다. 하지만 아이들의 높고 들뜬 목소리는 아직 희미하게 들려왔다.

몸을 돌려 집으로 들어왔다. 많은 일이 기다리고 있었다. 아이들이 떠나며 아주 엉망으로 만들어놓았으니까. 하지만 마드무아젤은 바로 정리를 시작하지 않았다. 탁자 옆에 앉았다. 천천히 집 안을 한번 훑어보는데 저녁의 그림자가 다가와 혼자 남은 모습을 더 어둡게 만들었다. 마드무아젤은 구부린 팔 위로 고개를 숙이고 울기 시작했다. 아니, 그러니까 정말 울었다고! 보통 여자들처럼 조용히 울지 않았다. 남자처럼, 영혼을 찢는 듯 흑흑흑 울었다. 폰토가 손을 핥는 것을 알아채지도 못했다.

오젬의 휴가

오젬은 신이 일할 필요가 없게 만들어주면 좋을 텐데, 하고 자주 생각했다. 신이 세상에 즐길 거리는 너무도 많이 창조해놓고 즐길 시간과 기회는 너무 적게 주었다고 생각했다. 오젬은 가만히 앉아서 숨 쉬는 것 말고는 아무 일도 안 하고 쉴 때가 좋았다. 하지만 괜찮은 친구 몇 명과 여자들도 드문드문 섞어서 함께 앉아 있을 때가 훨씬 더 좋았다. 그리고 하루 종일 사냥이나 낚시, 피크닉을 한다면 더 말할 필요도 없이 즐거웠다. 그러나 오젬은 결코 게으른 사람이 아니었다. 일 년 내내 농장에서 꽤 체계적으로 열심히 일했다. 그러다가 매년 휴가 때가 돌아오면 아무도 그를 말리지 못했다. 오젬은 보통 연중 가장 일손이 바쁜 때에 휴가를 가려고 해서 농장주가 곤혹스러워하곤 했다.

10월 초의 어느 날 아침, 오젬은 휴가를 즐기기 위해 출발했다. 라발리에르 씨에게서 짐마차를, 파듀에게서 늙은 회색 암말을 빌렸고, 흑인 세베린에게는 마구를 빌렸다. 그리고 저 머나먼 세인트루이스에서 10

달러를 주고 사 온 연청색 수트를 입었다. 부츠에도 비슷한 금액을 들였다. 테가 넓은 회색 펠트 모자는 아주 번듯했다. 오젬은 '여행'을 갈 때면 늘 차려입었다. 비싸지는 않아도 번듯한 것들로 잘 챙겨 입었다. 그의 눈은 푸르고 온화했고 머리카락은 밝은색이었는데 좀 길어 있었다. 깔끔하게 면도를 해서 절대 35살로는 보이지 않았다.

오젬은 몇 주 전에 이미 계획을 다 세워두었다. 케인 강을 따라갈 생각이었다. 상상만으로도 기쁨이 차올랐다. 정오에 페디우스의 집에 도착할 계획이었다. 그곳에 머물러 식사를 하려고 했다. 어쩌면 사람들이 그날 자고 가라고 할지도 몰랐다. 그곳에서 밤을 지낼 생각이 전혀 없었지만 사람들이 부탁한다면 어떻게 할지는 아직 결정하지 않았다. 그곳에는 노인 두 사람밖에 없어서 사실 벨트란스의 집까지 쭉 가고 싶었다. 그곳에서 사람들이 권하면 하루 이틀 묵으려고 했다. 벨트란스 집에는 틀림없이 뭔가 재미난 일이 있을 것이었다. 모두 젊은 사람들이니 낚시를 해 생선을 튀겨 먹을 수도 있고 어쩌면 무도회가 열릴지도 모른다!

물론 소피 고모에게 하루를, 사촌 빅투아르에게도 하루를 내주어야 할 것이다. 하지만 생 안느네는 오라고 빌지 않는 한 안 갈 것이다. 생 안느가 작년에 그런 시기에 여행을 한다며 자신을 게으름뱅이라고 비난했으니까. 클로티에르빌에서 가능한 한 오래 머무른 다음 되돌아올 생각이었다. 두플란 씨네, 벨쿠르 씨네, 그리고 나중에 생각이 나면 다른 집에도 들를 수 있게 케인 강을 건너 이리저리 다니려고 했다. 오젬에게 놀 거리가 그렇게 많은데 일주일은 너무 짧은 것 같았다.

증기 조면기가 작동하고 있었다. 여기저기서 그 기계가 휙휙거리는 소리가 들렸다. 강 양편 들판이 목화로 하얬고 오젬을 뺀 세상 사람들 모두가 분주해 보였다. 그래도 그는 전혀 고민하거나 망설이지 않았다. 마음 편히 제 갈 길을 계속 갔다.

교차로에 있는 라메리 상점에 담배를 사러 들렀는데 그곳에서 페디우스의 집에는 가봐야 소용이 없다는 것을 알게 됐다. 그곳의 두 노인이 번화가에 나가 한동안 돌아오지 않을 것이고 집은 잠겨 있다는 소식이었다. 오젬이 식사를 하려고 생각한 곳이었는데 말이다.

그는 잠시 마차에 앉아 생각에 잠겼다. 그런 뒤 강에서 발걸음을 돌렸고 숲으로 가는 들판 두 개의 사잇길을 따라 그 시골 마을의 한가운데로 향했다. 벨트란스 농장으로 가는 지름길을 타기로 한 것이었다. 가는 길에는 틸디 아줌마의 오두막을 찾아볼 생각이었다. 이 길로 한참 가다보면 그 나이 든 아줌마의 오두막이 있다고 알고 있었다. 기억대로라면 아줌마는 재료만 있으면 아주 훌륭한 요리를 해줄 수 있었다. 닭을 튀기고 커피를 내려주고 옥수수 빵을 만들어달라고 할 작정이었다. 그 정도면 양이 충분할 거라고 생각했다.

틸디 아줌마는 평범치 않은 것이 없는 통나무 오두막에 살았다. 방이 하나에, 진흙과 돌로 만든 굴뚝, 튀어나온 지붕이 좁은 발코니를 이루는 집이었다. 작은 목화밭이 오두막에 바싹 붙어 있었는데 멀리서 보면 눈밭처럼 보였다. 목화 열매가 벌어져 말라가는 가지 위 꼬투리에서 거품처럼 넘쳐흐르고 있었다. 더 낮은 가지에는 목화 열매가 너덜너덜해진 채 매달려 있었고 이미 거의 다 땅에 떨어져 있었다. 헛간 앞마당에는 멀구슬나무 몇 그루가 있고 그 아래 성질 나빠 보이는 늙은 노새 한 마리가 나무 구유에서 옥수수를 먹고 있었다. 평범하고 작은 크레올 닭들이 노새의 발치를 쪼고 있다가 한 번씩 구유에서 떨어지는 옥수수 알갱이를 낚아채고 있었다.

틸디 아줌마는 오젬이 문 앞에 다가갔을 때 다리를 절뚝이며 마당을 건너고 있었다. 한 손은 팔걸이 붕대로 감싸고 다른 한 손엔 주석 팬을 들고 있다가 그를 보자 땅바닥에 요란하게 팬을 떨어뜨렸다. 아줌마는 넓적하고 까만 몸이 심하게 굽어 흉한 모습이었다. 커다란 격자무늬의 파란 코트네이드 옷을 입고 머리에는 두건을 어설프게 꼬아 묶고 있었다.

"아이고, 세상에! 어디서 오셨소?" 그를 보고 놀라서 소리쳤다.

"집에서 왔죠, 틸디 아줌마. 집이 아니면 어디서 오겠어요?" 오젬이 태연히 마차에서 내렸다.

여러 해 동안 아줌마를 보지 못했다. 예전에 시내에 있던 그의 하숙집에서 아줌마가 주방 일을 할 때 보고 처음이었다. 그때 그를 대신해 빨래와 다림질을 해주었는데 사실 솜씨가 형편없었지만 그 마음씨만은 비난할 수 없는 것이었다. 아줌마는 한동안 병을 앓느라 오젬에게 제대로 신경을 쓰지 못했다. 그는 남는 스카프나, 무명 옷, 체크무늬 앞치마를 아줌마에게 주었다. 두 사람 모두 그런 거래가 공정하다고 생각해서 어느 쪽도 신세를 진 느낌은 남아 있지 않았다.

오젬이 회색 암말을 끌채에서 풀어 노새가 있는 구유로 끌고 가며 말했다. "목화를 왜 저렇게 쓰레기가 되도록 방치하는 거예요? 저 목화를 누가 따줄 거라고 생각하는 거죠? 천사가 내려와 아줌마 대신 따서 조면기에 넣고 눌러준 다음 파운드당 10센트씩 줄 거라고 생각하는 거예요, 그런 거요?"

"오젬 씨, 주님이 안 따주시면 누가 따준다는 거요. 나랑 샌디가 해 뜰 때부터 해 질 때까지 키운 거라니까요. 게다가 일은 샌디가 다 했다고요."

"샌디라고? 그 쪼끄만…"

"샌디는 이제 오젬 씨가 기억하는 것처럼 그렇게 어리지 않아요. 어른이 다 돼서 이제 사내처럼 일한다우. 힘에 부치게 일을 너무 많이 하다가 이젠 몸져누워 있어요. 얼마나 심하게 아프다고요. 게다가 난 해 뜰 때부터 밤까지 일을 해야 해서 손을 아예 못 쓰게 될지도 몰라요."

"도대체 왜 사람을 사서 목화를 따지 않는 겁니까?"

"사람 쓸 돈이 어디 있소? 애고 어른이고 주변 농장에서 목화 따고 얼마나 돈을 많이 받아 가는지 나보다 잘 아시잖소."

오젬이 보기에 형편이 아주 암울했고 편안하게 마음 놓고 지낼 만한 분위기가 아니었다. 직접 요리를 하지 않으면 저녁을 먹을 수 없겠다는 생각이 들었다. 게다가 샌디까지 있었다. 할머니가 요리나 빨래를 할 때면 할머니를 졸졸 따라다니던 그 여덟 살배기를 잘 기억하고 있었다. 들어가서 아이를 보는 것이 당연했고, 가방을 뒤져 여행 때마다 절대 빼놓지 않는 키니네*를 꺼내야 할 것이었다.

샌디는 정말 많이 아팠고 열 때문에 늘어져 있었다. 빛바랜 조각보 이불이 깔린 간이침대에 누워 있었다. 눈은 반쯤 감은 채, 괭이질을 하고 심고 치우고 목화를 솎아낸다 어쩐다 하며 횡설수설했다. 머릿속에서 목화를 조면기에 갖다놓고 무게와 자루, 포장과 파운드당 가격으로 실랑이를 벌이는 모양이었다. 목화 뭉치가 샌디를 침대에 눕혔을 뿐만 아니라 열에 들뜬 꿈속까지 쫓아가서 샌디를 죽이려 위협하고 있었다. 키가 크고 빼빼 마르고 몹시 지쳐 보이는 모습으로 침대에 누워 있는 그 흑인 아이는 예전과 아주 다른 사람 같았다.

"봐봐요, 틸디 아줌마." 오젬이 무언가를 망설일 때 늘 그러듯 잠시 생각에 빠져 있다가 말했다. "우리끼리, 그러니까 아줌마랑 나랑, 우리가 저기 돌아다니는 닭 중에 한 마리를 어떻게든 잡아서 요리를 해야 해요. 내가 배가 고파 죽겠거든요. 집에 키니네가 없는 것 같은데요? 없지, 한 방울도 없을걸. 그래서 내가 밤에 샌디한테 키니네를 충분히 먹이고 약이 잘 듣나 지켜볼 요량이에요. 하지만 해가 뜨면, 진짜예요, 곧바로 떠날 거예요."

오젬은 아줌마가 그를 배려해서 내준 아줌마의 침대에서 약간 불편하게 잤다.

* 기나나무 껍질에서 얻는 알칼로이드. 말라리아 치료의 특효약으로, 해열제나 건위제, 강장제 따위로도 쓴다.

샌디는 열은 좀 내렸지만 오젬이 아침에 떠나도 될 만큼 확실하게 나아지지는 않았다. 오젬은 '빌어먹을 놈'이 되고 싶지 않다면 그럴 수 없다고 생각했다. 그는 상의를 벗어젖히고 두 번째로 좋은 바지를 입은 채 틸디 아줌마 앞에 나타났다.

"아줌마가 준 생선 맛있었어요. 내 장담하는데, 다음번 여행에선 절대 지름길로 가지 않을 겁니다. 아줌마가 쓰던 목화 바구니랑 자루 어디에 있어요?"

"이렇게 될 줄 알았다니까!" 틸디 아줌마가 외쳤다. "주님이 누군가 도울 이를 보내주실 줄 알았다고. 주님은 작물이 쓰레기가 되도록 두시지 않지. 샌디와 나에게 이겨낼 힘을 주시지. 주님이 밭으로 오젬 씨를 밀어 넣을 거요. 주님이 목화를 재빨리 싹 따도록 더 많은 손가락과 손을 주실 게지."

"주님이 뭘 하실지는 됐고요. 목화 자루나 갖다주세요. 그리고 아줌마는 내가 시킨 대로 손 찜질하면서 저기 앉아 샌디를 잘 봐요. 안 그러면 아줌마가 감자 덩굴에 감긴 늙은 소처럼 어쩌지 못하게 될 거 같으니까."

오젬은 목화를 따본 지 아주 오래되어서 처음에는 약간 어설펐다. 하지만 첫 줄 끝에 이르자 예전의 솜씨가 다시 돌아와 직공이 북을 옮기듯 앞뒤로 재빨리 휙휙 손을 움직였다. 그리고 아주 민첩하게 열 손가락으로 마른 목화 껍질에서 목화솜을 딸 수 있게 되었다. 정오가 되고 보니 거의 50파운드를 땄다. 샌디는 아직 예상했던 것만큼 많이 낫지 않아서 오젬은 이 집에서 그날 하루 더 자기로 했다. 아이가 내일 아침에도 낫지 않으면 의사를 부르러 갔다가 소피 고모 댁으로 가기로 했다. 벨트란스의 집은 이제 말할 필요도 없었다.

아침이 되자 샌디는 거의 의사가 필요 없어 보였다. 오젬이 준 치료제가 잘 듣기 시작했다. 하지만 더 나아질 수 있는 중대한 고비에 아이를 어설픈 틸디 아줌마에게 맡겨두고 가버리는 것은 죄를 짓는 일이라고 생각했다. 그래서 그는 그날도 떠나지 않았고 150파운드의 목화를 땄다.

셋째 날, 비가 올 것 같았는데 이 시점에 비가 많이 오면 틸디 아줌마와 샌디에게 아주 큰 손해가 나는 터라 오젬은 다시 밭으로 갔다. 이번에는 틸디 아줌마를 닦달해서 멀쩡한 한 손으로 일을 하라고 했다.

"아줌마." 오젬이 하얀 목화 사이에서 자신을 앞질러 가는 등 굽은 늙은 여자에게 소리쳤다. "주님이 이 도랑에서 나를 안전하게 구해주시면 앞으론 다른 구덩이에 안 빠지게 내가 눈을 부릅뜨고 다닐 거예요. 진짜로."

"따라오세요, 오젬 씨. 투덜거리지 말고, 비틀거리지도 말고요. 주님이 보고 계십니다요. 이 틸디 아줌마가 어떻게 하는지 잘 보세요. 오젬 씨가 두 손으로 하는 것보다 이 아줌마가 한 손으로 더 많이 하고 있잖소. 잘 따라 해요. 목화가 이 아줌마 자루에 어떻게 떨어져 들어가는지 잘 봐요."

"아줌마, 잘 보고 있으니 놀리지 마세요. 아줌마도 지금보다 손을 더 빨리 움직여야지 안 그러면 내가 채찍을 휘두를 거요. 채찍 맛이 어떤지 안 잊었을 텐데." 틸디 아줌마는 채찍 이야기가 너무 웃겨서 흑인 특유의 큰 웃음소리로 목화밭이 떠나가게 웃었고 심지어 샌디까지 그 소리를 듣고 몸을 뒤척였다.

다음 날에도 금방 비가 쏟아질 듯했다. 오젬은 확고한 결심 때문인지 아니면 자기 일이 만족스럽게 끝나는 것을 보고 싶었기 때문인지 모르지만 여하튼, 어쩔 수 없이 아줌마가 빠져버린 그 수렁에서 아줌마를 끌어내려고 갖은 애를 썼다.

어느 날 밤 정말로 비가 낡은 오두막의 지붕을 가만히 두드리기 시작했다. 샌디가 눈을 떴는데 이제 그의 눈은 더 이상 불길로 번득이지 않았다. 그가 "할매"라고 작게 불렀다. "비 와! 들어보라니까, 할매. 비가 오고 있다니까. 목화를 아직 안 땄는데 비가 온다고. 지금 몇 시야? 바지 줘봐. 나가야 돼."

"그냥 누워 있어. 목화는 싹 따서 말려놨어. 나랑 주님이랑 오젬 씨가 목화를 벌써 다 땄어."

오젬은 아침에 길을 나섰다. 파란 수트를 입고 얇은 펠트 모자를 눈이 살짝 가리게 눌러 쓴 모습은 집에서 출발하던 날처럼 아주 말쑥해 보였다.

"저 애를 돌보고 싶으면," 오젬이 떠나며 틸디 아줌마에게 일렀다. "다 나을 때까지 누워 있게 둬요. 그리고 내가 장담하는데, 다음번에 내가 여행길에 나섰는데, 아줌마가 여기 이 지름길로 내가 지나가는 걸 보거든 안경을 쓰고 난지 아닌지 잘 봐요. 그건 절대 내가 아닐 테니까. 내 유령일 거요. 아줌마."

오젬은 농장으로 돌아가는 길에 웬일인지 좀 부끄러운 느낌이 들었다. 일주일 전에 나섰던 길로 돌아가 강둑길로 접어들었을 때, 가게 문에 서 있던 라메리가 외쳤다.

"어, 오젬! 거기서 잘 지냈나? 보나마나 새 부츠 신고 내내 춤만 추었겠지."

"시끄러워, 라메리!" 오젬이 늙은 회색 암말의 구부러진 등 위로 채찍 끝을 흔들어 살살 걷게 하면서 약간 모호하게 답했다.

집에 도착했을 때 파듀의 아이들 중 한 명인 보데가 다가와 그가 내리는 것을 도와주면서 말했다.

"왜 미리 말했던 길로 가지 않으셨어요, 오젬 씨? 클로티에르빌에서 아무도 오젬 씨를 못 봤고, 마일리테 말로는 24마일 선착장을 건너지도 않았고 어디서도 오젬 씨를 못 봤다는데요."

오젬은 이번에도 잠시 생각에 잠긴 뒤 대답했다.

"케인 강은 거의 늘 그게 그거잖아. 결국 질리고 말아. 이번에는 숲에서 뒤로 돌아갔지. 페듀 지름길에서 멀리로. 캠핑이랄까 모험이랄까. 진짜 재미있었단다, 보데야."

아테나이즈

1

아테나이즈는 아침에 친정에 갔다. 본듀라는 작은 강에서 10마일 정도 떨어진 곳이었다. 남편 캐조는 저녁이 되어도 아내가 돌아오지 않았지만 전혀 화를 내지 않았다. 아내가 그저 친정 부모님 곁에서 아주 편히 쉬고 있는 것이라고 생각해 그다지 걱정하지 않았다. 걱정거리는 아내가 타고 간 조랑말이었다. 그 "게으른 돼지들", 그러니까 처남들이 그 조랑말을 아주 내팽개쳐둘 것 같아서였다. 캐조는 저녁 식사 사중을 드는 늙은 하녀 펠리시테에게 이런 걱정을 털어놓았다.

캐조의 목소리는 나지막하고 펠리시테의 목소리보다 훨씬 더 부드러웠다. 큰 키에 가무잡잡한 근육질 몸이 전체적으로 엄격해 보였다. 구불거리는 숱 많은 검은 머리카락은 까마귀 가슴처럼 윤기가 흘렀다. 콧수염은 아주 새까맣지는 않았지만 입술 가장자리를 넓게 두르고 있었다. 입술 아래에 수염 한 가닥이 자라고 있었는데 별 이유 없이 그냥 자라게 내버려두고 있었다. 캐조는 그 수염을 손가락으로 꼬는 버릇이 있었다. 가느다란 눈은 암청색이었고 움푹 파여 그림자가 져 있었다. 손은 농기구와 각종 도구를 자주 쓰는 탓에 거칠고 뻣뻣했으며 포크와 나이프를 사용하는 데 서툴렀다. 하지만 기품 있는 외모로 꽤 존경받았고 때로는 두려움의 대상이기도 했다.

캐조는 널따란 방을 희미하게 밝히는 1인용 석유등불에 의지해 혼자 저녁을 먹고 있었다. 바닥에는 아무것도 깔려 있지 않았고 서까래는 거대했다. 어둑한 방에 우뚝 선 육중한 가구들의 윤곽이 흐릿했다. 펠리시테는 시중을 들면서 작고 구부정한 그림자처럼 쉴 새 없이 식탁 주위를 오갔다.

펠리시테는 갈색으로 바삭하게 튀긴 생선을 캐조에게 가져다주었다. 다른 것은 버터 바른 빵과 적포도주 병밖에 없었다. 일전에 펠리시테가 캐조에게 두 잔을 따라준 뒤 세심하게 막아서 찬장에 넣어두었던 것이었다. 펠리시테는 여주인이 집을 비운 것이 못마땅해서 캐조의 조랑말 걱정을 다 들어준 뒤 여주인 이야기를 다시 끄집어냈다.

"말도 안 되지요! 결혼한 지 두 달밖에 안 됐는데 벌써 집을 비우다니. 기독교도가 그러면 안 되지요. 암요."

캐조는 잔을 비우고 접시를 옆으로 밀어둔 뒤 대답 대신 어깨를 으쓱했다. 결혼한 지 두 달밖에 안 돼서 남편을 혼자 두는 것이 기독교도답지 못하다는 펠리시테의 말이 캐조 귀에는 들어오지 않았다. 캐조는 혼자인 것이 익숙했고 그게 하루든 이틀이든 아무렇지 않았다. 첫 아내가 죽은 뒤 10년을 혼자 살아온 터였고 그래서 펠리시테도 캐조가 괜찮다는 것을 잘 알고 있을 것이었다. 캐조는 펠리시테가 어리석다고 말했다. 그 말은 달래는 듯하고 차분한 목소리 때문에 칭찬처럼 들렸다. 펠리시테는 중얼거리며 식탁을 치우기 시작했고 캐조는 일어나서 발코니로 나갔다. 집에 들어오며 벗지 않은 박차가 걸을 때마다 쩔렁거렸다.

밤이 깊어지기 시작하자 마당 수풀 주위에 어둠이 모여들고 있었다. 흑인 아이 하나가 열린 부엌문 불빛을 받으며 으르렁거리는 굶주린 개들에게 밥을 먹이고 있었다. 멀리 어느 오두막 계단에서 누군가가 아코디언을 연주하고 있었다. 다른 쪽에서는 흑인 아기가 크게 울어젖혔다. 캐조는 나지막하고 네모난 단층집 앞을 서성댔다.

수레 한 대가 늦었는지 대문 앞에서 마구 달렸고 마음 급한 소몰이꾼이 지친 소들에게 상스러운 욕설을 내뱉었다. 펠리시테는 누가 강에서 노래를 하는지 궁금해서 유리 그릇과 행주를 손에 든 채 발코니로 나왔다. 젊은이들이 카누를 타고 달이 뜨기를 기다리며 후아니타*를 부르는 소리였다. 노랫가락이 멀리서 밤공기를 뚫고 아득하고 곱게 들려왔다.

캐조의 말은 안장이 그대로 얹혀진 채 언제든 바로 탈 수 있게 준비돼 있었다. 잠자리에 들기 전에도 아직 할 일이 많이 남아 있어서였다. 할 일이 너무 많아서 아내 생각은 할 시간도 없었다. 아내의 부재가 지

* Juanita. 1855년에 영국의 여성 사회개혁자이자 작가, 캐럴라인 노턴이 만든 노래로 '스페인 발라드'라는 부제가 붙은 사랑의 노래다.

속되는 둔한 통증처럼 느껴질 뿐이었다.

그런데 그날 밤 잠들기 전 문득 아내 생각이 났다. 처진 입꼬리와 시무룩하게 외면하는 눈길의 어리고 하얀 얼굴이 떠올랐다. 결혼은 어리석은 짓이었다. 결국 아내가 그렇게 생각한다는 것을 눈빛에서 읽게 됐고 아내의 혐오가 늘어가는 것을 지켜볼 따름이었다. 하지만 결혼이란 결코 돌이킬 수 없는 일이었다. 캐조는 결혼에 최선을 다할 각오를 단단히 하고 있었고 아내도 그래주기를 바랐다. 아내가 본듀 강가에 자주 가지 않을수록 좋았다. 아내를 집에 붙들어둘 방법을 찾아보기로 했다.

온몸이 휴식과 잠을 간절히 원하는데도 캐조는 이런 불편한 생각으로 늦은 밤까지 깨어 있었다. 달이 빛나 희미한 광채가 방 안으로 어스레하게 비쳐 들어왔고 봄밤의 서늘한 숨결도 함께 들어왔다. 평소와 달리 정적이 가득했다. 애처로운 아코디언 소리만 멀리서 끊임없이 들려올 뿐 다른 소리는 들리지 않았다.

2

아테나이즈는 다음 날에도 돌아오지 않았다. 캐조가 이른 아침 그 마을을 지나가던 처남 몬테클린 편에 돌아오라고 전해달라 했는데도 말이다.

사흗날 캐조는 말에 안장을 얹고 직접 아내를 찾아 나섰다. 아내는 집을 비운 일에 대해 설명 한 마디, 전갈 한 번 없었고 캐조로서는 화낼 만하다고 생각했다. 오후 늦게 출발하면서도 할 일을 남겨두고 가자니 찜

찜했다. 캐조는 늘 할 일이 아주 많은 사람이었다. 하지만 무엇보다도 아내에게 아내의 의무를 일깨워주는 것이 가장 중요한 일이라고 생각했다.

아테나이즈의 부모, 미셰 부부는 예전에 고트레인 농장에 있던 곳에 살고 있었다. 그곳은 미셰 부부의 소유가 아니었다. 알렉산드리아에 있는 한 상인 대신 '관리'해주고 있을 뿐이었다. 그 가족이 쓰기에는 집이 너무 컸다. 아래층 방 하나는 목재와 도구를 보관하는 데 썼다. 전에 그 집을 '점유'하던 사람이 바닥재를 뜯어놓았지만 미셰가 그것을 고칠 가망은 없었다. 위층의 방들은 아주 크고 텅 비어 있어서 춤꾼들이 끊임없이 탐을 냈고, 마음씨 좋은 미셰 부인은 그 사람들을 받아주곤 했다. 그곳에서 춤을 추고 한밤중에 미셰 부인의 검보 필레를 먹는 즐거움을 놓치거나 거부하려는 사람은 아무도 없었다. 캐조처럼 지나치게 진지한 사람이 아니라면 말이다.

캐조가 그 집에 도착하기도 전에 집에서 이미 캐조의 모습이 다 보였다. 집에서 멀리 난 길까지 툭 트여 있었기 때문이다. 미셰의 밭에 작물이 아직 무성하게 자라지 않아서 목화와 옥수숫대가 제멋대로 듬성듬성 서 있을 뿐이었다.

미셰 부인은 발코니 흔들의자에 앉아 있다가 캐조가 가까이 다가오자 맞이하려고 일어섰다. 부인은 키가 작고 뚱뚱했다. 검정색 치마에 헐렁한 모슬린 윗옷을 브로치로 목 부분에 고정해 입고 있었다. 머리카락은 갈색에 윤기가 흘렀고 흰머리는 몇 가닥밖에 없었다. 동그랗고 혈색

좋은 얼굴은 명랑했고 눈은 반짝이고 상냥해 보였다. 그러나 캐조가 다가오자 눈에 띄게 불안해하고 불편해했다.

같이 있던 몬테클린은 전혀 당황하지 않았고, 매제가 와서 싫은 기색을 구태여 숨기지도 않았다. 몬테클린은 마르고 강단 있어 보이는 스물다섯 살의 청년으로, 제 어머니처럼 키가 작았고 얼굴도 어머니와 닮아 있었다. 셔츠 바람으로 발코니의 부실한 난간에 반쯤은 기대고 반쯤은 걸터앉아서 테가 넓은 펠트 모자로 부채질을 하고 있었다.

"돼지!" 캐조가 계단을 올라올 때 몬테클린이 낮게 중얼거렸다. "빌어먹을 돼지!"

'돼지'라고만 해도 캐조를 향한 감정을 충분히 표현할 수 있었다. 언젠가 돈을 빌려달라고 했을 때 거절당한 것에 대한 감정이었다. 하지만 몹시도 사랑하는 동생 아테나이즈에게 이 사람이 청혼을 했고 아테나이즈가 받아들여버렸으니 감정을 제대로 표현하려면 돼지라는 별칭 앞에 욕설을 꼭 붙여야 할 것 같았다.

미셰와 장남은 집에 없었다. 두 사람은 캐조가 아주 훌륭한 사람이고 마음씨도 좋고 똑똑하다고 생각했다. 또한 도시 상인들과 좋은 관계를 유지하고 있다고 생각했다.

아테나이즈는 제 방에 들어가 문을 잠그고 있었다. 캐조는 아테나이즈가 자신을 보더니 일어서서 집 안으로 들어가는 모습을 보았다. 캐조는 몹시 당황했지만 그가 미셰 부인과 악수를 나눌 때 아무도 그의 당혹감을 알아채지 못했다. 그는 몬테클린에게 고개만 까딱하며 대충 "잘 지내지?" 하고 말했다.

"아이구! 왠지 오늘 자네가 올 것 같더구만!" 미셰 부인이 큰 소리로 말했다. 그녀는 약간 과장되었지만 다정하고 편안하게 반기면서 캐조에게 의자를 내주었다.

캐조는 앉으며 슬쩍 웃었다.

"그게 말일세, 어쩔 수가 없었네." 부인이 작고 통통한 손을 연신 휘둘러대며 말을 이었다. "아테나이즈가 어젯밤 댄스파티 때문에 집에 있어야 해서 어쩔 수가 없었던 걸세. 남동생들이 누나한테 가지 말라고 했지."

캐조가 그런 줄 전혀 몰랐다는 뜻으로 어깨를 크게 으쓱했다.

"어머나! 몬테클린이 자네한테 아테나이즈가 더 있을 거라고 말하지 않았단 말인가?" 몬테클린은 정말 아무 말도 하지 않았다.

"그러면 그 전날 밤엔 어떻게 된 겁니까?" 캐조가 물었다. "여기 본듀에서 매일 밤 댄스파티를 열지는 않을 거 아닙니까!"

미셰 부인은 빈정대는 사위의 말이 옳다는 걸 인정하듯 웃고는 아들 쪽을 보며 말했다. "몬테클린, 가서 아테나이즈한테 캐조 씨가 왔다고 전해라."

몬테클린은 자세를 고쳐 난간에 더 잘 자리를 잡았을 뿐 움직이지 않았다.

"내 말 안 들리니, 몬테클린?"

"아뇨, 잘 들려요. 아주 잘 들리고말고요." 아들이 대답했다. "하지만 아테나이즈한테 말해봐야 아무 소용없다는 걸 어머니도 아시잖아요. 월요일부터 계속 아테나이즈한테 말씀하셨죠. 아버지도 그 문제로 목이 쉬도록 설교를 하셨고요. 어머니가 개를 타이르려고 어제는 아칠리 숙부까지 불렀잖아요. 아테나이즈가 매제 집에는 다시 발을 들이지 않겠다고 했고요. 진심으로요."

몬테클린이 대수롭지 않게 던진 이 말로 어머니는 너무도 당황해서 말문이 막혀버리고 말았다. 캐조의 뺨에는 시뻘건 얼룩 두 개가 생겨났고 그 순간 캐조의 얼굴은 사악해 보였다.

몬테클린의 말은 전적으로 사실이었다. 말하는 태도와 때와 장소의 선택이 아주 좋았다고는 할 수 없지만 말이다. 아테나이즈는 도착한 첫날 바로, 캐조 집에 다시 돌아갈 생각이 없고 친정에 계속 있겠다고 선언했다. 그 선언에 예상대로 모두 경악했다. 가족들이 어찌나 애원하고 꾸짖고 간곡히 부탁하고 호통을 치던지, 아테나이즈는 바람이란 바람은 다 모아서 맞고 있는 돛이 된 느낌이었다. 도대체 왜 캐조와 결혼을 한 것이냐? 아버지가 수차례 물으며 닦달했다. 정말 왜 결혼한 것일까? 여자라면 적당한 기회가 왔을 때 결혼하는 것이 당연하다고 생각했던 것 말고는 다른 이유가 없었다. 아테나이즈는 캐조가 자신을 더 안락하게 살게 해줄 거라고 생각했다. 게다가 캐조가 마음에 들어서 캐조가 손을 잡고 손에 키스를 하고 입술과 뺨, 눈에 키스를 하고 마침내 그녀가 그를 받아들였을 때 황홀하기까지 했다.

몬테클린은 아테나이즈를 한쪽으로 잡아끌었다. 상황이 달라진 것이 좋았다.

"자, 들어봐, 아테나이즈. 나한테 다 털어놔야 해. 그래야 명분 좋게 일을 해결하고 그 놈이랑 헤어지게 해줄 수 있어. 그놈이, 그 빌어먹을 돼지놈이 너를 학대하고 구박했어?" 둘은 성난 식구들을 피해 아테나이즈의 방에 와 있었다.

"지저분한 표현은 하지 말아줘, 오빠. 그 사람은 안 그래. 어떤 식으로든 학대한 적 없어."

"매제가 술 마시지? 이런, 아테나이즈, 잘 생각해야 해. 술주정했지?"

"술주정이라니! 아니, 아니야. 절대 안 그래. 그 사람은 절대 그런 사람이 아니야."

"알았어. 그러면 너도 나처럼 그놈이 마음에 안 드는 거구나. 그놈이 싫은 거야."

"아니, 싫어하지 않아." 아테나이즈가 곧바로 대답하고는 이렇게 덧붙였다. "내가 혐오하고 참을 수 없는 건 바로 결혼이야. 캐조 부인인 게 싫고 다시 아테나이즈 미셰가 되고 싶어. 남자와 함께 사는 게 견딜 수가 없어. 남자가 늘 함께 있고 남자 코트와 바지가 내 방에 걸려 있고 그 흉측한 맨발을, 내 욕조에서, 바로 내 눈앞에서 씻는 것 말이야. 으으으!" 아테나이즈는 그런 생각을 떠올리고 몸을 부르르 떨더니 흐느끼듯 한숨을 내쉬며 말을 이었다. "휴우, 맞아! 마리 안젤리크 수녀님은 다 알고 계셨던 거야. 신께서 나한테 소명을 주셨다고 하셨을 때 이미 내가 어떨지 나 자신보다 잘 알고 계셨던 건데 난 귓등으로 들었어. 수녀원에서 태평스레 행복한 삶을 꿈꾸기나 했지! 휴, 내가 꿈꾸던 삶이 대체 뭐였던 건지!" 그러자 그녀는 눈물이 났다.

몬테클린은 법원에서 써먹을 증거가 없다는 생각에 당황했고 몹시 실망했다. 아직은 젊은 여성이 체질적으로 결혼을 혐오한다는 이유만으로 자신의 어머니에게 돌아가겠다고 법원에 허가를 요청할 수는 없었다. 그러나 결혼이라는 고르디아스의 매듭을 풀 방법은 없지만 잘라버리는 방법은 분명 있었다.

"좋아, 아테나이즈, 써먹을 만한 명분이 없어서 너무 안타까워. 하지만 네가 뭘 하든 내가 늘 곁에 있을 테니 나한테 의지해야 해. 매제와 살고 싶어하지 않는 건 네 잘못이 아니라고 생각해."

그런데 그런 캐조가 이제 직접 찾아와 있었다. 거무스레한 뺨이 벌게져서 몬테클린을 두드려 패서라도 예절을 좀 가르치고 싶다는 듯한 표정을 짓고 있었다. 그는 벌떡 일어서더니 아내가 들어간 방으로 다가가 급하게 노크를 한 뒤 문을 열었다. 아테나이즈는 먼 창 앞에 서 있다가 캐조를 향해 몸을 돌렸다.

아테나이즈는 화가 난 것 같지도, 겁을 먹은 것 같지도 않았다. 단지 아주 불행해 보였다. 캐조는 그 부드럽고 짙은 눈과 떨리는 입술이 자신을 부당하게 비난하는 것 같아서 마음이 아프면서도 화가 치솟았다. 하지만 감정이 어떻든 캐조는 여성을 대하는 방법은 한 가지밖에 몰랐다.

"아테나이즈, 당신 준비가 안 됐군?" 캐조가 침착한 말투로 물었다. "늦겠어. 꾸물거릴 시간이 없어."

아테나이즈는 몬테클린이 이미 다 이야기했다는 것을 알고 있었기에 이제 캐조에게 장황하게 설명하고 격하게 대들어야 할 것이라고 예상하고 있었다. 그렇게 해야 지난 사흘 동안 몬테클린의 지지를 받아 가족의 반대에 꺾이지 않을 수 있었던 것처럼 캐조에게도 꺾이지 않을 수 있을 것이라고 생각했다. 하지만 아테나이즈에게는 은근함에 대항할 무기가 없었다. 남편의 표정, 남편의 말투, 그저 남편의 존재만으로 갑작스러운 절망감이 들었다. 사회의 신성한 제도에 저항해봐야 소용없다는 직감적 깨달음이었다.

캐조는 아무 말 없이 그대로 문간에 서서 기다렸다. 미셰 부인은 발코니 저쪽 끝에 서서 화단에 들어온 닭을 쫓아내며 모르는 척했다. 몬테클린은 옆에 서서 폭발하기 직전인 듯 화를 못 참고 씩씩거렸다.

아테나이즈는 벽에 걸린 승마용 치마에 손을 뻗었다. 그녀는 건장하지는 않지만 키가 큰 편이고 균형이 잘 잡혀 몸매가 아름다워 보였다. "아버지를 빼닮은 딸"이라고들 했고 미셰는 그 말을 아주 좋아했다. 갈색 머리카락은 관자놀이와 좁다란 이마의 솜털까지 전부 뒤로 빗어 넘기고 있었고, 표정과 이목구비가 부드럽고 귀여우며 이슬처럼 깨끗해 보여서 앳되고 미성숙한 분위기를 풍겼다.

그녀는 검정색 알파카 털로 만든 승마용 치마를 머리 위로 내려 입고 떨리는 손가락으로 분홍색 리넨 실내복 위로 허리 부분 고리를 채웠다. 그런 다음 하얀 선보닛을 쓰고 장갑을 집으려 벽난로 위로 손을 뻗었다.

"네가 가고 싶지 않으면 안 가도 된다는 거 알잖아, 아테나이즈." 몬테클린이 씩씩거렸다. "안 가고 싶다면, 진짜로, 케인 강으로 다시 발길을 돌리지 않아도 돼. 내가 살아 있는 한은 말이야."

캐조는 싱거운 재롱을 부리는 원숭이를 보듯 몬테클린을 바라보았다.

아테나이즈는 여태 대답이든 뭐든 한마디도 하지 않았다. 남편과 오빠를 지나쳐 재빨리 걸었다. 아무에게도, 어머니에게조차도 작별인사를 하지 않았다. 계단을 내려가 스스로 조랑말에 올랐다. 캐조가 그곳에 도착하자마자 그 조랑말에 안장을 얹어놓으라고 명령해둔 터였다. 그래서 아테나이즈는 캐조보다 더 빨리 출발했고 한참 동안 남편과 간격을 크게 벌린 채 달렸다. 처음에는 거의 미친 듯이 달렸다. 바람이 일어 치마가 무릎께에서 풍선처럼 부풀었고 선보닛은 벗겨져 어깨 위로 떨어졌다.

캐조는 탁자처럼 평평하고 딱딱한 오래된 휴한지를 지날 때까지 아테나이즈를 따라잡으려고 하지 않았다. 무엇이 캐조로 하여금 갖가지 기억과 함께 오래전의 어떤 광경을 생생히 떠올리게 한 것일까? 오랜 세월 변함없는 모습으로 멀리서도 눈에 띄는 외따로 선 커다란 떡갈나무였을까? 깊은 배수로에서 남쪽으로 슬슬 퍼지고 있는 엘더베리 향기 때문이었을까? 여태 그 늙은 떡갈나무를 수백 번 지나쳤지만 그날의 기억이 떠오른 것은 이번이 처음이었다. 기억 속의 그날 캐조는 아주 어린 아이였고 아버지와 함께 말에 타 아버지 앞에 앉아 있었다. 부자는 아주 천천히 가고 있었고, 그 앞에서는 흑인 게이브가 종종걸음을 치고 있었다. 흑인 게이브는 도망을 갔다가 고트레인 늪에서 잡혀 왔다. 부자는 그 흑인이 잠깐 쉬도록 큰 떡갈나무 아래에 멈춰 있었다. 캐조의 아버지는 인정 많고 노예에게 잘 대해주는 주인이었기 때문이다. 그리고 모두가 그런 주인에게서 도망가고 싶어한 흑인 게이브가 멍청하다고, 아주 바보 같다고 입을 모았다.

왜 그런지 몰라도 캐조는 기분이 아주 고약해졌고 그런 기분을 떨치려고 박차를 가해 빨리 달렸다. 아내를 따라잡아 곁에서 입을 꾹 다문 채 계속 달렸다.

집에 도착했을 때는 늦은 시각이었다. 펠리시테가 풀이 무성한 길 가장자리에서 달빛을 받으며 기다리고 있었다.

캐조는 이날도 혼자 저녁을 먹었다. 아테나이즈는 자기 방에 가서 또 울고 있었다.

3

아테나이즈는 어쩔 수 없다며 꾹 참고 순응하는 사람이 아니었다. 다른 많은 여성들과 달리 그렇게 타고나지 않았다. 그렇다고 남편처럼 달관한 듯 체념하는 사람도 아니었다. 감수성이 풍부했고 열정이 넘치고 예민했다. 즐거운 일은 고마워하며 선선히 받아들였고 불쾌한 일에는 맞섰다. 아기의 마음속에 흉계가 없듯 그녀의 천성에 위선은 없었고 이때까지 아주 솔직하고 당당하게 저항해왔다. 사람들은 아테나이즈가 언젠가 스스로의 마음을 확실히 알게 될 것이라고 말하곤 했다. 그 말은 당장은 모른다는 뜻이었다. 알게 되는 날이 온다면, 그때는 머리를 써서 알아내거나 행위의 동기를 세세히 분석하고 그 기원까지 더듬어서가 아닐 것이었다. 새가 노래를 알게 되듯, 꽃에 향기와 색이 생겨나듯 알게 될 것이었다.

아테나이즈의 부모는 나름의 근거와 조리로, 결혼을 하면 딸에게 균형감각과 바람직한 태도가 생길 것이라고 기대했다. 결혼이 여성의 인성 계발과 형성에 놀랄 만큼 강력하게 작용한다고 믿고 있었다. 그런 결과를 하도 많이 보아서 전혀 의심하지 않았다.

"게다가 결혼이 아무 효과가 없다고 해도," 미셰가 느닷없이 분통을 터뜨리며 소리쳤다. "적어도 우리는 아테나이즈에게서 벗어나게 될 거잖아. 나는 더 이상 그 애를 봐줄 수가 없어! 당신은 걔를 전혀 엄하게 다루지도 않았잖아." 그는 계속해서 아내에게 말했다. "나는 걔를 훈육할 시간도 여유도 없단 말이야. 그리고 잘 키워봐야 무슨 소용이 있어, 그 결과가 저 빌어먹을 몬테클린 녀석인데! 잘 들어, 캐조가 딱이야! 아테나이즈 같은 성향의 애를 가르치려면 아주 묵직한 사람이어야 해. 주인이 돼서 반드시 복종시키고야 말겠다는 강한 의지가 있어야 한다고."

부모가 그렇게도 바랐지만 이제 아테나이즈는 집에 돌아와 있었다. 그전에 대들었던 것은 약과라는 듯 더 과격하고 더 사납게, 캐조 아내 역할을 결코, 더 이상, 절대 계속하지 않을 거라고 선언했다. 이유라도 있으면 좋겠는데! 미셰 부인은 안타까웠다. 하지만 아테나이즈에게는 정당한 이유가 하나도 없었다. 캐조는 고함을 치거나 욕설을 하거나 아내를 못살게 굴지 않았다. 나쁜 남편들이 흔히 저지르는 못된 행동은 전혀 하지 않았다. 아내를 무시하거나 깔보지도 않았다. 그러고보면 캐조가 저지른 가장 큰 잘못은 아내를 사랑한 일인 것 같았다. 그리고 아테나이즈는 억지로 사랑을 받아들일 여자가 아니었다. 그녀는 결혼이 덫이라고 생각했다. 방심하고 경계하지 않는 젊은 여자들의 발을 노리는 덫이었다. 그래서 어머니가 자신을 속이고 현혹했다고 엄청나게 비난했다.

"내가 캐조가 적임이라고 말했잖아." 미셰는 아테나이즈가 떠났다는 이야기를 듣고는 낄낄거렸다.

아침이 되어 아테나이즈는 캐조가 호통을 치고 소란을 피워주기를 바랐지만 캐조는 꿈에도 그럴 생각이 없는 것 같았다. 그저 아내가 당연히 복종하리라 생각하는 것 같아 화가 났다. 남편이 아테나이즈가 일어나기 한참 전에 나가서 밭에 가보고 강 건너까지 갔다 온 것은 사실이었고, 어쩌면 다른 생각에 빠져서 그러는지도 몰랐다. 하지만 그런 행동이 변명이 되기는커녕 화만 돋울 뿐이었다. 그런데 아침식사 때 캐조가 이렇게 말했다. "당신 오빠, 몬테클린 말이야, 참을 수가 없어."

"오빠요? 말도 안 되는 소리 말아요!"

아테나이즈는 실내용 가운을 입은 채 남편 맞은편에 앉아 있었다. 좀 기분 나쁘고 시무룩한, 다른 남편들도 많이 보는 표정이었지만 아테나이즈의 젊고 생생한 매력은 그대로였다. 밥 생각이 별로 없어서 앞에 놓인 음식을 깨작거리기만 하고 있던 아테나이즈는 남편의 왕성한 식욕을 보니 못마땅했다.

"그래, 몬테클린 말이야." 캐조가 답했다. "처남이 아주 최고 골칫거리더군. 그러니까 당신이 처남한테 전해. 내가 직접 말하기를 바라는 건 아닐 테니까. 이제 자기 일에만 신경 쓰라고. 당신과 내 일에 낄 필요도 없고 간섭하지도 말라고 해."

캐조는 평소와 달리 모질게 말했다. 아테나이즈는 오히려 남편이 그런 약점을 보여주길 바라고 있던 터라 이때다 하고 재빨리 되받아쳤다. "당신이 오빠를 그렇게 진심으로 싫어하면서 그런 사람 동생과 결혼을 하고 싶어했다니 참 이상한 일이네요." 아테나이즈는 그게 어리석은 소리라는 것을 알고 있었고 남편 말을 듣고 그다지 놀라지도 않았다. 어쨌든 그렇게 말하고 나니 남편을 몰아세울 발판이 생기기는 했다. "그러고보니 당신이 왜 나와 결혼을 했는지 모르겠군요. 다른 여자들도 많았는데 말이죠." 아테나이즈는 마치 남편이 자신을 못살게 굴고 상처를 입혔다는 듯이 비난했다. "당신을 5년 동안 쫓아다니다가 끝내 망신만 당한 마리안느가 있었잖아요. 또 도르트란드 씨 딸 중 하나가 당신이랑 결혼했으면 좋아했을 텐데요. 하지만 전혀 소용이 없었죠. 나를 만나러 강가에 와야 했으니까." 캐조는 그 말이 어처구니가 없다고 생각하면서도 재미있어서 웃음을 참을 수 없었다.

"도르트란드 씨 딸들이나 마리안느가 무슨 상관인지 모르겠군"이라고 대답한 캐조는 웃음기를 지우고 덧붙였다. "내가 당신과 결혼한 건 당신을 사랑했기 때문이야. 내가 결혼하고 싶은 여자는 당신밖에 없었어. 이미 내가 이야기한 걸로 기억하는데. 나는, 물론 다 내 생각대로 될 거라 믿은 건 멍청했지만 여하튼 당신을 더 편안하고 안락하게 해주면 당신이 행복해질 거라고 생각했어. 이건 한층 더 멍청한 생각이었는데, 나는 당신이 나한테 오면 구름을 벗어나 빛나는 태양처럼 될 거라고 믿었지. 결혼하면 이야기책에서 약속된 것처럼 살 거라고 기대했어. 내가 잘못 생각한 거지. 그런데 당신은 왜 나와 결혼하게 된 건지 모르겠군. 왜 그랬든 당신도 잘못 생각했다는 걸 알게 된 거겠지. 상황은 나쁘지만 그나마 차선의 흥정을 하고 악수를 할 수밖에 없잖아." 캐조가 자리에서 일어서서 다가오더니 손을 내밀었다. 말의 내용은 특별할 것이 없었지만 캐조가 한 말이기에 의미심장했다. 그렇게까지 속을 털어놓고 말하는 일이 드문 사람이었으니까.

아테나이즈는 자신에게 내밀어진 손을 무시했다. 손으로 턱을 괴고 우울한 눈길로 식탁만 바라보았다. 캐조는 아테나이즈가 자신의 손을 건드리지도 않자 아테나이즈의 머리 위에 아주 잠깐 손을 얹었다가 방을 나갔다.

아테나이즈는 캐조가 발코니에서 기다리던 일꾼들에게 지시를 내리는 소리를 들었고 곧이어 남편이 말에 올라 멀어지는 소리를 들었다. 할 일이 너무 많아서 하루 종일 정신이 없겠지. 아테나이즈는 남편이 집을 나서자마자 자신과 자신의 불만에 대해서는 싹 잊어버렸을 거라고 생각했다.

늙은 펠리시테가 반짝거리는 주석 들통을 들고 서서 창고에서 밀가루와 라드, 달걀, 닭 모이를 꺼내달라고 했다.

아테나이즈는 허리춤에 매달고 있던 열쇠 뭉치를 꺼내 펠리시테의 발 앞에 던졌다.

“여기 있네! 예전처럼 할멈이 관리하게. 난 재산 따위는 필요 없으니까!”

늙은 여자가 몸을 구부려 바닥에서 열쇠를 주웠다. 주인이 열쇠 뭉치를 주든 말든, 살림을 하든 말든 그녀와는 상관없는 일이었다.

4

이제 이 세상에 남은 아테나이즈 편은 몬테클린밖에 없는 것 같았다. 아버지와 어머니는 가장 필요로 할 때 이미 등을 돌렸다. 친구들에게 결혼이 여자들에게 싫을 수도 있다고 넌지시 말했지만 이해하지 못하고 진지하게 듣지 않았다. 몬테클린만이 아테나이즈를 이해했다. 기꺼이 그녀를 위해주고 함께 있어주고 지지하고 공감하면서 위로하고 마음을 달래주려 했다. 지긋지긋한 상황에서 벗어날 희망은 몬테클린밖에 없었다. 아테나이즈 자신은 온 세상이 공모해서 자신을 밀어 넣은 것 같은 이 함정에서 빠져나갈 길을 생각해내기는커녕 계획을 세우고 행동에 옮길 능력이 없는 것 같았다.

아테나이즈는 몬테클린이 몹시 보고 싶어서 만나러 와달라고 써 보냈다. 하지만 모험을 즐기는 성격의 몬테클린은 만날 장소로 길모퉁이를 정했다. 그곳이라면 아테나이즈는 산책 삼아 슬슬 걷고 있는 것처럼 보일 것이고, 몬테클린은 말을 타고 볼일을 보러 아니면 놀러 가는 것처럼 보일 것이었다.

갑작스레 소나기가 한바탕 쏟아져 길의 먼지를 가라앉혔다. 떡갈나무의 뾰족한 잎사귀가 생생해졌고 길 양편 커다란 목화밭은 아주 환하게 밝아져 반짝이는 녹색 보석으로 뒤덮인 것처럼 보일 지경이었다.

아테나이즈는 풀이 무성한 길가를 걸었다. 한 손으로 까슬까슬한 치맛자락을 들어 올리고 다른 손으로는 모자를 쓰지 않은 머리 위로 화사한 양산을 빙글빙글 돌리고 있었다. 비 온 뒤 들판의 향기가 감미로웠다. 그 싱그러움과 향기를 깊이 들이마시자 잠시 마음이 차분해지고 위안이 되었다. 새들이 물웅덩이에서 철썩거리며 물을 튀기고 울타리 난간에서 깃털을 다듬고 작고 날카로운 소리로 울고 지저귀고 즐거워 환호하며 삑삑거렸다.

아주 멀리서 몬테클린이 다가오는 모습이 보였다. 멀리 숲 어귀쯤에 있었다. 몬테클린인지 확신할 수가 없었다. 오빠치고는 키가 너무 컸는데 큰 말을 타고 있어서 그랬다. 아테나이즈는 양산을 흔들어 보였다. 그 어느 때보다 오빠가 반가웠다. 수녀원에서 꺼내주던 날보다도 더 좋았다. 수녀원에 더 있고 싶지 않다고 했더니 몬테클린이 부모님의 반대를 무릅쓰고 나오게 해주었다. 더 가까이 다가오는 오빠의 모습은 다정함과 용기, 기사도, 심지어 지혜의 화신처럼 느껴졌다. 몬테클린이 어려운 상황에서 벗어나려 하며 아등바등 힘들어하는 모습을 본 적이 없었기 때문이다.

몬테클린이 말에서 내려 아테나이즈에게 다정하게 입을 맞추고 고삐를 잡아끌면서 나란히 걸으며 왜 울고 있는지 물었다. 아테나이즈는 우는 게 아니라 웃고 있었다고 했다. 하지만 그렇게 말하면서 손수건으로 눈가를 훔치고 일부러 살짝 찌푸리며 눈을 흡떴다.

아테나이즈는 몬테클린의 팔짱을 끼고 길을 따라 천천히 걸었다. 앉아서 편하게 이야기를 나누고 싶었지만 풀이 다 젖어서 반짝거리며 꼿꼿하게 일어서 있는 탓에 그럴 수가 없었다.

맞아, 정말 아주 지쳤어, 라고 아테나이즈가 말했다. 오빠를 마지막으로 본 지 일주일이 지났는데 불만의 무게가 전혀 가벼워지지 않았다. 오히려 불만거리가 더 생겼고 몬테클린에게 그 이야기를 다 털어놓았다. 화가 치밀어서 펠리시테에게 열쇠를 돌려주고 관리하라고 했는데 캐조가 그 열쇠뭉치를 아테나이즈가 실수로 잃어버린 것인 양 아테나이즈에게 돌려주면서 예의 그 화를 부추기는 말투로 집안에 안주인이 있는데 흑인 하인이 열쇠를 보관하는 것은 케인 강의 풍습이 아니라고 했다는 이야기.

하지만 몬테클린이 남편을 더 싫어하게 될 말은 하지 않았다. 그러지 않아도 이미 매제를 충분히 싫어하고 있었으니까. 아테나이즈의 이야기가 끝나자 몬테클린이 짜증스럽고 갑갑한 결혼의 굴레에서 동생을 구해내기 위해 생각해낸 계획을 들려주었다.

그 자리에서 찬성하고 바로 받아들일 계획이 아니었다. 은밀하게 속이고 위장해야 하는 일이었기 때문에 두 사람 모두 선뜻 나서기 힘들었다. 하지만 아테나이즈는 오빠가 용케 계획을 짜고 방법을 생각해낸 것이 몹시 존경스러웠다. 그녀는 그 계획을 수락했다. 곧바로 실행하기로 결심했다기보다는 마음에 품고 꿈꾸고 싶었다.

사흘 뒤 아테나이즈는 계획대로 하기로 결심했다고 몬테클린에게 알렸다. 정직한 심성에 거리꼈지만 지난 두 달처럼 반발심에 가득 차 괴롭게 사는 것보다 그 편이 덜 힘들 것 같았다.

5

평소처럼 아주 이른 아침에 일어난 캐조의 옆자리가 비어 있었다. 처음엔 놀라지 않았는데 아테나이즈가 옆방에도 없는 것을 보고 캐조는 깜짝 놀랐다. 아내가 종종 옆방 긴 의자에서 자고 있는 모습을 보았기 때문이다. 전날 밤에 옷걸이에 걸려 있던 재킷과 모자가 없는 것을 보고 일찌감치 산책을 나간 게지, 하고 생각했다. 그런데 사라진 것이 더 있었다. 옷장에서 드레스 한두 벌이 없어졌고 선반에 속옷이 있던 자리가 뭉텅 비어 있었다. 그리고 여행 가방과 화장대에 있던 보석도 좀 사라졌다. 그러니까 아테나이즈가 떠나버린 것이었다!

그런데 밤에 나갔다는 것이 이상했다. 죄수이기라도 하다는 듯이 말이다. 그러면 캐조는 간수가 되고 마는데 말이다! 친정에 갔다기에는 너무 은밀하고 수상쩍었다! 여하튼 이번에도 처가에서 딸을 보살피겠거니 했다. 캐조는 어떤 여자를 데려오기 위해서든 그 휴한지 늙은 나무 아래를 지날 때 느꼈던 구차한 감정을 다시 경험하고 싶지 않았다.

그러나 끔찍한 상실감이 캐조를 덮쳤다. 새로운 감정도 갑작스러운 감정도 아니었다. 몇 주에 걸쳐 서서히 느끼고 있다가 아테나이즈가 집을 나가면서 절정에 달한 것 같았다. 일전에 했던 것처럼 아내를 억지로 데리고 올 수 있었다. 억지로 제 집에 데려다 놓은 후 냉랭하고 마지못하게라도 사랑과 욕정의 황홀경을 받아들이게 할 수 있었다. 하지만 아무리 아내를 위해서라도 자존심을 버릴 수는 없을 것 같았다.

캐조는 아내가 왜 다른 사람들보다 자신을 더 좋아하는 것처럼 보였는지 알 수가 없었다. 왜 그런 눈과 목소리와 수많은 여성스러운 것들로 자신을 매혹하고 결국에는 수줍은 아가씨처럼 사랑에 응해서 자신의 마음을 빼앗은 것인지. 이제 행복해질 기회가 더는 없다는 것을 알기 때문에 상실감은 더욱 컸다. 기적이라도 일어나야 그런 기회가 다시 오겠지. 다른 여자를 사랑한다고는 생각도 할 수 없고, 아테나이즈가 다시 자신을 좋아해주리라고는 심지어 아주 먼 미래에라도 상상조차 할 수 없었다.

아내에게 더 이상 자기 뜻을 강요하고 싶지 않다고 편지를 썼다. 가족이나 친구가 등 떠밀어서가 아니라 순전히 자진해서 돌아오는 것이 아니면 다시는 그녀를 보고 싶지 않았다. 캐조가 결혼할 때 꿈꾸었던 동반자가 될 수 없다면 그리고 캐조의 사랑에, 한결같은 그 사랑에 조금이라도 애정과 존중으로 보답할 생각이 없다면. 이 편지를 그날 일찍 인편으로 처가에 보냈다. 하지만 아테나이즈는 그곳에 없었다. 들르지도 않았다.

아테나이즈 가족은 직감적으로 몬테클린에게 눈길을 돌렸고 해명하라며 말 그대로 달려들었다. 몬테클린이 지난밤 내내 집을 비웠기 때문이다. 몬테클린은 전혀 모르는 일이라고 거짓말을 술술 했다.

그러나 캐조는 의심도 짐작도 해보지 않고 몬테클린에게 대놓고 물었다. "몬테클린, 아테나이즈와 무슨 짓을 한 거지?" 캐조가 집 앞 강둑에 들어선 참에 두 사람이 말을 탄 채 만났다.

"매제야말로 아테나이즈한테 무슨 짓을 한 겁니까?" 몬테클린이 대답 대신 되물었다.

"여동생이 그런 짓을 하도록 부추기면서 그게 올바른지 온당한지 처남이 생각해본 것 같지는 않지만 배울 건 배워야지."

"참 나! 매제나 올바른지 온당한지 생각해서 나를 좀 내버려두시죠. 아테나이즈한테 얼마나 비열하게 굴었으면 같이 못 산다고 합니까. 여하튼 나는요, 내 동생이 매제를 떠나기로 한 게 아주 끝내주게 잘한 거라고 생각합니다."

"난 처남이 주제넘게 뭐라 생각하든 신경 쓸 기분이 아니야. 하지만 이건 알아둬. 아테나이즈는 어린애 같은 사람이야. 게다가 내 아내고. 자네가 이제 그 사람 안전과 행복에 책임이 있다고 생각해. 아내한테 어떤 식으로든 나쁜 일이 생기면 맹세코, 쥐 죽이듯 처남 목을 졸라 케인강에 던져버리겠어. 내가 그걸로 교수형을 당해도 상관 안 해!" 캐조는 목소리를 높이지 않았다. 눈 속의 사나운 광채만이 분노를 드러냈다.

"그런 허풍은 여자들한테나 치시지 그래요." 몬테클린은 이렇게 대답하고 말을 몰아 가버렸다.

하지만 몬테클린은 그날부터 단단히 무장했고 외출할 때 무슨 일이 생기지 않도록 조심해야겠다고 생각했다.

6

아테나이즈는 털끝 하나 다치지 않고 무사히 목적지에 도착했다. 하지만 아주 혼란스러웠고 약간 두려웠고 평소에 겪지 못한 일이라 대체로 들뜨고 흥미로웠다.

목적지는 뉴올리언스 도피네 가 실비의 집이었다. 인도에 딱 붙어 있는 3층짜리 회색 벽돌 건물로, 넓적한 돌계단 세 칸을 올라가면 안쪽으로 쑥 들어가 있는 입구가 보였다. 2층 발코니에는 작은 안내판이 달려 흔들리며 "가구 딸린 셋방"이 있다고 행인들에게 알려주고 있었다.

아테나이즈가 도피네 가의 그 집에 도착한 것은 4월 마지막 주 어느 날 아침이었다. 실비가 기다리고 있다가 곧바로 방을 보여주었다. 뒤쪽으로 L자형을 이루는 건물의 2층이었고 툭 트인 실외 발코니와 연결돼 있었다. 마당에는 넓적한 판석이 깔려 있었다. 마당 맞은편 벽 한쪽 화단에는 향기로운 꽃이 잔뜩 핀 화초와 식물들이 자라고 화분도 여기저기 있었다.

아테나이즈가 안내받은 방은 소박하지만 널찍했다. 바닥에는 매트가 깔려 있었고 발코니가 내다보이는 창에는 녹색 블라인드와 노팅엄 레이스 커튼이 달려 있었으며 값싼 호두나무 가구 세트가 놓여 있었다. 그러나 모두 더없이 깨끗해 보였고 방 전체가 깔끔했다.

아테나이즈는 골칫거리를 해결한 사람처럼 마음이 놓여 지쳤다는 듯이 곧바로 흔들의자에 털썩 주저앉았다. 실비가 뒤따라 들어와서 커다란 여행가방을 바닥에 내려놓고 재킷을 침대 위에 놓았다.

실비는 약간 뚱뚱한 쉰 살 정도의 쿼드룬으로, 그 계급 사람들이 즐겨 입는 구식 자주색 캘리코 프릴 스커트를 헐렁하게 입고 있었다. 커다란 고리 모양 금색 귀걸이를 했고 곱슬머리는 온갖 노력을 다해 펴놓은 듯 차분했다. 이목구비는 굵직굵직했고 코끝이 위로 들려 커다란 콧구멍이 드러나 더 당당하고 품위 있어 보였다. 백인 앞에서 공손하지만 결코 비굴하지 않고 위엄이 있었다. 실비는 인종을 구분해야 한다고 확고하게 믿어서 심지어 어린애라도 백인이라면 자신을 "마담 실비"라고 부르게 내버려두지 않았다. 같은 인종의 사람들이라면 반드시 그렇게 부르라고 깐깐하게 요구했지만 말이다.

"방이 마음에 드셨으면 좋겠어요, 부인." 실비가 싹싹하게 말했다. "오빠이신 미셰 씨가 뉴올리언스에 오실 때면 항상 묵는 방이에요. 미셰 씨는 안녕하시죠? 지난주에 미셰 씨 편지를 받았는데 바로 그날 어떤 신사분이 이 방을 달라지 뭐예요. 그래서 제가 '안 됩니다. 이 방은 이미 계약됐어요'라고 했지요. 다들 이 방이 아주 조용하다고 좋아해요. 바로 옆방에 계시는 손님, 구버나일 씨는 신경 쓰지 않으셔도 돼요. 3년 전부터 계신 분인데 본인 소유의 가구와 책으로 방을 아주 깔끔하게 관리하고 계세요. 보실 순 없겠지만요. 제가 수도 없이 말씀을 드렸죠. '구버나일 씨, 3층 앞쪽 방을 쓰시는 게 어떨까요, 오래전부터 비어 있는

데.' 구버나일 씨는 이렇게 말씀하시죠. '그냥 내 마음대로 하게 두세요, 실비. 처음 봤을 때부터 이 방이 마음에 들었어요.'"

실비가 도도하게 방을 천천히 누비면서 침대와 베개를 매만져 펴고 물단지와 대야를 유심히 들여다보고 제대로 준비돼 있는지 하나하나 살피며 확인했다.

"시원한 물을 한 잔 가져다드릴게요, 부인." 실비가 방을 나가며 말했다. "뭐든 필요한 게 있으면 발코니로 나가서 푸제트를 부르세요. 바로 아래 부엌에 있으니 곧장 대답할 거예요."

아테나이즈는 몬테클린이 가라고 권해준 길을 따라 끝도 없이 돌고 돌아 이곳에 온 터였지만 아주 녹초가 되지는 않았다.

케인 강 어귀로 캄캄하고 정말 위험천만한 한밤중에 "강을 따라" 말을 달린 일은 절대 잊을 수 없을 것이다! 그곳에서 몬테클린은 아테나이즈가 세인트루이스 앤 슈리브포트 기선에 오르는 것을 보고 떠났다. 레드 강 어귀에 내려 뉴올리언스로 가는 첫 남행 증기선으로 갈아타라고 했다. 아테나이즈는 뉴올리언스에 도착하자마자 실비의 집에 갈 때까지 몬테클린이 시키는 대로 무조건 따랐다. 몬테클린은 아테나이즈가 아주 조심스럽게 비밀리에 움직이도록 했다. 그는 마치 모험이라도 하는 것 같아 이 일이 아주 마음에 들었다. 다른 사람의 누이가 아니라 자기 여동생과 하는 일이라 좀 덜 짜릿하기는 했어도 말이다.

어쨌든 몬테클린은 그 대단한 일을 완벽하게 해냈다. 실비에게 아테나이즈의 하숙비 한 달 치를 선불로 내두었다. 사실 그 돈의 절반은 빌려 와야 했지만 인색하게 굴 수 없었다.

아테나이즈는 하숙집에서 식사도 하기로 돼 있었는데 다른 하숙인들은 그러지 않았다. 구버나일 씨만은 일요일 아침에 하숙집에서 식사를 했다.

실비의 고객들은 주로 남쪽 군에서 왔다. 보통 그 도시에 겨우 며칠 머물렀다 떠나는 사람들이었다. 실비는 고객들이 점잖고 훌륭한 사람들이라며 자랑삼았다. 야단스럽지 않게 조용히 왔다 가는 사람들이었다.

앞 발코니로 통하는 커다란 응접실에는 사람들이 거의 오지 않았다. 손님들은 이 고상한 안식처에서 얼마든지 쉴 수 있었는데 그러지 않았다. 실비는 밤 시간에 가족의 품에서 벗어나 조용히 카드 게임을 하고 싶어하는 점잖고 예의 바른 신사들에게 응접실을 빌려주곤 했다. 2층 홀도 발코니의 긴 창과 이어져 있었다. 그래서 실비는 아테나이즈에게 뒤쪽 방에 있기 지겨우면 앞쪽 발코니에 나가서 앉아 있으라고 권했다. 실비는 오후가 되면 그늘이 드리우며 아래 거리를 구경하고 소리를 듣고 있으면 기분 전환이 된다고 했다.

아테나이즈는 목욕을 하고 나서 얼마 안 되는 짐을 곧바로 풀어 서랍장과 옷장에 깔끔하게 정리해 넣었다.

아테나이즈는 여태 몇 시간에 걸쳐 머릿속으로 이런저런 계획을 떠올리고 있었다. 당장의 목표는 도피네 가의 이 크고 시원하고 깔끔한 방에서 죽 사는 것이었다. 한동안 수녀원에 갈까 진지하게 생각했다. 금욕과 정조의 서약을 할 준비는 충분히 돼 있었다. 하지만 과연 교회에 순종하고 싶은 걸까 생각해보니 답이 달랐다. 부모님과 남편에게는 나중에 자신이 안전하게 잘 있다고 에둘러 알릴 생각이었다. 가족과 남편에게서 아무 간섭도 받지 않고 전혀 신경을 쓰지 않아도 될 권리를 확보하고서 말이다. 결코 몬테클린에게 기대어 살 수는 없으니 직접 적당한 일거리를 찾아보기로 했다.

하지만 당장 해야 할 일은 밖에 나가 옷 한두 벌을 지을 저렴한 옷감을 사는 것이었다. 거의 말 그대로 입을 옷이 하나도 없는 난감한 상황이었다. 한 벌은 순백색 천으로 또 한 벌은 자잘한 나뭇가지가 그려진 모슬린 천으로 정했다.

7

아테나이즈가 그 도시에 온 지 이틀이 지난 일요일 아침, 평소보다 약간 늦게 아침을 먹으러 갔더니 이전과 달리 2인분의 식사가 놓여 있었다. 그녀는 미사에 다녀오는 길이었는데 모자는 그대로 쓰고 부채와 파라솔, 기도서는 곁에 놓아두었다. 식당은 그녀 방 바로 아래에 있었고 그 집의 다른 방들처럼 널찍하고 쾌적했다. 바닥엔 반들거리는 유포가 깔려 있었다.

창가로 바싹 당겨진 작고 둥그런 식탁에 음식이 아주 잘 차려져 있었다. 바깥 발코니에는 키큰 식물들이 자라고 있었다. 작고 나이 든 아주 새까만 여자 푸제트가 철퍼덕거리며 양동이로 판석에 물을 부으면서 딱히 누구에게랄 것 없이 크레올 사투리로 크게 지껄이고 있었다.

식탁 위 접시에 빛깔 좋은 민물 새우와 조각 얼음이 쌓여 있었다. 수정같이 깨끗한 물 한 병, 전채 몇 가지, 겉이 황금색으로 바삭하게 구워진 프랑스 빵이 한 덩이씩 놓여 있었다. 아테나이즈 맞은편에는 반병 분량의 와인과 조간신문이 준비되어 있었다.

아테나이즈가 식사를 거의 다 끝냈을 때 구버나일이 들어와 식탁 앞에 앉았다. 구버나일은 사생활을 중시하는 사람이어서 혼자가 아니라는 사실을 알고 짜증이 났다. 실비가 아테나이즈가 남긴 양고기를 치우고 카페오레를 가져다주고 있었다.

“구버나일 씨,” 실비가 환심을 사려는 듯 한껏 꾸민 어조로 말했다. “제가 캐조 부인을 소개해드리고 싶은데 괜찮겠지요. 미셰 씨의 동생이에요. 기억하시겠지만 미셰 씨를 두세 번 만나셨잖아요, 같이 경주에도 가셨었죠. 캐조 부인, 구버나일 씨를 소개해드릴게요.”

구버나일은 미셰 씨의 동생을 만나 무척 기쁘다고 했다. 사실 미셰가 전혀 기억나지 않았지만 미셰의 안부를 물어보고 아테나이즈에게 신문 몇 장을 정중히 건네주었다. 여성 면과 사교계 가십이 실린 부분이었다.

아테나이즈는 실비가 비싼 가구와 수많은 책에 둘러싸여 옆방에 산다는 구버나일이라는 사람 이야기를 했던 것이 어렴풋이 떠올랐다. 그때 잠깐 어떤 사람일지 상상해보고 잊고 있었다. 덥수룩한 수염은 세어가고 커다란 금테 안경을 쓰고 책 읽고 글 쓰는 일을 오랫동안 해서 자세가 구부정한 뚱뚱한 중년 신사일 거라고 생각했다. 잡지 광고에 나오는 문학계 유명인사의 모습을 상상했다.

사실 구버나일의 외모는 특이할 것이 전혀 없었다. 서른은 넘고 마흔은 안 되어 보였으며 중키에 몸무게도 보통이었고 혼자 있게 해달라고 부탁하는 듯 차분하고 조용했다. 밝은 갈색 머리카락은 세심하게 빗은 상태로 가운데에서 가르마를 타고 있었다. 콧수염은 갈색이었고 마찬가지로 갈색인 눈은 온화하면서도 꿰뚫어보는 듯했다. 옷은 당시 유행에 따라 단정하게 입고 있었다. 아테나이즈는 그의 손을 보고 깜짝 놀랐다. 남자 손치고는 너무 하얗고 고와 보였던 것이다.

구버나일은 신문에 빠져 있다가 문득 미셰의 동생을 좀 더 배려해주어야겠다는 생각이 들었다. 부인에게 와인을 한 잔 따라주려고 보니 부인은 자신이 부패법 제정에 관한 사설에 빠져 있는 동안 이미 소리도 없이 나가고 없어서 깜짝 놀랐다.

구버나일은 신문을 다 읽고 발코니에서 담배를 피웠다. 슬슬 거닐면서 재킷에 꽂을 장미를 한 송이 꺾었고 여느 일요일 아침처럼 푸제트와 대화를 나누었다. 구두와 옷을 털어주는 대가로 푸제트에게 매주 급료를 지불하고 있었다. 구버나일은 푸제트가 어쩔 줄 몰라하며 흥분해서 떠드는 모습이 재미있어서 일부러 급료로 실랑이를 벌였다.

그는 방에서 몇 시간 동안 일을 하고 글을 읽다가 오후 세 시면 집을 나섰고 늦은 밤이 되어서야 돌아왔다. 일요일 저녁이면 미국인 구역에 가는 것이 거의 변치 않는 습관이었다. 그곳에서 마음 맞는 사람들과 함께 어울렸다. 모두 "강인한 정신을 가진 사람들"이었고 모범적인 삶을 살았지만 그들의 사상은 "두려울 것이라고는 없는" 예전 "공병"조차 펄쩍 뛰게 만드는 것이었다. "진보한" 사상을 지녔지만 구버나일은 자유로운 정신의 소유자였다. 그래서 남자든 여자든 결혼 여부와 상관없이 존중했다.

오후에 구버나일이 하숙집을 나설 때 아테나이즈는 이미 앞 발코니에 나와 편안하게 자리를 잡고 있었다. 구버나일은 앞문으로 가는 길에 덧문 틈으로 아테나이즈를 볼 수 있었다. 아테나이즈는 아직 외롭거나 집이 심각하게 그립지 않았다. 새로운 환경 덕분에 충분히 견딜 만했다. 발코니에 앉아서 지나가는 사람들을 구경하고 있자니 이야기를 나눌 상대는 없어도 꽤 즐거웠다. 그렇게 있을 때면 결혼하기 전으로 돌아간 듯 편안한 기분이었고 위안이 되었으니까!

아테나이즈는 구버나일이 거리로 나서는 것을 보았는데 몸가짐에 흠 잡을 데가 없어 보였다. 구버나일은 좀 떨어진 곳에서 그녀의 의자가 흔들리는 소리를 들을 수 있었다. "딱한 사람"이 이 도시에서 왜 저러고 있는지 궁금해져서 나중에 생각이 나면 실비에게 물어볼 작정이었다.

8

다음 날 정오가 가까울 무렵 구버나일이 방에서 나오다 아테나이즈와 마주쳤다. 아테나이즈는 아직 서로 친해지지도 않았는데 부탁을 해야 해서 걱정하는 기색이 역력한 채 쩔쩔매고 있었다. 아테나이즈는 자기 방문 앞에 서 있었는데 손가락의 골무, 실이 길게 끼워져 가슴께에 꽂힌 바늘을 보니 바느질을 하다가 나온 것이 분명했다. 우표는 붙어 있는데 주소가 쓰여 있지 않은 편지를 들고 있었다.

그런데 구버나일 씨가 오빠 몬테클린에게 보내는 편지에 주소를 대신 써줄 만큼 친절할까? 아테나이즈는 오전에 구버나일의 시간을 빼앗고 싶지 않아 다른 때에 부탁하고 싶었다고 하면서 사정을 말하고 수고해주십사 간곡하게 부탁했다.

구버나일은 때가 언제든 괜찮으며 전혀 성가신 일이 아니라고 아테나이즈를 안심시켰다. 그런 다음 편지를 밀짚모자의 접은 챙 위에 올려놓고 주머니에서 만년필을 꺼내 아테나이즈가 불러주는 대로 주소를 썼다. 아테나이즈는 박식하다던 사람이 "몬테클린"과 "미셰"의 철자를 잘 몰라 멈칫거리는 모습에 약간 의아했다.

이날 이후 아테나이즈가 한 번 더 같은 부탁을 했고 아테나이즈가 몬테클린에게서 답장을 받았다고 하는데 구버나일이 보니 아테나이즈가 이야기를 더 하고 싶어하는 것 같아서 좀 더 친해진 느낌이 들었다. 그래서 어느 날 밤 아테나이즈가 혼자 발코니에 앉아 있는 것을 보았을 때 다가가도 될 것 같았다. 구버나일이 일부러 사교계 여자들을 만나러 다니는 사람은 아니었지만 그렇다고 아주 곰은 아니었다. 아테나이즈가 외로워 보여서 좀 딱하기도 했고 어떤 여자인지 궁금하기도 했으며 또 여성적 매력에 본능적으로 끌리기도 해서, 열린 복도 창으로 하얀 드레스가 어른거리는 것을 보았을 때 자기도 모르게 발걸음을 발코니로 돌렸다.

꽤 늦은 시각이었지만 몹시 더운 날이어서 상쾌한 바깥 공기를 포기하고 싶지 않은 사람들이 옆 발코니와 문 앞에 여기저기 모여 이야기를 나누고 있었다. 아테나이즈는 주변에서 들려오는 목소리를 듣고 있자니 점점 더 외로워졌다. 스스로는 몰랐지만 누군가가 공감해주고 함께 있어주기를 바라고 있었다.

아테나이즈는 엉겁결에 구버나일의 악수에 선뜻 응하고 아주 반갑다며 인사를 했다. 구버나일은 그렇게 환영받을 거라고 예상치 못했지만 표정을 보니 진심이 느껴져 몹시 기뻤다. 그는 편히 대화를 나눌 수 있게 가까이 의자를 당겨 앉았다. 하지만 그저 격려나 해주어야겠다는 생각밖에 없었다. 사실 부인의 이름도 잊어버렸으니까!

구버나일이 발코니 난간에 한쪽 팔꿈치를 괴고 기대어 앉은 다음 푹푹 찌는 날씨 이야기를 꺼내려고 했지만 아테나이즈가 그럴 틈을 주지 않았다. 누군가와 이야기를 하게 된 것이 너무 좋아서 말을 마구 쏟아냈다.

한 시간 뒤 아테나이즈는 방으로 돌아가고 구버나일은 담배를 피우려고 남았다. 한 시간가량 이야기를 듣고 나니 아테나이즈를 아주 잘 알게 되었다. 사실 아테나이즈가 다 알려주었다기보다는 똑똑한 구버나일이 다 듣지 않고도 알아챈 것이었다. 아테나이즈는 오빠를 아주 좋아했고 남편도 아주 좋아하지만 스스로는 그런 사실을 모르고 있는 것 같았다. 그녀는 고집이 세고 충동적이고 순수하고 무지하고 불만스러워하고 불행해 보였다. 세상일이 다 뒤죽박죽이어서 아무도 원하는 대로 행복할 수가 없다고 불평했다. 구버나일은 그녀가 너무 일찍 인생의 본바탕을 알아버려서 안됐다고 말했다.

구버나일은 외로워하는 아테나이즈가 딱해서 다음 날 아침에 책을 빌려주려고 책장을 훑었다. 자기 취향의 책은 전부 제쳐두었다. 철학은 생각할 필요도 없었고 시도 마찬가지였다. 적어도 구버나일의 책장에 있는 시는 그랬다. 아테나이즈가 어떤 문학을 좋아하는지 물어보지 않았지만 그쪽으로 아예 취미가 없을 거라는 생각이 들었다. 험프리 워드* 부인만큼 단번에 공작부인**도 거부할 게 분명했다. 잡지가 그럭저럭 괜찮을 것 같았다.

아테나이즈는 잡지를 돌려주며 그런대로 재미있었다고 했다. 사실 뉴잉글랜드 이야기는 이해하기 힘들었고 크레올 이야기는 불쾌했지만 사진은 아주 좋았다. 그중 한 장이 특히 인상적이었는데 고되게 하루 종일 말을 타고 난 몬테클린이 단번에 떠올라서 책을 덮을 수가 없었다. 레밍턴 카우보이들을 찍은 사진이었는데, 구버나일은 그 사진을 주겠다고 하더니 아예 잡지를 주겠다고 했다.

그 후 구버나일은 매일 말을 걸었고 늘 무언가 대신 해주거나 그녀를 즐겁게 해주려고 애썼다.

어느 날 오후 구버나일이 아테나이즈를 호수 기슭에 데리고 갔다. 그

* Mrs. Humphry Ward(1851~1920). 종교적 소설로 유명한 영국의 소설가. 본명은 메리 오거스타 워드지만, 결혼 후 '험프리 워드 부인'이라는 필명을 주로 사용했다.

** Margaret Wolfe Hungerford(1855~1897). 19세기 말 영어권 국가에서 가볍고 낭만적인 소설들로 인기를 끈 아일랜드 소설가. 그녀의 책들은 대부분 '공작부인'이라는 필명으로 출판되었다.

녀는 몇 년 전 그곳에 가본 적이 있었지만 겨울에 가니 꽤 이채롭고 새롭게 느껴졌다. 호수 멀리까지 유람선들이 떠 있었고 풀이 무성한 절벽 아래에서 아이들이 재미나게 놀고 있었으며 음악이 울렸다. 모든 것이 아테나이즈의 마음을 사로잡았다. 구버나일은 여태껏 본 여자 중에서 아테나이즈가 가장 아름답다고 생각했다. 자잘한 무늬가 있는 모슬린 드레스조차 가장 아름다운 옷인 것 같았다. 갈색머리는 살짝 부풀려서 눈부신 얼굴이 다 드러나도록 뒤로 넘기고 있었는데 하얀 선원 모자와 더없이 잘 어울렸다. 그녀는 파라솔을 들고 치맛자락을 들어 올린 채 아주 특이하게 부채질을 했다. 너무 독특해서 배워 따라 해보고 싶을 정도였다.

호숫가에서 식사를 할 수 있었지만 도시가 복잡해지기 전에 서둘러 돌아왔다. 아테나이즈는 실비가 저녁을 차려놓고 기다리고 있을 테니 하숙집에 가고 싶다고 했다. 하지만 그가 좋아하는 작고 조용한 식당에서 함께 식사를 하자고 권하자 쉽게 따라왔다. 식당은 반들반들하게 사포질한 바닥에 한적한 분위기, 맛있는 메뉴가 준비된 곳이었고, "므슈와 마담"을 대접하는 영광을 고대하며 굽실거리는 웨이터가 있었다. 이 정도였으니 구버나일이 자기 뜻대로 다 될 것이라고 착각할 만도 했다. 하지만 아테나이즈는 몹시 피곤했다. 얼굴에서 광채가 사라졌고 돌아가는 길에는 구버나일의 팔을 꽉 붙들고 느릿느릿 걸었다.

아테나이즈가 방 앞에서 작별인사를 하고 즐거운 저녁시간을 보냈다며 감사인사를 했지만 구버나일은 헤어지기가 싫었다. 신문사로 돌아갈 시간이 될 때까지 밖에 같이 앉아 있어주었으면 했다. 아테나이즈가 드레스를 벗고 실내복으로 갈아입은 다음 잠자리에 들겠지 하고 생각했다. 그러면 옆에 앉아서 무언가 읽어주면서 편안하게 해주고 뭐든 부탁하면 들어주고 싶었다. 물론 아무리 생각해봐야 소용없는 일이었다. 하지만 아테나이즈에게 잘해주고 싶은 마음이 점점 커지고 있다는 것을 깨닫고 스스로 놀랐다. 아테나이즈가 예상보다 빨리 기회를 주었다.

"구버나일 씨," 아테나이즈가 방에서 불렀다. "푸제트한테 얼음물을 안 가져다놓았다고 말씀해주시겠어요?"

구버나일은 푸제트가 일을 제대로 안 한 사실에 화가 나서 엄한 목소리로 난간 너머 푸제트를 불렀다. 그는 자기 방 앞에 앉아 담배를 피우고 있었다. 아테나이즈의 방이 어두운 것을 보고 그녀가 잠자리에 들었다는 것과, 문에 달린 쪽창과 창문은 열어두고 있다는 것을 알아챘다. 침대는 창가에 있었다.

푸제트가 얼음물을 들고 뛰어 올라와 몇 번이고 잘못을 빌었다. 아테나이즈가 저녁 식사를 하러 오지 않기에 떠난 줄 알았다고 했다. 거짓말이 절대 아니라고 하면서 실비 부인에게는 알리지 말라고 부탁했다.*

얼마 뒤 아테나이즈가 다시 목소리를 높였다. "구버나일 씨, 우리 맞은편에 앉았던 젊은 남자 기억나세요? 회색 코트에 파란 띠를 두른 모

* 원문에서는 프랑스어와 흑인의 언어가 섞인 크레올 사투리로 이렇게 적고 있다. "Mo pa oua vou à tab c'te lanuite, mo cri vou pè gagni dèja là-bas; parole! Vou pas cri contè ça Madame Sylvie?"

자 쓴 사람 말이에요."

물론 구버나일은 그런 사람을 본 기억이 없었지만 그런 젊은이를 분명히 보았다고 했다.

"그 사람이 뭔가, 그러니까 많이는 아니지만 몬테클린과 좀 비슷하지 않던가요?"

"몬테클린과 아주 닮았어요." 구버나일은 그저 대화를 오래 끌고 싶다는 생각만으로 밀고 나갔다. "아까 닮았다는 이야기를 하려 했는데 어쩌다보니 잊었어요."

"저도 그랬어요." 아테나이즈가 대답했다. "아, 몬테클린 오빠! 지금 뭘 하고 있을까 궁금하네요."

"오늘 몬테클린에게서 편지나 소식이 왔나요?" 구버나일이 물었다. 이제 대화가 끊어진다고 해도 노력이 부족한 탓은 아니니 어쩔 수 없다고 생각했다.

"오늘은 아니고, 어제 받았어요. 엄마가 너무 심란해해서 제가 어디 있는지 안다고 털어놓을 수밖에 없었대요. 어디 있는지는 말 안 하기로 맹세했다 하고요. 하지만 캐조는 몬테클린 오빠를 케인 강에 던져버리겠다고 협박한 후엔 만나도 알은척도 안 하고 말도 붙이지 않는대요. 캐조가 제가 떠난 날 친정에 갔다고 생각하고 편지를 그쪽으로 보냈잖아요. 그래서 엄마가 그 편지를 열어봤는데 편지가 너무 격조 높다면서 저한테 보내주라고 했대요. 하지만 오빠가 딱 잘라 거절했다고 하더라고요."

구버나일은 몬테클린 이야기가 더 나왔다. 캐조는 상상만 해도 참을 수가 없어서 생각하고 싶지도 않았다.

얼마 뒤 아테나이즈가 다시 불렀다. "잘 자요, 구버나일 씨."

"잘 자요." 구버나일은 마지못해 인사했다. 그런 다음 이제 아테나이즈가 잠들었을 것이라는 생각이 들자 일어나 한밤중 야단법석이 난 신문사로 일을 하러 갔다.

9

아테나이즈는 구버나일이 없었다면 그 시간을 견딜 수 없었을 것이다. 매사에 조심하고 비밀이 탄로 날까봐 늘 긴장하며 새로 사람을 사귀지 않았고 알던 사람들도 만나지 않고 지냈다. 하지만 그곳엔 아는 사람이 거의 없어서 애써 피해 다니지 않아도 괜찮았다. 실비는 거의 하루 종일 집 관리에 몰두했다. 게다가 하숙인들에게 어찌나 공손한지 아테나이즈가 체면을 접어두고 같이 잡담이라도 나누려 해도 그럴 수가 없었다. 단기 체류자들은 만날 기회조차 없었다. 그래서 곁에 있어줄 사람은 구버나일밖에 없었다.

구버나일로서는 그런 상황이 아주 다행이었다. 그래서 일하지 않는 시간은 모두 아테나이즈를 즐겁게 해주는 데 바쳤다. 아테나이즈가 외출하는 것을 좋아해서 여름 황혼 속에서 오래된 프랑스 구역의 미로 같은 길을 함께 거닐었다. 그 호수 기슭에 또 가서 몇 시간 동안 배를 탔다. 너무 늦게 돌아오는 바람에 거리가 조용하고 적막했다. 일요일 아침에는 프랑스 시장에 데리고 가려고 말도 안 되는 시간에 일어났다. 아테나이즈가 그곳의 광경과 소리를 좋아할 것을 알고 있어서였다. 그리고 평소 일요일 오후에 참석하던 지식인 동인 모임에 가지 않고 온종일 아테나이즈가 하고 싶어하는 일과 그녀에게 필요한 일에 매달렸다.

하지만 이렇게 하면서도 눈치 없이 아테나이즈를 부담스럽게 하지는 않았다. 구버나일은 짧은 기간 동안 놀라울 만큼 아테나이즈를 아주 잘 파악했다. 똑똑한 사람이었다. 그때 구버나일은 아테나이즈가 원하는 모든 것이 되었다. 가족을 대신했고 친구가 되어주었다. 아테나이즈는 가끔 그 사람이 여자를 사랑해본 적이 있을지 궁금해했다. 구버나일이 캐조가 하듯 열정적이고 격렬하고 거칠게 여자를 사랑하는 모습은 상상할 수 없었다. 언젠가 사랑을 해본 적이 있는지 대놓고 물었더니 곧바로 그런 적이 없다고 대답해주었다. 아테나이즈는 그런 그의 성격이 훌륭하다고 생각해서 이후로 존경스럽게 여겼다.

어느 날 밤 구버나일은 아테나이즈가 울고 있는 것을 보았다. 거리낌없이 마음껏 우는 울음이 아니었다. 아테나이즈는 발코니 난간에 기대서서 달빛 아래 마당의 젖은 판석에서 펄쩍펄쩍 뛰는 두꺼비들을 바라보고 있었다. 치자나무가 짙은 향을 뿜어냈다. 푸제트는 마당 멀찌감치에서 누군가와 웅얼웅얼 다투는 것도 같고 제멋대로 아무 말이나 하고 있는 것 같기도 했다. 곁에 있는 것이라곤 들판에서 다가온 검은 고양이 한 마리밖에 없었으니 그렇게 보일 만도 했다.

구버나일이 묻자 아테나이즈는 몸도 마음도 아프다고 털어놓으면서 그냥 향수병일 거라고 했다. 몬테클린의 편지가 그녀를 마구 휘저어놓았다. 어머니가 그립고, 오빠가 그리웠다. 목화밭 정경과 쟁기질해놓은 흙냄새, 매혹적인 어둑하고 신비로운 숲과 본듀 강가의 허물어져 가는 낡은 집이 그리웠다.

이야기를 듣고 있자니 구버나일에게 동정심과 애잔한 마음이 한바탕 휘몰아쳤다. 아테나이즈의 손을 잡아 끌어당겼다. 그녀를 팔로 감싸 안으면 어떨까 생각했다.

의외의 일이 일어났지만 그는 잘 대처했다. 아테나이즈가 팔로 구버나일의 목을 껴안고 어깨에 기대서 울음을 터뜨렸다. 뜨거운 눈물이 그의 뺨과 목을 달구었고 그의 팔에 안긴 몸이 마구 떨렸다. 구버나일은 꽉 껴안고 싶은 충동이 강하게 일었다. 아테나이즈의 입술로 다가가려는 욕망이 세차게 솟았다. 하지만 아무것도 하지 않았다.

구버나일은 자신이 몬테클린을 대신하고 있다는 사실을 아테나이즈 본인보다 훨씬 더 잘 알고 있었다. 씁쓸했지만 인정해야 했다. 참을성이 있으니 기다릴 수 있었다. 언젠가는 사랑하는 사람으로서 아테나이즈를 안을 수 있기를. 아테나이즈가 결혼했다는 사실은 아무렇지 않았다. 그런 사실이 문제가 될 거라고는 꿈에도 생각해본 적이 없었다. 아테나이즈가 자신을 원하는 때가 되면—그렇게 되기를 바랐고 또 그렇게 되리라 믿었다—그럴 자격이 있을 것이라고 믿었다. 아테나이즈가 원하지 않는 한 아무런 자격이 없었다. 그것은 캐조도 마찬가지였다. 구버나일은 뺨에 따스한 숨결과 눈물이 와 닿는 것을 느끼고 있기가 몹시 힘들었다. 세차게 고동치는 아테나이즈의 가슴이 맞닿아 있고 보드라운 팔로 매달려 있어 구버나일의 온몸과 마음이 고통스러울 지경이었지만 아무런 내색도 하지 않았다.

몬테클린이었다면 무슨 말을 하고 어떻게 행동했을지 헤아려보고 그대로 하려고 했다. 머리를 쓰다듬어주고 부드럽게 감싸 안은 채 눈물이 그치고 흐느낌이 멈추기를 기다렸다. 아테나이즈는 물러나기 전에 그의 목에 입을 맞추었다. 사랑을 표현하는 나름의 방식이 틀림없구나! 그런데도 구버나일은 금욕주의자처럼 꾹 참았다. 구버나일이 아테나이즈를 남겨두고 자리를 뜬 것까지 정말 잘한 일이었다. 그리고 거의 동이 틀 때까지 숨가쁘게 정신없이 돌아가는 고된 일의 격전장에 뛰어들었다.

아테나이즈는 잘 진정되어서 푹 잤다. 친근한 손길과 따스한 포옹이 몹시 고마웠다. 이제 더이상 외롭지도 불행하지도 않았다. 위로해줄 구버나일이 있었으니까.

10

아테나이즈가 그 도시에 머무른 지 넉 달이 다 되어가고 있었다. 괜찮은 일자리를 찾으려고 몇 차례 시도를 했었다. 그러나 말도 안 되는 금액에 피아노 교습을 해달라는 어린 여자애 두 명 말고는 아무런 성과도 없었다. 게다가 자꾸 향수병은 도지고 아무리 구버나일이라도 항상 곁에서 도와주지는 못했다.

마당에 내려가 화초 틈에서 잡초를 뽑고 어슬렁거리며 많은 시간을 보냈다. 검은 고양이와 부엌문 바깥에 매달린 새장 속 흉내지빠귀, 하루 종일 쉰 목소리의 서툰 프랑스어로 욕을 해대는 옆집 요리사의 버릇없는 앵무새에게도 관심을 가져보려고 했다.

게다가 몸이 좋지 않았다. 실비에게 말했듯이 몸 상태가 정상이 아니었다. 뉴올리언스의 기후가 맞지 않았다. 실비는 미셰 씨 동생의 건강과 안전에 어느 정도 책임감을 느끼고 있었기 때문에 걱정하고 있었다. 그래서 아테나이즈에게 어떤 문제가 있는지 주의 깊게 살폈다.

실비는 아주 현명했고 아테나이즈는 아는 것이 전혀 없었다. 그러다가 갑자기 아주 중요한 것을 깨닫게 되자 몹시 혼란스러웠다. 아테나이즈는 실비와 이야기를 나누고 난 직후 잠깐 숨이 가쁘고 가슴이 두근거렸다. 그리고 오래, 아주 오랫동안 아주 조용하게 할 말을 잃은 채 가만히 앉아 있었다. 그녀의 존재 자체가 황홀경의 물결에 푹 빠져들었다. 마침내 의자에서 일어나 거울을 보았는데 처음 보는 듯한 아주 낯선 얼굴이 거울 속에 있었다. 경이와 희열로 가득한 전혀 다른 사람의 얼굴이었다.

이런 낯선 감정의 소용돌이 속에서 새로운 생각이 퍼뜩 떠올랐고 가장 시급하게 해야 할 일이 생겼다. 어머니에게 즉시 알려야 했고 어머니가 몬테클린에게 전하도록 해야 했다. 그리고 캐조도 알아야 했다. 캐조 생각을 하자 난생처음 육감적 전율에 휩싸였다. 캐조의 이름을 나지막이 불러보자 뺨에 붉은 얼룩이 생겨났다. 그 이름을 거듭거듭 불러보았다. 그 이름이 암흑과 혼돈으로부터 새로 생겨난 것처럼 달콤했고 마치 자신의 귀에 처음 들려온 것 같았다. 기적이라도 일어난 듯 본성 밑바닥의 관능까지 모두 깨어났다.

남편에게 편지를 쓰려고 자리를 잡았다. 아침이면 남편이 편지를 받을 것이고 밤이면 둘이 함께 있게 되리라. 남편이 뭐라고 말할까? 자신에게 어떻게 대할까? 남편이 자신을 용서해주리라는 것을 알고 있었다. 아니라면 남편이 편지를 쓰지 않았겠지? 그런 생각이 들자 몬테클린을 향한 화가 울컥 솟구쳤다. 남편 편지를 왜 내게 전해주지 않은 거지? 도대체 왜 그걸 안 보내준 거지?

아테나이즈는 밖으로 나가려고 옷을 갈아입고 단 하나의 생각, 그리고 그와 동시에 일어난 하나의 감정에 사로잡혀서 쓴 편지를 부치러 갔다. 다른 사람들이 읽으면 두서없어 보이겠지만 캐조는 이해할 것이었다.

아테나이즈는 막대한 유산 상속자라도 된 듯 거리를 걸었다. 얼굴에는 자부심과 만족감이 넘쳐흘렀다. 지나가던 사람들이 알아보고 부러워할 지경이었다. 아무에게나 말을 걸어 이야기를 해주고 싶었다. 그래서 길모퉁이에서 발걸음을 멈추고 굴 장수에게 말을 걸었다. 아일랜드 여자였는데 아테나이즈를 축하하며 행복을 빌어주고 캐조의 후손이 대대손손 번성하기를 기원해주었다. 아테나이즈는 그 여자의 뚱뚱하고 지저분한 아기를 팔에 안아보고 아기가 난생처음 보는 경이로운 존재라도 되는 듯 신기한 눈으로 들여다보았다. 심지어 아이에게 입까지 맞추었다!

이제 레드 강 사람들을 맞닥뜨리든 말든, 자신을 알아보든 말든 상관하지 않고 거리를 마음대로 걸으니 마음이 아주 편했다! 이제 아무도 아테나이즈가 스스로의 생각을 모른다고 말하지 못할 것이다.

그녀는 굴 장수와 헤어져 곧장 남편 거래처인 하딩앤오프딘 사무실로 갔다. 거기서 동업자라는 듯, 아니 거의 회사 소유자 같은 분위기로 남편의 이름을 대고 신용거래로 돈을 달라고 요구했고, 회사 사람들은 캐조에게 직접 주는 것과 마찬가지로 전혀 망설이지 않고 돈을 내주었다. 아테나이즈를 알고 있던 하딩 씨가 건강이 괜찮은지 정중하게 묻자 아테나이즈는 얼굴을 확 붉히며 너무 수줍어했다. 그래서 하딩 씨는 부인이 아주 예쁜데 하는 짓은 바보스럽구나 하고 딱하게 여겼다.

아테나이즈는 포목상에 가서 온갖 물건을 샀다. 아는 사람 거의 모두에게 줄 작은 선물이었다. 그리고 가장 얇고 가장 부드럽고 가장 보송보송한 하얀 천을 두루마리째 샀다. 점원이 아테나이즈의 취향을 맞추어주려고 아기가 쓸 것인지 묻자 아테나이즈는 쥐구멍에라도 들어가고 싶었다. 점원이 어떻게 알았는지 궁금했다.

그녀는 남편에게서 떠나게 해준 것이 몬테클린이었으니 남편에게 다시 데려다주는 것도 몬테클린이어야 한다고 생각했다. 그래서 몬테클린에게 아주 퉁명스럽게 편지를, 아니 사실 엽서를 써서 다음 날 저녁 기차역으로 마중을 나오라고 했다. 미리 보낸 편지에 따라 남편은 집에서 기다릴 것이라 믿었고 그 편이 더 좋았다.

그런 뒤 떠날 준비를 하고 짐을 꾸리며 기분 좋게 들떴다. 푸제트가 계속 왔다 갔다 했다. 방을 나갈 때마다 손에는 아테나이즈가 준 물건을 들고 있었다. 손수건, 페티코트, 발가락에 작은 구멍이 두 개 뚫린 스타킹, 망가진 묵주, 그리고 은화 1달러였다.

그다음에 아테나이즈에게 온 것은 실비였다. '옷본 세트'라는 것을 선물로 들고 왔다. 최신식 시장이나 옷본가게에서도 절대 구할 수 없는 복잡한 디자인의 옷본들로, 실비가 몇 년 전 생샤를 호텔에서 간호했던 유명한 외국인 부인에게 받은 것이었다. 아테나이즈는 실비의 축하하는 마음과 호의를 충분히 느끼며 정중하게 그것을 받아 얼마 전에 산 트렁크에 조심스레 넣었다.

평소와 달리 많은 일이 있었던 하루였기에 아테나이즈는 몹시 피곤해서 일찍 잠자리에 들었다. 하루 종일 구버나일 생각은 한 번도 하지 않았는데, 구버나일이 방으로 돌아가느라 발코니를 지나는 발소리가 들리자 그 짧은 순간에 슬쩍 그를 떠올렸을 뿐이었다. 구버나일은 아테나이즈가 발코니에서 기다리고 있기를 바랐었다.

그러나 다음 날 아침에 구버나일은 알게 됐다. 누군가가 말해주었던 게 분명했다. 실비라면 나이가 적절하고 신중한 남자와 알고 있는 사실에 대해 세세하게 의논하지 않을 리가 없었다.

아테나이즈는 기차역에 가려고 대기 중인 마차에서 구버나일이 기다리고 있는 모습을 보았다. 그를 그렇게 깡그리 잊고 있었다는 생각이 들자 갑자기 마음이 아파왔다. 그는 "실비가 부인이 오늘 아침에 떠난다고 하더군요"라고 말했다.

구버나일은 평소처럼 친절하고 사려 깊고 다정하게 행동했지만 어제

부터 새로이 위엄 있고 삼가는 태도로 행동하는 아테나이즈에게 최대한 맞추어주었다. 아테나이즈는 마차 창밖을 말없이 계속 바라보고 있었는데 무지를 깨친 지난 저녁처럼 혼란스러웠다. 구버나일은 진흙투성이 거리와 어둠침침한 아침 날씨, 그리고 몬테클린 이야기를 했다. 그곳에서 안락하고 즐겁게 지내기를 바란다고 하고 다시 이 도시에 오게 되면 언제든 연락해줄 거라 믿는다고 했다. 그는 침묵과 자기 자신을 두려워하는 것처럼, 아니 믿지 못하는 것처럼 주절주절 떠들어댔다.

기차역에서 아테나이즈가 지갑을 건넸고 구버나일이 표를 구입하고 편안한 자리를 확보해주고 트렁크를 확인하고 물건과 짐을 모두 안전하게 기차에 실었다. 아테나이즈는 구버나일이 아주 고마웠다. 구버나일은 그녀의 손을 따스하게 잡은 다음 모자를 들어 올린 후 떠났다. 구버나일은 똑똑한 사람이었기에 패배를 품위 있게 받아들였다. 이제 끝이었다. 하지만 마차로 돌아가는 길에 이렇게 생각했다. "아, 슬프구나, 슬퍼!"

11

아테나이즈는 더없이 행복하고 기대에 들뜬 하루를 보냈다. 눈앞에 펼쳐진 전원의 아름다운 풍경이 눈과 영혼에 아늑하게 다가왔다. 약간 낯선, 넓고 깨끗한 설탕 농장들이 길게 늘어서 있고 그 옆으로 거대한 제당소, 작은 마을을 이루듯 외길에 늘어선 깔끔한 오두막들, 나무 사이에 드문드문 서 있는 인상적인 집들이 눈길을 끌었다. 갑자기 바이유가 언뜻언뜻 보였다. 햇살이 내리쬐는 풀이 무성한 강둑 사이로 구부러지고, 나무와 수풀, 고사리, 독포도, 팔메토 야자나무가 뒤엉킨 틈에서 느릿느릿 기듯이 흐르고 있었다. 길게 이어진 단조로운 삼림지대를 지나는 동안 아테나이즈는 눈을 감고 캐조와 만날 순간을 기대했다. 캐조 생각밖에 나지 않았다.

역에 도착한 것은 밤이었다. 예상대로 몬테클린이 2인용 마차를 가지고 기다리고 있었다. 빠르고 힘이 넘치는 몬테클린의 조랑말이 매여 있었다. 그는 여하튼 아테나이즈가 돌아온 것이 좋다고 생각했다. 동생이 선택해서 돌아온 것이니 비난할 여지도 없었다. 돌아온 이유를 더 확실히 알게 되었다. 눈과 목소리, 사소한 작은 행동 하나하나가 아테나이즈의 마음속에 가득 차 출렁이는 비밀을 충분히 잘 보여주었다. 하지만 동생을 집 앞에 내려주고 강가의 집을 향해 가면서 그 일이 결국엔 아주 실망스럽고 평범하게, 가장 진부하게 해결되었다는 생각을 지울 수 없었다. 아테나이즈를 캐조 곁에 그대로 두었으니까.

남편이 아테나이즈를 마차에서 내려주었고 둘은 한마디도 하지 않은 채 발코니 지붕 아래에 가서 섰다. 그러고도 한동안 말을 하지 않았다. 그러나 아테나이즈가 애원하는 듯한 동작으로 남편을 향해 돌아섰다. 캐조가 아내를 안자 아내가 온몸으로 안겨왔다. 그는 아내의 입술이 처음으로 자신의 정열에 반응하는 것을 느꼈다.

전원의 밤은 어둡고 따스했다. 누군가가 멀리 오두막에서 연주하는 아코디언의 아련한 선율만이 들려왔다. 어딘가에서 흑인 아기가 울고 있었다. 아테나이즈가 남편의 품에서 벗어나 그 소리에 귀를 기울였다.

"들어봐요, 여보! 줄리엣네 애가 심하게 우네요! 불쌍한 것, 왜 우는 걸까?"

페도라

·

페도라가 직접 마차를 몰아 맬서스 양을 마중 나가기로 했다.

몇몇이 실망한 것처럼 보였지만—남동생은 특히 눈에 띄게—아무도 말리지 않았다. 페도라는 말이 다루기 힘드니 젊은이들 손에 맡기는 건 아무래도 안심이 안 된다고 했다.

페도라가 동생 카밀라나 다른 사람들이 보기에 나이가 꽤 많은 것은 사실이었다. 하지만 페도라가 나이가 많은 척 계속 연기를 하고 나이가 많으면 더 똑똑하고 지혜롭다는 말도 안 되는 주장을 계속 하고 다니지 않았더라면 아무도 그렇게 생각하지 않았을 것이다. 페도라는 서른 살이었다.

페도라는 너무 어린 나이에 이상형을 정해놓고 그것을 고이 간직했다. 이 이상형을 기준으로 여태 주의를 끌었던 남자들을 평가했고, 그들은 말할 필요도 없이 이상형에 미치지 못했다. 젊은 사람들, 그러니까 그해 여름에 끊임없이 다녀간 남동생과 여동생의 손님들이 페도라를 아주 분주하게 만들기는 했지만 결국 관심을 끌지는 못했다. 페도라는 사람들이 편안하도록 신경을 썼고 어머니가 안 계실 때는 그들이 잘 지내도록 보살펴주었다. 재미난 놀 거리를 마련해주고 자신은 절대 같이 놀지 않았다. 페도라가 키가 크고 날씬한 데다가 고개를 꼿꼿하게 들고 안경을 쓴 채 심각한 표정을 짓고 있어서 어떤 사람들은, 그러니까 제일 멍청한 사람들은 페도라가 백 살인 것처럼 느꼈다. 맬서스는 페도라가 마흔 살 정도라고 생각했다.

어느 날 맬서스가 오후에 할 스포츠에 관해 물어보려고 자갈길로 나가 페도라 앞에 섰다. 페도라는 키가 큰 편인데도 대답을 하려고 맬서스의 얼굴을 보려면 고개를 들어야 했다. 맬서스가 열다섯 살 아이였을 때부터 알고 지냈고 그 후 8년이 지났지만 그동안 줄곧 페도라에게 맬서스는 열다섯 살 아이 이상은 결코 아니었다.

그런데 그날 오후 맬서스의 얼굴을 올려다보고 있자니 맬서스가 이제 남자로구나 하는 생각이 퍼뜩 들었다. 목소리, 태도, 자세, 모든 면에서 남자가 되어 있었다.

페도라는 자기도 모르게 집요한 눈길로 맬서스의 얼굴을 구석구석 뜯어보았다. 그 얼굴이 낯설고 새로운 듯, 난생처음 눈앞에 나타나기라도 한 듯 살펴보았다. 맬서스의 눈은 푸르고 진지했고, 그 순간에는 페도라에게 이야기하고 있는 사소한 문제 때문에 약간의 걱정이 어려 있었다. 얼굴은 햇볕에 그을어 갈색이었는데 입술을 빼고는 붉은 기가 전혀 없이 매끈했으며 입술은 또렷하고 탄탄하고 깨끗했다. 페도라는 맬서스가 가고 나서도 그 얼굴과 이목구비 하나하나를 계속 생각했다.

그때부터 맬서스는 페도라를 위해 존재하기 시작했다. 맬서스가 근처에 있으면 그를 바라보았고 그의 목소리에 귀를 열었으며 무슨 말을 하는지 유심히 들었다. 맬서스를 찾아다녔고 틈만 나면 맬서스를 불렀다. 맬서스가 곁에 있으면 심란했지만 곁에 있기를 바랐다. 그가 보이지도 들리지도 않는 곳에 있으면 뒤숭숭하고 조마조마했고 기다려졌다. 곁에 있으면 속으로 내가 왜 이럴까 생각하고 놀라고 황홀해하고 굴욕감이 들어서 두 배로 더 심란했다. 사고와 감정이 빠르고 맹렬하게 부딪혔다.

페도라도 자신이 왜 직접 역까지 맬서스 여동생을 마중 나가고 싶은지 만족스럽게 설명할 수 없었다. 그 애를 보고 싶고 가까이 있고 싶었다. 생각해보았지만 이유는 알 수 없었다. 지나가다가 맬서스의 모자가 복도에 다른 모자와 함께 걸려 있는 것을 볼 때면 불쑥 그 모자를 만져보고 싶어졌는데 그때와 비슷한 느낌이었다. 한번은 맬서스가 그곳에 코트도 같이 걸어둔 적이 있었다. 페도라는 정리하는 척하면서 코트를 만졌다. 주변에 아무도 없었고 그녀는 갑작스러운 충동에 휩싸여 코트의 거친 주름 속에 잠깐 동안 얼굴을 묻었다.

페도라는 기차 시간보다 약간 일찍 역에 도착했다. 역은 숲이 우거진 언덕 어귀 푸릇푸릇하고 향기로운 곳에 아늑하게 자리해 있었다. 멀리 빈터에 누런 곡식 들판이 있었는데 그 위로 석양빛이 비스듬히 쪼개져 내렸다. 멀리 길 아래쪽에 일하는 남자들 몇이 있었는데 그들의 단조로운 망치 소리만이 정적을 깼다. 페도라는 하늘, 숲, 햇빛, 모든 것이 사랑스러웠다. 소리와 냄새까지도. 하지만 우아하고 차분하고 조심스러운 태도로 감정을 전혀 내보이지 않은 채 좁은 승강장에 채찍을 들고 내려서서, 우체부와 졸린 듯 멍한 직원에게 거들먹거리며 잔소리했다.

기차에서 내릴 사람은 맬서스 여동생밖에 없었다. 페도라는 전에 그 동생을 본 적이 없었다. 하지만 백 명이 내렸다고 해도 그 아이를 알아볼 수 있었을 것이다. 그녀는 체구가 작았지만 혈색이 좋고 눈은 푸르고 진지했다. 무엇보다 단호하고 곡선이 깊은 입술이 있었다. 그 곡선을 따라 고르고 하얀 치아가 있었다. 한 사람에게만 있는 특징이라고 생각했던 미묘하고 알 수 없는 표정과 얼굴의 움직임이 가족의 특성으로 드러나고 있었다.

맬서스와 은근히 닮은 점이 페도라에게는 아주 도드라져 보였고, 그 닮은 모습에도 익숙해지면 곧 무감각해질 거라고 생각하니 고통스럽기까지 했다.

맬서스 양은 조용하고 내성적인 사람이었고 말이 거의 없었다. 그녀는 카밀라와 같이 학교에 다닌 터라 예전에 친했다는 이야기를 조금 했다. 페도라가 채찍과 고삐를 휘두르며 솜씨 좋게 마차를 모는 동안 그녀는 페도라보다 낮은 자리에 앉아서 갔다.

"얘," 페도라가 평소처럼 나이 많은 척하며 말했다. "네가 우리와 아주 편하게 지내면 좋겠구나." 그들은 길고 조용하고 녹음이 우거진 길을 달렸다. 그때 막 석양이 그 길로 스멀스멀 기어들기 시작하고 있었다. "필요한 게 있거나 불편한 게 있으면 어려워 말고 나한테 편하게 와서 말하렴. 너를 아주 좋아하게 될 것 같구나."

페도라가 고삐를 한 손에 모아 쥐더니 다른 한쪽 팔로 맬서스 양의 어깨를 감싸 안았다.

맬서스 양이 웅얼웅얼 고맙다고 말하면서 페도라의 얼굴을 올려다보았을 때 페도라가 몸을 숙여 맬서스 양의 입에 오랫동안 진하게 키스했다.

맬서스 동생은 깜짝 놀란 것 같았고 별로 기분이 안 좋아 보였다. 페도라는 냉정을 잃지 않은 척하며 고삐를 모아 쥐었고 가는 내내 말 뒤통수만 가만히 응시했다.

한 시간 동안의 이야기

•

맬라드 부인이 심장병이 있다는 것을 알기에 남편의 죽음을 가능한 한 충격이 덜하게 알리려고 다들 아주 애를 썼다.

띄엄띄엄 토막 난 문장으로 부인에게 소식을 알린 것은 여동생 조세핀이었다. 내용을 반쯤 숨기고 에둘러 말했다. 남편 친구인 리처즈도 부인 곁에 있었다. 리처즈는 열차 사고 소식과 '사망자' 명단 제일 위에 올라간 브렌틀리 맬라드의 이름을 보았을 때 신문사 사무실에 있었던 장본인이었다. 그는 두 번째 전보를 받자 사고 소식을 믿지 않을 수 없었고 배려심과 조심성이 부족한 사람이 그 슬픈 소식을 부인에게 먼저 전하게 될까봐 서둘러 와 있었다.

다른 여자들 같았으면 그런 소식에 너무 놀라 의미를 이해하지도 못할 정도였겠지만 부인은 그러지 않았다. 처음에 동생의 팔에 쓰러지듯 안겨서 왈칵 울음을 터뜨렸다. 폭풍 같은 슬픔이 물러간 뒤 부인은 혼자 방에 들어갔다. 아무도 따라 들어오지 못하게 했다.

방에는 편안하고 널찍한 안락의자가 열린 창가에 놓여 있었다. 부인은 피로에 짓눌려 의자에 주저앉았다. 피로가 지금껏 몸을 괴롭히다가 이제 영혼에 도달한 것 같았다.

집 앞에 있는 툭 트인 광장의 나무들 꼭대기가 새봄의 생명력에 넘쳐 떨고 있는 모습이 보였다. 달콤한 비의 숨결이 공기 중에 감돌고 있었다. 아래 거리에서 행상이 소리쳐 물건을 팔고 있었다. 누군가가 멀리서 부르는 노랫소리가 희미하게 들렸고 몇 마리인지 알 수도 없게 많은 참새가 처마에서 재잘거리고 있었다.

창으로 보이는 서쪽 하늘에 구름이 서로 모이고 겹쳐지는 가운데 그 사이로 푸른 하늘이 조각조각 보였다.

부인은 의자 쿠션에 머리를 기댄 채 미동도 없이 조용히 앉아 있었다. 흐느낌만이 목을 타고 올라와 몸을 흔들어놓았다. 자면서 꿈속에서 울고 있는 아이 같았다.

부인은 젊었고, 얼굴은 희고 단정했으며 자제력과 강인한 분위기가 서려 있었다. 하지만 지금 그녀의 눈은 푸른 하늘 저 멀리 한 곳을 멍하게 응시하고 있었다. 생각에 잠긴 눈길이 아니었다. 오히려 지적 사고가 아예 멈추어버린 눈빛이었다.

무언가가 다가오고 있었고 부인은 두려워하며 기다리고 있었다. 그것이 무엇일까? 부인은 전혀 알지 못했다. 너무도 미묘하고 이름 붙이기도 힘들었다. 그러나 느낄 수 있었다. 공중에 가득한 소리, 냄새, 색깔을 헤치고 하늘에서부터 서서히 다가오고 있었다.

이제 그녀의 가슴이 부풀어 올랐다가 격하게 내려앉았다. 자신을 사로잡기 위해 다가오고 있는 것을 인식하기 시작했고 자제력을 발휘해 물리치려 하고 있었다. 하지만 그 노력은 가느다랗고 하얀 부인의 손처럼 무력했다.

마침내 부인이 항복해버리자 살짝 벌어져 있던 입술에서 속삭이듯 말이 새어 나왔다. 숨죽여 그 말을 몇 번이고 반복했다. "자유로워, 자유롭다, 자유로워!" 공허한 눈빛과 뒤따랐던 두려운 표정이 사라졌다. 눈빛은 예리하고 반짝였다. 맥박이 빠르게 뛰었고 따스해진 피가 몸 구석구석을 돌아 몸이 안정되게 해주었다.

자신이 엄청난 기쁨에 사로잡힌 것인지 궁금해하지 않았다. 강렬하고 분명한 인식 앞에서 그런 의문은 부질없는 것이었다.

죽어서 포개진 다정하고 부드러운 남편의 손을 보면 다시 울 것을 알고 있었다. 늘 사랑을 품고 자신을 바라보던, 죽어 창백하고 뻣뻣해진 얼굴을 보면. 하지만 그녀는 그 쓰라린 순간 너머 온전히 자신의 것이 될 긴 시간을 보았다. 그리고 두 팔을 한껏 벌려 그 시간을 맞이했다.

다가올 시간에는 어느 누구도 그녀를 위해 살아주지 않을 것이다. 그녀가 스스로를 위해 살 것이다. 인간이 같은 인간에게 자신의 뜻을 강요할 권리가 있다는 맹목적이고 굳은 믿음으로 그녀를 굴복시키지 않을 것이다. 그 짧은 깨달음의 순간에 보니 그런 행동은 의도가 선하든 잔혹하든 범죄에 지나지 않았다.

어쨌든 부인이 남편을 사랑한 적이 있기는 했다. 드문드문. 자주 그러지는 않았다. 그게 뭐가 중요하단 말인가! 이렇게 자기주장을 품게 된 마당에, 자기주장이야말로 존재의 가장 강한 충동이라는 것을 문득 깨닫게 된 이 순간에 사랑, 그 풀리지 않은 미스터리 따위가 뭐가 중요한가!

"자유로워! 몸과 정신이 자유로워!" 부인은 계속 중얼거렸다.

조세핀이 잠긴 문 앞에 무릎을 꿇고 앉아서 열쇠 구멍에 입술을 갖다 대고 애원했다. "루이즈 언니, 문 열어요! 제발. 문 열어. 그러다 언니 병나겠어요. 뭐 하는 거예요? 제발 문 좀 열어봐요."

"내버려둬. 난 병 안 나." 암, 안 나지. 저 열린 창을 통해 불로장생의 묘약을 들이마시고 있으니까.

앞으로 올 날들에 대한 상상이 맹렬하게 내달리고 있었다. 그녀의 것이 될 봄, 여름, 그리고 모든 날들. 오래오래 살게 해달라고 재빨리 기도했다. 바로 어제만 해도 오래 살면 어쩌나 진저리를 쳤는데.

마침내 일어서서 그녀는 계속 애원하는 동생을 향해 문을 열었다. 부인의 눈이 환희의 열기로 빛났고 자기도 모르게 승리의 여신이라도 된 듯 걸었다. 동생의 허리를 껴안고 같이 계단을 내려갔다. 리처즈가 아래층에서 기다리고 있었다.

그때 누군가가 열쇠로 앞문을 열었다. 들어온 사람은 브렌틀리 맬라드였다. 여행으로 약간 지저분해진 채 손가방과 우산을 태연하게 들고 들어왔다. 그는 사고 현장에서 멀리 떨어진 곳에 있었기 때문에 사고가 있었는지조차 몰랐다. 조세핀이 날카롭게 비명을 지르자 그는 놀라 멀뚱멀뚱 서 있었다. 브렌틀리는 자신을 못 보도록 재빨리 맬라드 부인의 눈을 가리는 리처즈의 모습도 보았다.

하지만 리처즈는 너무 늦었다.

의사들이 도착해 부인이 심장마비로 죽었다고 했다. 너무 기뻐서 온 심장마비라고 했다.

아카디안 무도회에서

갈색 피부에 몸집이 커다랗고 사람 좋은 보빈트는 무도회에 칼릭스타가 참석할 것을 알고 있었지만 갈 생각이 없었다. 그런 무도회는 가봐야 끝나고 나면 으레 속만 상하고 그다음 주 내내 일하기 싫어서 몸이 배배 꼬이다가 토요일 밤이면 또 가서 속상하게 되는 일만 반복할 테니까 말이다. 그는 왜 오지나를 사랑하지 못할까? 오지나라면 내일 당장이라도 그와 결혼해줄 텐데. 아니면 프로니도 있고, 여자라면 그 작은 스페인 암여우 말고도 얼마든지 있는데 말이다. 칼릭스타의 가녀린 발엔 쿠바 흙 한 톨도 묻은 적이 없었다. 하지만 어쨌든 어머니가 쿠바 땅을 밟았으니 칼릭스타에게 스페인 사람의 피가 흐르고 있었다. 그래서 초원지대 사람들은 자기 딸이나 누이들이 했다면 봐주지 않았을 행동도 칼릭스타가 했다고 하면 덮고 넘어가주었다.

칼릭스타의 눈,—보빈트는 그 눈을 떠올리자 마음이 흔들렸다—늘 남자의 눈을 똑바로 바라보는 그 눈은 푸르디푸르고 나른하고 사람을 아주 안달나게 만들었다. 보빈트는 칼릭스타의 머리카락도 떠올렸다. 물라토보다 더 곱슬거리고 머리에 딱 붙어 있는 그 금발 머리. 미소를 가득 머금은 입과 끝이 살짝 들린 코, 당당한 몸매, 노래하는 듯한 그윽한 알토 목소리도 떠올렸다. 아카디안의 초원지대에서는 아무도 그렇게 아름답게 흐르는 억양을 가르치지 못하니 악마에게 배운 것이 분명했다. 보빈트는 사탕수수 밭에서 쟁기질을 하면서 그 모든 것을 떠올렸다.

일 년 전쯤 칼릭스타에 대한 나쁜 소문이 돌았다. 칼릭스타가 어섬션 군에 갔을 때였다. 그때는 왜 그런 소문이 돌았을까? 지금은 아무도 뭐라 하지 않는데 말이다. "스페인 사람이라 그렇지 뭐." 다들 관대하게 어깨를 으쓱했다. "혈통은 못 속이는 법이지." 나이 든 남자들은 파이프를 물고 중얼거리며 옛날 생각에 잠겼다. 그 소문은 아무 문제가 없었다. 어느 일요일 미사가 끝난 뒤 성당 계단에서 프로니가 한 남자를 두고 칼릭스타와 싸우면서 욕을 퍼부었을 때 말고는. 칼릭스타는 스페인인의 근성을 담아 훌륭한 아카디안 프랑스어로 심하게 욕을 하고 프로니의 얼굴을 철썩 때렸다. 프로니가 되받아쳤다. "이런, 창녀!" "암캐 같은 것. 이거나 먹어!" 신부가 달려 나와 뜯어말릴 때까지 싸움이 계속됐다. 보빈트는 거기까지 생각이 미치자 무도회에 가지 않기로 결심했다.

그런데 그날 오후 프리드하이머 상점에 쟁기 봇줄용 사슬을 사러 갔다가 누군가가 알세 라발리에르가 무도회에 올 거라고 말하는 것을 들었다. 그렇다면 야생마들이 몰려와도 이제 그를 막을 수 없을 것이다. 보빈트는 그 잘생기고 젊은 농장주가 전에 몇 번 그랬던 것처럼 무도회에 간다면 어떤 일이 일어날지 알고 있었다. 아니 무슨 일이 일어날지 몰랐다. 알세가 다행히 멀쩡한 정신이라면 카드 게임을 한두 번 하거나 나이 든 사람들과 농사며 정치 이야기를 할 수도 있었다. 하지만 알 수 없는 일이었다. 술 한두 잔이 그의 머리에 악마를 심어놓을 수도 있지, 보빈트는 이렇게 혼잣말을 하며 붉은 두건으로 이마의 땀을 훔쳤다. 칼릭스타의 눈빛, 슬쩍슬쩍 드러나 보이는 발목, 빙글빙글 도는 치맛자락도 악마를 심을 수 있지. 그래, 보빈트는 무도회에 가기로 했다.

그해에 알세 라발리에르는 900에이커의 땅에 벼를 심었다. 농사에 돈을 엄청나게 쏟아부어야 했지만 벌어들일 돈도 엄청났다. 라발리에르의 어머니는 하얀 볼랑트*를 떨쳐입고 널찍한 발코니를 거닐면서 머릿속으로 돈 계산하기에 바빴다. 대녀 클라리세도 옆에서 거들며 벌어들일 돈 생각에 과하게 취했다. 그때 알세는 노새처럼 일했다. 그렇게 일하고도 죽지 않은 것은 체력이 강철처럼 강했기 때문이다. 매일같이 몸이 땀에 흠뻑 절어 기진맥진해서 집으로 돌아왔다. 손님이 와 있든 말든 관심이 없었다. 손님들은 어머니와 클라리세의 몫이었다. 손님들이 자주 왔다. 젊은 남녀 손님이 몇 시간 거리에 있는 도회지에서 그 집의 아름다운 여인을 만나러 왔다. 클라리세는 더 멀리에서라도 만나러 올 만했다. 백합처럼 가냘프면서 해바라기처럼 강인하고 습지에서 자라는 갈대처럼 한들한들 키가 크고 우아했다. 냉정한가 하면 다정하고 다정한가 하면 또

* 어깨에서 등 뒤로 천이 흘러내리도록 만든 드레스.

잔인하게 굴었으며 알세는 그 모든 게 짜증스러울 뿐이었다.

알세는 이따금 손님들이 와 있는 곳을 싹 쓸어버리고 싶었다. 특히 남자들이 하는 꼴을 보면 그랬다. 여자처럼 부채를 흔들고 해먹에서 흔들거리는 남자들. 죽지 않는다는 보장만 있으면 죄다 강물에 던져버리고 싶었다. 알세는 이런 사람이었다. 하지만 제정신이 아닌 날이 있었다. 평소처럼 논에서 흙투성이가 된 채 돌아온 어느 날 그는 클라리세를 끌어안고 타는 듯한 뜨거운 사랑의 말을 클라리세의 면전에 쏟아냈다. 여태 클라리세에게 그렇게 사랑을 고백한 남자는 한 명도 없었다.

"알세 씨!" 클라리세가 아무런 동요 없이 알세를 똑바로 쳐다보며 소리쳤다. 알세의 손이 아래로 떨어졌고 클라리세의 차분하고 맑은 눈 속 서늘한 기운에 알세의 시선이 흔들렸다.

"왜 이래요!" 클라리세가 경멸조로 중얼거리며 몸을 돌리고 알세가 포악하게 엉클어놓은 매무새를 바로잡았다.

이것이 사이클론이 덮쳐서 강철로 된 칼처럼 벼를 베어버리기 하루 이틀 전의 일이었다. 사이클론은 끔찍했다. 촛불을 봉헌하라든가 축성받은 종려나무를 태우라거나 하는 짧은 경고 한마디 할 사이도 없이 급작스레 불어닥쳤다. 라발리에르의 어머니는 엉엉 울면서 묵주기도를 드렸다. 뉴올리언스에 있는 아들 디디에르가 그 소식을 들었다면 했을 법한 행동이었다. 만약 그런 일이 내커터시에서 목화 농장을 하는 알퐁스 라발리에르에게 일어났더라면 알퐁스는 몇 날 며칠을 사이클론처럼 미친 듯 악을 쓰며 날뛰어 주변 사람들을 못 견디게 했을 것이다. 하지만 알세는 그 불행을 다르게 받아들였다. 그 일이 있은 후 알세는 아프고 우울해 보였고 아무 말도 하지 않았다. 섬뜩할 정도로 입을 열지 않았다. 애처로워서 클라리세의 마음이 녹아내렸다. 그러나 다정하게 애교를 부리며 위로의 말을 건넸지만 알세는 아무런 관심도 주지 않았다. 그래서 클라리세와 그녀의 대모는 부둥켜안고 다시 흐느꼈다.

하루 이틀 뒤, 클라리세가 달빛 아래에서 취침 전 기도를 하려고 창가로 다가갔을 때 알세의 흑인 하인 브루스가 안장을 얹은 알세의 말을 자갈길과 맞닿은 풀밭 가장자리로 조용히 끌어다놓고 옆에 가만히 서 있는 모습이 보였다. 그때 알세가 방에서 나오는 소리가 들리더니 포르티코*를 지나갔다. 클라리세의 방 바로 아래가 알세 방이었다. 알세가 어둠에서 나와 달빛이 드리운 곳을 지나갈 때 보니 불룩한 안장가방을 들고 있었고, 그 가방을 곧바로 말 등에 얹는 모습이 보였다. 그러더니 바로 말에 올라 브루스와 몇 마디 짧게 나눈 후 말을 몰아 흑인 하인과는 달리 소리 따위엔 신경 쓰지 않고 자갈길을 요란스레 달려 나갔다.

클라리세는 알세가 여태 이런 시간에 그것도 몰래 농장에서 빠져나간 적이 없다는 것을 알고 있었다. 자정이 가까운 시간이었는데 말이다. 그렇더라도 그 눈에 띄는 안장가방만 없었더라면 그냥 다시 잠자리에 들어서 궁금해하고 속을 끓이면서 기분 나쁜 꿈이나 꿨을 것이다. 하지만 초조함과 불안이 누그러지지 않았다. 그녀는 발코니 쪽 덧문을 급하

* 기둥으로 받쳐진 지붕이 있는 현관.

게 열고 바깥으로 나가 늙은 흑인 하인을 조용히 불렀다.

"아이구 깜짝이야! 클라리세 아가씨. 밤중에 그렇게 거기 서 있으니 유령인 줄 알았어요."

하인이 길고 넓은 계단을 반쯤 올라왔다. 클라리세는 계단 꼭대기에 서 있었다.

"브루스, 알세 씨가 어디 갔지?" 클라리세가 물었다.

"어, 일이 있어서 나가신 거 같은데요." 브루스는 대충 얼버무려 넘어가려고 했다.

"알세 씨가 어디에 갔냐니까?" 클라리세가 맨발을 쾅 구르면서 물었다. "말도 안 되는 대답도, 거짓말도 못 참아, 브루스."

"거짓말을 한 기억은 없는데요, 클라리세 아가씨. 알세 씨가 이번에 완전히 망하셨잖아요."

"알세 씨가—어디—갔냐고! 아, 성모님! 참자, 참아!"

"제가 오늘 알세 씨 방에서 옷을 털고 있는데," 브루스가 계단 난간에 기대며 이야기를 늘어놓기 시작했다. "알세 씨가 아무 말도 없이 바라보고 있기에 제가 말했죠. '그렇게 보고 계시니까 병에 걸려 앓아누울 사람처럼 보입니다, 알세 씨.' 그러자 알세 씨가 '그래?'라고 말하고는 일어서서 거울을 가만히 들여다보시더라고요. 그러더니 난롯가에 가서 키니네 병을 확 꺼내더니 손에 잔뜩 부었어요. 그러고는 그걸 단숨에 다 삼키고 방에 있던 위스키를 벌컥벌컥 들이켜서 완전히 취하고 말았죠.

알세 씨가 '아냐, 난 안 아플 거야, 브루스'라고 하더니 싸우기라도 할 듯 공격 자세를 잡으셨어요. '내가 아는 어떤 놈도 다 이길 수 있어. 존 설번*만 아니면 말이야. 신께서 다시 나를 치신다면 어쩔 수가 없지만.' 그래서 제가 '암요'라고 하면서 코트 깃에서 있지도 않은 먼지를 떨어냈지요. 제가 '좀 쉬고 싶으시군요'라고 했더니 알세 씨가 '아니, 난 좀 놀다 와야겠어. 놀고 싶어. 가서 놀다 올게. 안장가방에 옷 좀 챙겨 넣어줘'라고 하셨어요. 신경 쓰지 마세요, 아가씨. 그냥 케이준 무도회에 가신 거예요. 어… 어… 아가씨 발에 모기가 벌 떼처럼 우글거리는데요!"

정말 모기가 클라리세의 하얀 발에 맹렬하게 달려들고 있었다. 그래서 하인이 이야기를 하는 동안 클라리세가 자기도 모르게 한쪽 발로 다른 쪽 발을 문지른 것이었다.

"아카디안 무도회라." 클라리세가 생각에 잠겨 되뇌었다. "흥! 잘하는 짓이군! 라발리에르 집안 사람이 무도회라니. 그래서 안장가방에 옷을 가져간 거군!"

"어이구, 클라리세 아가씨. 가서 주무세요. 푹 주무셔. 알세 씨는 몇 주 지나면 오실 거예요. 전 어린 아가씨에게 젊은 남자들 이야기를 다 해드릴 수가 없네요."

클라리세는 더 이상 아무 말도 하지 않고 집 안으로 들어가버렸다.

"네 입으로 이미 너무 많이 말해버렸잖아, 이 멍청한 늙은 놈아." 브루스도 혼잣말을 하며 자리를 떴다.

* 맨손 권투 시대의 마지막 헤비급 세계 챔피언 존 설리번을 떠올리게 하는 이름.

알세는 아주 늦게 무도회장에 도착했다. 너무 늦어서 자정에 나온 치킨 검보*는 당연히 먹지 못했다.

사람들이 홀이라 부르는 넓고 천장이 낮은 방은 바이올린 세 대가 연주하는 음악에 맞춰 춤을 추는 남녀로 가득했다. 널찍한 발코니가 방을 둘러싸고 있었다. 한쪽에 있는 다른 방에서는 멀쩡한 얼굴의 남자들이 카드 게임을 하고 있었다. '아기 정원'이라 불리는 다른 방에는 아기들이 잠들어 있었다. 백인이면 누구나 아카디안 무도회에 가도 되지만 레모네이드, 커피, 치킨 검보를 사서 먹어야 했다. 그리고 당연히 아카디안처럼 행동해야 했다. 그로스뵈프가 이 무도회의 개최자였다. 젊을 때부터 시작한 일이었는데 그도 이제 중년이었다. 그동안 기억나는 소동은 단 한 번밖에 없었다. 미국 철도 노동자들이 일으킨 것이었다. 그들은 이 동네에 아는 사람도 없고 볼일도 없었는데 말이다. 그로스뵈프는 그 사람들을 "그 빌어먹을 철도 노동자들"이라고 불렀다.

알세 라발리에르가 무도회에 등장하자 남자들조차 술렁거렸다. 그런 크나큰 불행을 겪고 그곳에 나타난 '대담함'에 감탄하지 않을 수가 없었던 것이다. 라발리에르 집안이 동부에도 농장이 있고 도회지에도 있는 부자라는 것은 모두 잘 알고 있었다. 하지만 그런 불행을 달관한 듯 받아들이는 것을 보니 진정으로 용감한 사내라고 생각했다. 파리 신문을 즐겨 읽고 아는 게 많은 한 노신사는 알세가 나타난 것이 정말 멋진 행

* 닭과 오크라 같은 야채를 넣어 걸쭉하게 만든 수프.

동이라며 모두를 돌아보고 껄껄 웃으며 알세가 불랑제*보다 더 용감하다고 했다. 어쩌면 그랬을 수도 있다.

하지만 알세는 오늘 밤 겉으로 드러내지는 않았지만 뭔가 험악한 짓을 저지르고 싶은 기분이었다. 불쌍한 보빈트만이 그 기미를 어렴풋이 감지했다. 보빈트가 옆에 있는 아카디안 농부와 웃으며 이야기를 나누고 있을 때 그 젊은 농장주는 문간에 모여 있는 사람들을 열에 들뜬 것 같은 눈길로 바라보고 있었다. 보빈트는 그 멋진 눈에서 불길한 광채를 알아보았다.

보빈트는 투박하고 평범한 모습이었다. 그곳 남자들은 거의 그랬다. 하지만 젊은 여자들은 몹시 아름다웠다. 알세 옆을 지나며 시원한 대평원에 서 있는 어린 암소처럼 크고 짙고 부드러운 눈으로 알세와 눈을 맞추었다.

하지만 가장 아름다운 것은 칼릭스타였다. 프로니처럼 예쁘고 좋은 드레스를 입지도 않았고(프로니와는 성당 계단에서 싸운 일을 잊어버리고 다시 친하게 지냈다) 오지나처럼 세련된 슬리퍼를 신지도 않았다. 게다가 부채 대신 손수건으로 부채질을 하고 있었다. 지난번 무도회에서 빨간 부채가 망가졌는데 가족 중 아무도 부채를 마련해주려 하지 않았다. 하지만 남자들은 모두 칼릭스타가 이날 밤 가장 아름답다는 데에 이견이

* George Boulanger(1837~1891). 프랑스 제3공화국의 군인, 정치인. 보불전쟁의 복수를 해야 한다는 공격적 국민주의를 주장해 '복수 장군'이라는 별명으로 불리기도 했다.

없었다. 저렇게 발랄하고 분방한데 재치까지 넘치다니!

"어이, 보빈트! 무슨 일이라도 있어? 왜 수렁에 빠진 티나 부인 집 소처럼 가만히 서 있는 거야?"

말 한번 잘했다. 딴생각에 빠져 춤출 생각은 잊고 있던 보빈트는 정신이 번쩍 났고, 사람들은 떠들썩하게 웃음을 터뜨렸다. 보빈트는 기분 좋게 춤판에 끼었다. 그는 칼릭스타로부터 아무 관심도 받지 못하는 것보다 그런 식으로라도 이목을 끄는 게 좋았다. 하지만 구석에 앉아 있던 수존네 부인은 옆 사람에게 오지나가 저렇게 굴었다면 바로 노새 마차에 태워서 집에 보내버렸을 거라고 귀엣말을 했다. 여자들은 칼릭스타라고 매번 봐주지는 않았다.

잠깐씩 쉬는 시간이 있었다. 그러면 커플들은 맑은 공기를 마시며 쉬려고 발코니로 몰려 나갔다. 서쪽에서 달은 이미 빛을 잃었는데 동쪽에 선 해가 뜰 기미가 없었다. 쉬는 시간이 끝나고 사람들이 카드리유*를 추러 다시 모였지만 칼릭스타는 거기 없었다.

그녀는 어두운 바깥 벤치에 앉아 있었다. 옆에는 알세가 있었다. 두 사람은 철부지 같은 행동을 하고 있었다. 알세가 칼릭스타의 손가락에서 작은 금반지를 빼내려고 했다. 그냥 장난이었다. 반지를 빼냈어도 다시 돌려줄 게 뻔했으니까. 하지만 칼릭스타는 손을 꽉 쥐고 버텼다. 알세는 그 손을 펴기가 아주 힘든 척하며 손을 계속 잡고 있었다. 둘은 손

* 18세기 후반 및 19세기에 유행했던 프랑스의 사교 댄스.

을 잡고 있다는 것을 아예 잊은 듯했다. 알세가 칼릭스타의 작은 갈색 귀에서 달랑거리는 초승달 모양의 얇은 금귀걸이를 만지작거렸다. 칼릭스타의 묶은 머리에서 빠져나온 곱슬머리 한 가닥을 잡아 끝부분을 매끈하게 면도한 자신의 뺨에 문질렀다.

"작년 어섬션 기억나, 칼릭스타?" 둘은 젊은 세대여서 영어로 말하는 편이 더 좋았다.

"어섬션은 말도 꺼내지 마세요, 알세 씨. 어섬션 얘기라면 하도 들어서 아주 지긋지긋해요."

"그래, 그렇겠지. 멍청한 것들! 네가 어섬션에 있었고 난 우연히 거기 간 건데 우리가 같이 갔다고 생각하다니. 그래도 좋았잖아, 그렇지, 칼릭스타? 어섬션에서 말이야."

두 사람은 보빈트가 홀에서 나와 불 켜진 문 밖에 잠깐 서 있는 모습을 보았다. 불안하게 무언가를 찾는 듯 어둠을 바라보고 있었다. 그는 두 사람을 보지 못하고 느릿느릿 다시 홀로 들어갔다.

"보빈트가 너를 찾고 있네. 너 때문에 불쌍한 보빈트가 미쳐버릴 거야. 언젠간 보빈트랑 결혼할 거잖아, 안 그래, 칼릭스타?"

"거절하진 않을 거예요." 칼릭스타가 손을 빼내려 안간힘을 쓰며 대답했다. 하지만 그럴수록 알세가 더 꽉 잡았다.

"하지만 생각해봐, 칼릭스타. 너 어섬션에 다시 갈 거라고, 그냥 사람들 열 받게 하기 위해서라도 갈 거라고 했잖아."

"아니, 그런 말 한 적 없어요. 꿈을 꾸셨나보죠."

"뭐야, 난 그렇게 들었는데. 나 어섬션에 갈 거야."

"언제요?"

"오늘 밤에."

"그럼 얼른 가세요. 날이 다 샜어요."

"그럼, 내일 가지."

"거기 가서 뭐 할 거예요?"

"모르지. 호수에 빠져 죽을지도. 네가 삼촌 만나러 거기 안 오면 말이지."

칼릭스타의 정신이 휘청거리고 있었다. 그러다 알세의 입술이 장미 잎사귀처럼 부드럽게 귀에 와 닿자 아예 정신이 나가버릴 것 같았다.

"알세 씨! 거기 알세 씨예요?" 흑인의 굵은 목소리가 묻고 있었다. 땅바닥에 서서 둘이 앉은 발코니 근처의 난간을 붙잡고 있었다.

"무슨 일이야?" 알세가 짜증스레 소리쳤다. "날 좀 내버려둘 수는 없나?"

"알세 씨를 찾으러 사방을 다녔습니다." 그 흑인이 말했다. "저기, 저 뽕나무 밑에서 누가 잠깐 뵙자는데요."

"천사 가브리엘이 부른대도 안 가. 한 번만 더 여기 와서 그런 소릴 하면 목을 부러뜨려주겠어." 흑인이 툴툴거리며 돌아갔다.

알세와 칼릭스타가 그 모습을 보고 소리 죽여 웃었다. 이제 칼릭스타에게 웃고 떠드는 모습은 찾을 수가 없었다. 둘은 연인들처럼 소곤소곤 이야기를 나누고 가만히 웃었다.

"알세! 알세 라발리에르!"

이번에는 흑인 목소리가 아니었다. 전기 충격처럼 알세의 몸을 뚫고 그를 벌떡 일으키는 목소리였다.

클라리세가 승마복을 입고 조금 전 흑인이 서 있던 자리에 서 있었다. 알세는 꿈에서 막 깨어난 듯 잠시 얼떨떨했다. 하지만 곧 클라리세가 이런 한밤중에 무도회장에 온 것을 보면 뭔가 아주 중요한 일이 있는 거라는 생각이 들었다.

"무슨 일이야, 클라리세?" 알세가 물었다.

"집에 일이 좀 있어요. 가야 해요."

"어머니께 일이 생긴 거야?" 알세가 놀라서 물었다.

"아니, 대모님은 잘 계세요, 주무셔요. 다른 일이에요. 걱정할 일은 아니고. 하지만 같이 가야 해요. 나랑 같이 가요, 알세."

사정할 필요가 전혀 없었다. 알세는 클라리세의 말이라면 어디든 따라갈 테니까.

그제야 클라리세가 벤치에 기대앉은 여자를 알아보았다.

"아, 칼릭스타구나, 잘 지내니?"

"예, 안녕하세요, 아가씨."

알세가 낮은 쪽 난간을 뛰어넘어 칼릭스타에게 한 마디 말도 없이, 눈길조차 주지 않고 클라리세를 따라나섰다. 칼릭스타가 그곳에 있다는 사실조차 잊고 있었다. 그러다가 클라리세가 뭐라고 작게 말해주자 몸을 돌려 인사했다. "난 갈게, 칼릭스타." 그러면서 난간 사이로 손을 내밀었다. 칼릭스타는 못 본 척했다.

"어떻게 된 거야? 혼자 앉아 있는 거야, 칼릭스타?" 혼자 그곳에 남은 칼릭스타를 찾은 것은 보빈트였다. 춤추던 사람들은 아직 나오지 않은 때였다. 칼릭스타는 동쪽에서 이제 막 밝아오는 희끄무레한 빛을 받아 핼쑥해 보였다.

"그래, 나야. 저기 아기 정원에 가서 올리세 아줌마한테 내 모자 좀 달라고 해줘. 아줌마가 모자 어디 있는지 알고 있어. 집에 가고 싶어."

"올 때는 어떻게 왔어?"

"걸어서 카토스네 친구들이랑 왔어. 그런데 지금 가고 싶어. 걔네 안 기다리고 갈래. 너무 피곤해."

"같이 가도 돼, 칼릭스타?"

"그러든가."

어두워 앞이 잘 보이지 않아서 두 사람은 더듬거리며 드넓은 초원을 지나 들판 가장자리를 걸었다. 보빈트는 칼릭스타의 치마가 젖어 끌리는 것을 보고 걷어 올리라고 말했다. 칼릭스타는 잡초와 풀을 잡아 뜯으며 걷고 있었다.

"괜찮아. 어차피 빨아야 할 텐데 뭐. 넌 나랑 결혼하고 싶다고 내내 말했었지, 보빈트. 그럼, 아직도 하고 싶으면 그러든가."

그 아카디안 젊은이의 우락부락한 갈색 얼굴에 갑자기 행복의 광채가 확 퍼졌다. 너무 좋아서 말이 나오지 않았다. 숨이 막힐 지경이었다.

"흥, 안 하고 싶으면 안 해도 되고." 칼릭스타는 보빈트가 아무 말도 하지 않자 기분 나쁜 척하면서 딱딱거렸다.

"아니야! 내가 좋아서 죽을 지경인 거 알면서 그래. 정말이지, 칼릭스타? 말 바꾸지 않을 거지?"

"내가 언제 이렇게까지 말한 적 있어? 보빈트, 난 진심이라고." 칼릭스타가 계약을 맺는 남자 사업가처럼 손을 내밀었다. 행복에 들뜬 보빈트는 대담하게 키스를 해달라고 했다. 칼릭스타가 고개를 돌렸다. 밤새 노느라 그녀의 얼굴이 말이 아니었다. 칼릭스타는 보빈트의 얼굴을 찬찬히 바라보았다.

"키스 안 하고 싶어, 보빈트." 칼릭스타가 이렇게 말하고 다시 돌아섰다. "오늘은 안 해. 다음에 언젠가 할게. 뭐야! 이 정도로 성에 안 찬다는 거야!"

"아니야, 충분히 좋아. 칼릭스타." 보빈트가 말했다.

클라리세와 알세는 숲을 가로질러 말을 타고 가다가 클라리세의 안장이 풀어지는 바람에 바로잡느라 말에서 내렸다.

알세가 집에 무슨 일이 있는지 스무 번째 묻고 있었다.

"그런데 클라리세, 무슨 일이에요? 나쁜 일이라도 생긴 거야?"

"아, 아무도 모르는 일이에요! 나한테 일어난 일이니까요."

"클라리세한테?"

"어젯밤에 알세 씨가 안장가방을 가지고 나가는 걸 봤어요." 클라리세가 안장을 이리저리 만지며 머뭇머뭇 말했다. "그래서 브루스한테 물어봤어요. 알세 씨가 무도회에 갔는데 몇 주 집을 비울 거라고 하더군요. 나는 당신이 어섬션에 가겠구나 생각했고, 제정신이 아니었죠. 알세씨가 오늘 밤 집에 안 오면 난 다시는 못 견디겠다는 생각이 들었어요."

말을 끝낸 클라리세가 안장에 올리고 있던 팔에 얼굴을 묻었다.

알세는 이런 게 사랑이 아닐까 하는 생각이 들었다. 하지만 채 확신이 들기도 전에 클라리세가 고백을 해버렸다. 그 고백을 듣자 알세는 우주 전체가 달라진 느낌이 들었다. 보빈트가 느꼈던 것처럼. 사이클론으로 거의 폐인이 되었던 게 겨우 일주일 전의 일이 아니었던가? 그런데 이제 사이클론 따위는 아주 웃긴 농담처럼 느껴졌다. 한 시간 전만 해도 칼릭스타의 작은 귀에 키스를 하고 말도 안 되는 소리를 속삭거렸던 알세였는데 말이다. 이제 칼릭스타는 신화처럼 느껴졌다. 세상에 중요하고도 유일한 실체라고는 지금 앞에서 사랑을 고백한 클라리세밖에 없었다.

멀리서 권총 소리가 연달아 들려왔다. 둘은 걱정하지 않았다. 흑인 악사들이 마당에서 허공에 총을 쏘는 것뿐이라는 것을 알고 있었다. 총을 쏘아 알리는 것이 관습이었다. "무도회가 끝났다"고.

폭풍우*

·

1

나뭇잎들이 너무 잠잠해서 비비조차도 비가 올 것을 알았다. 어린 아들과 평소 아주 대등하게 대화를 나누는 보빈트가 아이에게, 사악한 뜻을 품고 화가 나서 으르는 듯 으르렁거리며 서쪽에서 뭉게뭉게 흘러오고 있는 거무튀튀한 구름을 보라고 했다. 부자는 프리드하이머의 상점에 있었는데 폭풍이 물러갈 때까지 머물기로 했다. 둘은 문 안쪽 빈 맥주통 위에 앉았다. 비비는 네 살이었고 아주 똘똘했다.

"엄마가 무서워할 거예요." 아이가 눈을 깜박이며 말했다.

"엄마가 문 닫을 거야. 어쩌면 오늘 저녁엔 실비한테 도와달랬을지도 모르지." 보빈트가 안심시키며 대답했다.

"아니야. 오늘은 실비 못 와요. 실비가 어제 엄마를 도와줬거든요." 비

* 「아카디안 무도회에서」 후속편.

비가 목소리를 높였다.

보빈트가 일어서서 카운터로 가 새우 통조림 한 통을 샀다. 칼릭스타가 새우를 아주 좋아했다. 그런 뒤 맥주통 위로 돌아와 폭풍우가 몰아치는 동안 새우 통조림을 들고 무심하게 앉아 있었다. 폭풍이 그 목조 상점을 뒤흔들고 먼 들판에 깊은 밭고랑을 파고 있는 것 같았다. 비비는 작은 손을 아버지의 무릎에 올려놓고 있었지만 무서워하지는 않았다.

2

집에 있는 칼릭스타는 남편과 아들이 위험하지 않을까 전혀 걱정하지 않았다. 창가에 앉아 재봉틀을 마구 돌리고 있던 그녀는 너무 몰두해서 폭풍이 다가오는 것을 알아채지 못했다. 하지만 아주 더웠고 땀방울이 구슬처럼 맺힌 얼굴을 닦기 위해 자꾸 손을 멈추어야 했다. 그녀는 하얀 실내복의 목 단추를 풀었다. 어두워지기 시작했을 때 그제야 상황을 파악한 그녀는 급히 일어나 창문과 문을 닫았다.

앞쪽 좁은 발코니에 보빈트의 외출복을 널어두어서 비가 오기 전에 걷으려고 서둘러 나갔다. 밖으로 나가는데 알세 라발리에르가 대문으로 말을 타고 들어오고 있었다. 칼릭스타가 결혼한 후에는 알세를 그다지 자주 보지 못했고, 단둘이서는 한 번도 만난 적이 없었다. 칼릭스타가 보빈트의 코트를 손에 든 채 그대로 서 있는데 비가 마구 쏟아지기 시작했다. 알세는 닭들이 옹송그리며 모여 있고 구석에 쟁기와 써레가 쌓여 있는 측면 지붕 아래로 말을 몰았다.

"폭풍이 그칠 때까지 발코니에서 기다려도 될까?" 알세가 물었다.

"안으로 들어와요. 알세 씨."

칼릭스타는 몽롱한 상태에서 들은 듯 그의 목소리와 자기 목소리에 깜짝 놀라서 보빈트의 조끼를 홱 그러쥐었다. 알세는 현관 쪽으로 말을 몰아오면서 널린 바지들을 걷고 돌풍에 날아가려던 비비의 실로 짠 재킷을 얼른 낚아챘다. 알세는 발코니에 있겠다고 했지만 그건 그냥 마당에서 비를 맞는 것과 다르지 않다는 것을 곧 알게 됐다. 비가 발코니 난간 너머로 들이치자 그는 실내로 들어가서 문을 닫았다. 물이 들어오지 않게 문 밑에 무언가를 괴어야 할 정도였다.

"이런! 비가 심하게 오네요! 이런 비는 2년 만인 것 같아요." 칼릭스타가 큰 소리로 말하며 자루 천을 말았고 알세가 그것을 문틈에 밀어 넣는 것을 도왔다.

칼릭스타는 5년 전 결혼할 때보다 약간 살이 찌긴 했지만 여전히 생기발랄했다. 푸른 눈은 아직도 마음을 녹이는 듯했고 바람과 비에 엉클어진 노란 머리카락은 귀와 관자놀이 근처에서 이전보다 더 곱슬거렸다.

비가 널을 얹은 낮은 지붕을 뚫고 쏟아질 것처럼 세차고 요란하게 내렸다. 두 사람은 식당에 있었다. 응접실로도 쓰이는 다목적 방이었다. 맞붙은 칼릭스타의 침실에는 비비 침대도 나란히 놓여 있었다. 침실 문은 열려 있었다. 엄청나게 커다란 하얀 침대가 놓여 있고 덧창문이 닫혀 있는 그 방은 어둑하고 신비로워 보였다.

알세가 흔들의자에 털썩 앉았고 칼릭스타는 바느질하던 천을 주워

모으기 시작했다.

"이렇게 계속되면 제방이 버텨줄지 모르겠네!" 칼릭스타가 소리쳤다.

"제방은 왜 걱정하지?"

"걱정해야죠! 저 폭풍 속에 보빈트가 비비랑 같이 있다고요. 프리드하이머 상점에 그대로 있어야 할 텐데!"

"보빈트는 사이클론을 잘 피했을 거야, 칼릭스타."

칼릭스타가 걱정 가득한 얼굴로 창가에 가서 섰다. 그녀는 습기가 가득한 창틀을 닦아냈다. 숨 막히게 더웠다. 알세도 일어나서 창가로 가 칼릭스타의 어깨 너머로 바라보았다. 앞이 보이지 않게 비가 내려 멀리 오두막들이 희미하게 보였고 먼 숲에는 회색 안개가 자욱했다. 번개도 끊임없이 번쩍거렸다. 들판 가장자리에 선 키 큰 멀구슬나무에 벼락이 떨어졌다. 사방이 눈을 멀게 할 듯 밝은 빛으로 가득 찼고 굉음이 그들 앞의 창을 뚫고 들어오는 것 같았다.

칼릭스타가 손으로 눈을 가리고 울면서 뒤로 휘청거렸다. 알세가 그런 그녀를 팔로 감싸며 순간적으로 자기 쪽으로 확 당겨 안았다.

"어머나!" 칼릭스타가 그의 팔에서 빠져나오며 창가에서 물러났다. "다음번엔 집에 떨어질 거야! 비비가 어디 있는지 알면 좋겠는데!" 칼릭스타는 안절부절못했다. 앉으려고 하지도 않았다. 알세가 칼릭스타의 어깨를 붙들고 얼굴을 들여다보았다. 무심코 품으로 당겼을 때 따스하고 떨리는 칼릭스타의 몸이 닿자 지난날 그 몸에 홀리고 그 몸을 갈망했던 느낌이 오롯이 다시 살아났다.

"칼릭스타. 걱정 마. 아무 일도 없을 거야. 벼락을 맞기엔 집이 너무 낮고 키 큰 나무들도 저렇게 많잖아. 자, 좀 진정해봐. 그래, 그래." 그는 뜨끈하게 달아오른 칼릭스타의 얼굴에서 머리카락을 쓸어 넘겨주었다. 그녀의 입술은 석류 씨처럼 붉고 촉촉했다. 하얀 목과 풍만하고 탄탄한 가슴을 보자 알세는 거의 제정신이 아니었다. 칼릭스타의 맑고 푸른 눈 속에 가득했던 두려움이 알세를 바라볼 때 나른한 광채로 바뀌어 자기도 모르게 육체적 욕망을 드러내고 말았다. 그 눈을 내려다보던 알세는 입술에 키스하지 않을 수 없었다. 어섬션이 떠올랐다.

"어섬션, 기억 나, 칼릭스타?" 그가 흥분해서 갈라진 낮은 목소리로 물었다. 아! 그녀도 기억하고 있었다. 그날 알세가 키스를 하고 또 하고 또 했으니까. 감각이 무뎌질 때까지 키스했었다. 그리고 그녀를 지키기 위해 필사적으로 도망치려 했다. 그때 칼릭스타가 비둘기처럼 순결하지는 않았지만 여전히 신성한 존재였다. 막는 것이 없어서 오히려 마음대로 할 수 없는 걱정의 존재였다. 지금은, 글쎄, 지금 그 입술은 어쩐지 자유롭게 맛보아도 될 것 같았다. 둥글고 하얀 목과 더 하얀 가슴까지도.

두 사람은 요란하게 쏟아지는 비에도 아랑곳없었고 칼릭스타는 그의 팔에 안겨 비바람의 포효 속에 웃기도 했다. 칼릭스타는 저 어둑하고 신비한 방에서 완전히 새로운 존재였다. 그녀가 누워 있는 침대만큼 하얬다. 타고난 권리를 처음으로 알아가고 있는 단단하고 탱글탱글한 육체는 이 세상 불멸의 생명체에 숨과 향기를 불어넣어달라고 태양을 유혹하는 크림색 백합 같았다.

칼릭스타의 넘치는 열정은 꾸밈도 거짓도 없는 하얀 불꽃 같았다. 그 불꽃이 아무도 건드린 적 없는 그의 관능 깊숙이 뚫고 들어와 반응하게 했다. 가슴을 건드리자 칼릭스타가 황홀경에 떨며 그의 입술을 유혹했다. 그녀의 입은 기쁨의 샘이었다. 그리고 그가 칼릭스타를 가졌을 때 두 사람은 가장 머나먼 삶의 신비에 다다라 함께 기절해버릴 것 같았다.

가쁜 숨을 몰아쉬며 나른하게 누운 칼릭스타의 몸 위에 그가 몸을 포개고 있었다. 그의 심장이 방망이질하듯 뛰고 있었다. 칼릭스타가 한 손으로 그의 머리를 안은 채 이마에 살짝 입술을 가져다 댔다. 다른 손으로는 그의 탄탄한 어깨를 달래듯 쓰다듬었다.

천둥이 멀리서 으르렁거리며 물러가고 있었다. 지붕에 비가 부드럽게 내려 나른하게 잠이 몰려왔다. 하지만 잠들 수는 없었다.

비가 그쳤다. 태양이 반짝이는 초록 세상을 보석의 궁전으로 만들고 있었다. 칼릭스타는 발코니에서 알세가 떠나는 모습을 지켜보았다. 알세가 몸을 돌려 환한 얼굴로 미소를 지었다. 칼릭스타는 어여쁜 턱을 쳐들고 소리 내 웃었다.

3

터덜터덜 집으로 걸어오던 보빈트와 비비는 매무새를 가다듬으려고 물탱크 옆에 섰다.

"이런! 비비, 엄마가 뭐라고 하겠니! 창피하구나. 좋은 바지를 입지 말았어야 했는데. 봐봐! 옷깃에도 진흙이 있구나! 어디서 묻은 거니, 비비? 엉망진창이구나!" 비비는 어쩔 줄 모르는 딱한 모습이었다. 자신과 아들이 찐득한 길을 걷고 젖은 들판을 건너온 흔적을 지우려 애쓰고 있을 때 보빈트는 거의 배려 그 자체였다. 막대기로 비비의 맨다리와 발에서 진흙을 긁어냈고 자신의 두꺼운 단화도 깔끔하게 만들었다. 그런 뒤 최악의 경우를 대비해서, 그러니까 그 꼼꼼한 살림꾼을 만날까봐 조심조심 뒷문으로 들어갔다.

칼릭스타는 식사 준비를 하고 있었다. 밥은 이미 차려놓고 난롯가에서 커피를 내리고 있었다. 부자가 들어오자 그녀는 벌떡 일어났다.

"아, 보빈트! 당신 왔구나! 이런! 걱정했는데. 비 오는 동안 어디 있었어? 비비는? 안 젖었네? 다친 데도 없고?" 그녀는 비비를 붙들고 야단스레 입을 맞추었다. 칼릭스타가 남편이 젖었는지 보고 아무 일 없이 돌아와서 그저 만족하는 듯 보이자 보빈트는 오는 내내 생각해둔 변명과 사과의 말이 입에서 사라졌다.

"당신 주려고 새우 가져왔어, 칼릭스타." 보빈트가 큰 옆 주머니에서 통조림을 꺼내 식탁에 놓으며 말했다.

"새우라고! 우와, 보빈트! 당신이 최고야!" 그리고 쪽 소리가 나게 뺨에 뽀뽀를 했다. "당신 멋져, 오늘 밤에 파티하자! 흐흐!"

보빈트와 비비는 편안하게 밥을 먹기 시작했고 식탁 앞에 앉은 세 식구는 큰 소리로 많이 웃었다. 저 멀리 라발리에르 집에서도 들릴 만큼 큰 소리로.

4

알세 라발리에르는 그날 밤 아내 클라리세에게 편지를 썼다. 다정한 배려가 넘치는 애정 어린 편지였다. 그는 아내에게 혹시 아기들과 빌록시에 한 달 더 머무르고 싶다면 서둘러 돌아오지 않아도 된다고 썼다. 자신은 잘 지내고 있고 아내와 아이들이 보고 싶지만 좀 더 참을 수 있다고. 가족의 건강과 기쁨이 제일 중요하다는 것을 알고 있다면서.

5

클라리세는 남편의 편지를 받고 몹시 기뻤다. 그녀와 아기들은 잘 지내고 있었다. 사람들과 무탈하게 지냈고 그 휴가지엔 예전 친구들과 지인들이 많이 있었다. 그리고 결혼한 후 처음으로 그렇게 자유를 누리고 있자니 미혼 시절로 돌아간 느낌이었다. 남편에게 헌신했지만 부부의 내밀한 삶이라는 것을 한동안 그만두고 싶기도 했다.

그렇게 폭풍우가 지나갔고 모두가 행복했다.

키스

·

밖은 아직 꽤 밝은데 방 안에는 커튼이 드리워져 있고, 연기가 피어오르는 난로에서 붉은 빛만 어둑하고 희미하게 뿜어져 나오고 있어서 실내는 짙은 그림자로 가득했다.

브랜튼이 그림자 속에 앉아 있었다. 그림자에 완전히 가려졌지만 신경 쓰지 않았다. 오히려 어둠 덕분에 난로 불빛을 받고 앉아 있는 여인을 마음껏 뜨겁게 바라볼 용기가 났다.

그녀는 아주 아름다웠고, 머리카락은 곱고 짙은 건강한 갈색이었다. 차분하게 앉아서 다리 위에 웅크리고 누운 고양이의 보드라운 털을 느릿느릿 쓰다듬으며 상대가 앉은 그림자 쪽으로 이따금 천천히 눈길을 주었다. 둘은 이런저런 이야기를 나지막이 나누고 있었지만, 머릿속에는 분명 다른 생각들이 자리 잡고 있었다. 그녀는 브랜튼이 자신을 사랑하는 것을 알고 있었다. 브랜튼은 엉큼하게 자기 감정을 숨길 줄 모르는 사람이었고 그러고 싶어하지도 않았다. 오히려 자기를 숨김없이 드러내는 솔직한 사람이었다. 그는 지난 두 주 동안 열렬하고 끈질기게 그녀를 쫓아다녔다. 그녀는 브랜튼이 사랑을 확실하게 고백하기를 도도하게 기다리고 있었고, 고백을 받으면 받아들일 생각이었다. 브랜튼은 매력도 없고 별로였지만 엄청난 부자였다. 그녀는 부가 자신에게 가져다 줄 것들이 좋았고 또 그것이 필요했다.

지난 다과회와 다음번 연회 이야기를 하다가 잠시 멈추었을 때 문이 열리더니 젊은 남자가 들어왔다. 브랜튼이 아주 잘 알고 있는 남자였다. 여자가 남자를 향해 고개를 돌렸다. 남자가 성큼성큼 다가오더니 여자의 의자 위로 몸을 구부렸다. 여자는 그 남자가 브랜튼을 못 본 줄 몰랐기 때문에 왜 몸을 숙이는지 생각도 해보기 전이었다. 그런데 남자가 갑자기 여자의 입술에 한참 동안 키스를 했다.

브랜튼이 스르르 일어섰다. 여자는 벌떡 일어섰고 방금 들어온 남자는 둘 사이에 서 있게 되었다. 약간 재미있어하면서도 당황한 것을 감추기 위해 애쓰는 표정이 역력했다.

"내가," 브랜튼이 더듬거리며 말했다. "내가 너무 오래 있었군요. 그러니까, 일어설 때가 됐는데 몰랐군요." 양손으로 모자를 움켜쥔 그는 그녀가 자신에게 손을 내밀고 있는 것을 알아채지 못하고 있는 것 같았다. 그녀는 꽤 침착했지만 무슨 말을 해야 할지 알 수 없었다.

"내가 저기 저 사람이 앉아 있는 걸 봤다면 내 목을 매달아도 좋아, 내티! 지독하게 곤란한 거 알아. 하지만 이번 한 번만 용서해줘. 처음 실수한 거잖아. 안 그래, 괜찮지?"

"건드리지 마. 근처에 오지도 마." 그녀가 화를 내며 돌아섰다. "벨도 안 울리고 집 안으로 들어오는 건 무슨 경우야?"

"네 오빠랑 같이 들어 왔어. 자주 그러잖아." 남자가 침착하게 변명했다. "옆문으로 들어왔다고. 네 오빠는 위층으로 올라가고 나는 네가 있나 보려고 이쪽으로 온 거야. 설명은 이걸로 충분하고 어쩌다 재수 없어서 이렇게 된 것뿐이야. 괜찮다고 말해줘, 내털리."

"괜찮다고 하라고! 도대체 무슨 소리를 하고 있는 거야. 난 갈래. 괜찮을지 아닐지는 두고 봐야겠어."

브랜튼과 일전에 이야기했던 연회에서 브랜튼을 보자 그녀는 아주 노골적으로 다정하게 다가갔다.

"잠깐 이야기 좀 해도 될까요, 브랜튼 씨?" 매력적이지만 불안한 미소를 지으며 그녀가 물었다. 남자는 극도로 불행해 보였다. 하지만 여자가 브랜튼의 팔을 잡고 구석진 조용한 곳을 찾아 데리고 가자 얼굴에 드리웠던 거의 우스꽝스러울 만큼 엄청난 불행 속에 한 줄기 희망의 빛이 섞여 들었다. 그녀는 아주 노골적인 것 같았다.

"이렇게 이야기를 하지 말아야 하는 건지도 몰라요. 브랜튼 씨. 하지만, 휴, 제가 너무 마음이 편치가 않았어요. 그날 오후 뜻밖의 일이 있은 후 저는 거의 고통스러울 지경이었죠. 브랜튼 씨가 그 일을 오해하고 혹시 그대로 믿어버린 거면 어쩌나 생각하니…" 희망이 브랜튼의 동그랗고 숨김없는 얼굴에서 불행을 확실히 이기고 있었다. "물론 브랜튼 씨에게는 별일이 아니라는 걸 알지만 저를 위해서 하비 씨가 오래전부터 저희 가족과 친한 사이라는 걸 알아주면 좋겠어요. 뭐랄까, 저와는 거의 사촌처럼 지내죠. 남매처럼 말이죠. 하비 씨는 우리 오빠와 가장 절친한 사이여서 가족처럼 행동할 때가 종종 있어요. 어, 이런 말씀을 드리는 게 이상하고 이럴 필요도 없는 거 알아요. 채신없는 일일 수도 있고요." 그녀는 거의 울먹이고 있었다. "하지만 브랜튼 씨가 어떻게 생각하는지가 제게는 아주 중요해서요." 그녀의 목소리가 아주 낮아지고 떨렸다. 브랜튼의 얼굴에서 이제 불행은 모두 사라지고 없었다.

"그러니까, 내 생각이 정말 중요한가요, 내털리 양? 내털리 양이라고 불러도 될까요?" 둘은 몸을 돌려 양쪽에 키가 크고 우아한 식물들이 늘어선 길고 어둑한 복도로 갔다. 천천히 그 끝까지 걸어갔다. 그들이 발걸음을 되짚어 돌아올 때 브랜튼의 얼굴은 환했고 내털리의 얼굴은 의기양양했다.

결혼식 하객들 틈에 하비가 있었다. 그는 그녀가 혼자 있는 순간을 기다리고 있었다.

"네 남편이," 그가 씩 웃으며 말했다. "너한테 키스하러 가랬어."

내털리의 얼굴에 홍조가 확 퍼지더니 어여쁜 목까지 벌게졌다. "이런 행사 때 남자라면 너그럽게 행동하는 게 당연한 것 같아. 네 남편이 이 결혼 때문에 너랑 내가 친하게 지내지 못하게 되는 건 전혀 바라지 않는다더군. 남편한테 네가 뭐라고 말했는지는 모르겠지만 말이야." 그는 오만하게 웃으며 덧붙였다. "여하튼 네 남편이 너한테 가서 키스하라고 하더라."

내털리는 자신이 체스판에서 하비의 말을 영리하게 주물러 의도대로 게임을 끌고 가고 있는 것 같았다. 하비의 눈을 들여다볼 때 내털리의 눈에 미소가 번지며 다정하게 빛났다. 그녀의 입술은 키스에 굶주린 듯 보였다.

"하지만, 있잖아." 하비가 조용히 말을 이었다. "남편한테 이 말은 안 했어. 했으면 배은망덕해 보였을 텐데. 너한테는 말해줄게. 난 이제 여자한테 키스 안 해. 그게 위험한 일이더라고."

아무튼 내털리에게 브랜튼과 그의 막대한 재산은 남았다. 사람이 전부 가질 수는 없는 법이니까. 그걸 바란 것은 좀 너무한 일이었다.

죽은 사람 신발

"가미셰 어르신"의 죽음이 길마에게 어떤 영향을 줄지 아무도 궁금해하지 않았다. 장례식이 끝난 후 사람들은 뿔뿔이 흩어졌다. 어떤 사람은 그 노인의 이상한 행동을 이야기했고, 또 어떤 사람은 밤이 되기도 전에 노인을 잊어버렸고, 또 어떤 사람은 노인 소유의 아주 좋은 땅, 70세의 나이로 죽은 노인이 30년 동안 살았던 백 에이커짜리 농장이 어떻게 될지 궁금해했다.

길마가 어린애였다면 주변 사람들이 어머니 같은 심정으로 길마를 걱정했을 것이다. 길마의 미래까지 보장해주지는 못하더라도 당장은 길마를 집에 데려가 보살피려 했을 것이다. 하지만 길마는 어린애가 아니었다. 19세의 건장한 청년으로, 부츠를 안 신고도 키가 180센티미터가 넘었고 다른 건강한 성인 남자만큼 힘이 셌다. 10년 동안 길마는 므슈 가미셰와 농장에서 함께 살았다. 그리고 노인의 장례식에서 눈물을 흘릴 사람은 길마밖에 없는 것 같았다.

가미셰가 죽은 다음 날 가미셰의 친척들이 카도에서 마차를 타고 와서 가미셰의 집에 머물렀다. 가미셰의 조카인 셉티메였다. 너무도 끔찍한 장애가 있어서 차마 보기가 힘들 정도였다. 그리고 셉티메의 여동생인 과부 브로제와 어린 두 딸도 왔다. 그들은 가미셰의 매장이 진행되는 동안 집에 남아 있었고 길마가 돌아와보니 그대로 있었다.

그 젊은이는 잠깐 쉬려고 자신의 방으로 바로 갔다. 길마는 므슈 가미셰가 앓는 동안 잠을 잘 자지 못했다. 하지만 지난주에 신체적으로 힘들었던 것보다 사실 이때 정신적으로 더 지친 상태였다.

그런데 방에 가봤더니 너무 많이 달라져 있어서 자기 방이 아닌 것처럼 느껴졌다. 못에 걸어놓았던 자신의 옷 대신 후줄근한 작은 옷 몇 벌과 닳아빠진 밀짚모자 두 개가 걸려 있었다. 브로제 딸들의 물건이었다. 옷장 서랍은 텅 비었고 그의 물건은 흔적조차 남아 있지 않았다. 길마는 마담 브로제가 방 물건을 바꾸어놓고 길마 자신을 다른 방에 보낸 것이라고 생각했다.

하지만 길마는 자기 물건이 문 바깥의 '임시' 발코니 벤치에 쌓여 있는 것을 보고 어떤 상황인지 알아챘다. 부츠와 신발은 벤치 아래에 있었고 코트와 바지와 속옷은 마구 섞여 한데 쌓여 있었다.

길마의 거무스름한 얼굴에 피가 확 몰려서 그 순간 인디언처럼 보였다. 이런 상황은 생각해본 적도 없었다. 무슨 생각을 했었는지 알 수가 없었다. 하지만 뭔가 대비했어야 했다는 생각이 들었다. 그러니 하지 않았다면 자신의 잘못이었다. 그래도 속상한 일이었다. 이곳은 그에게 세상의 나머지 부분과 구분되는 '집'이었다. 나무 한 그루, 풀 한 포기도 모두 친구였다. 울타리 안쪽 땅이라면 한 뙈기도 모르는 곳이 없었고 햇빛과 비바람에 바랜 작고 낡은 그 회색 집, 어린 시절의 피난처였던 그곳을 생명이 없는 것 중에서는 거의 유일하게 사랑했다. 마음속에서 마담 브로제를 향한 적개심이 격하게 솟았다. 마담은 도도하게 고개를 쳐들고 낡은 검정 드레스 자락을 끌며 마당을 거닐고 있었다. 어린 딸들의 손을 잡고 있었다.

길마는 말을 타고 어디로든 떠나야겠다는 생각밖에 없었다. 아주 소중히 여기는 힘이 넘치는 말이었다. 므슈 가미셰는 그 말의 자세가 당당하다며 '주피터'라는 이름을 붙여주었고 길마는 '주페'라는 애칭으로 불렀는데 그렇게 부르면 그 멋진 말을 향한 애정이 더 정감 있게 잘 표현되는 것 같았다. 억울하고 원망스러웠던 길마는 '주페'만이 세상에 남은 유일한 친구라는 생각이 들었다.

길마는 안장가방에 옷 몇 벌을 넣고 브로제 부인에게 아무렇지 않은 척하며 자신이 물건을 가지러 올 때까지 잘 보관해달라고 부탁했다.

집 앞에서 말을 몰아 출발하는데 셉티메가 발코니에 놓인 삼촌 가미셰의 큰 의자에 웅크리고 앉아 있다가 그를 불렀다.

"이봐, 길마! 어디 가는 거야?"

"떠나는 거예요." 길마가 말의 고삐를 그러쥐며 퉁명스럽게 대답했다.

"잘됐네. 그런데 그 말은 두고 가는 게 나을 거 같은데."

"말은 내 거예요." 길마가 반격하듯 곧바로 대답했다.

"그건 두고 볼 일이지. 말을 두고 가는 게 나을 거야."

길마는 오른손을 내줄 생각이 없는 것처럼 말을 두고 갈 생각도 전혀 없었다. 그러나 그는 므슈 가미셰에게서 신중하게 행동하고 법을 존중하라고 배웠다. 불쾌한 문제에 휘말리고 싶지 않았다. 그래서 성질을 죽이고 죽여 말에서 내린 뒤 안장을 풀고 마구간으로 다시 데려갔다. 하지만 걸어서 그곳을 나서다가 걸음을 멈추고 셉티메에게 이렇게 말했다.

"아시잖아요. 셉티메 씨. 저 말이 내 거라는 걸. 그걸 증명하는 진술서라면 백 장이라도 모을 수 있어요. 며칠 안에 변호사의 의견서랑 같이 가지고 오겠습니다. 말과 안장을 잘 돌보고 있다가 돌려주시길 바랍니다."

"그거 좋군. 곧 알게 되겠네. 저녁은 먹고 가지 그래?"

"됐습니다. 마담 브로제도 그러라고 권하셨지요." 그런 다음 길마는 오솔길을 걸어 바깥 길로 가는 경사진 잔디밭을 가로질렀다.

갈 곳이 확실해지고 목적이 정해지자 불과 한 시간 전만 해도 다 빠져나간 것 같던 기력이 다시 솟았다. 바이유를 감싸고 있는 마찻길을 따라 씩씩하게 발걸음을 옮길 때 길마에게 지친 기색이라곤 없었다.

초봄이었는데 목화가 벌써 잘 자라 있었다. 여기저기서 흑인들이 밭을 갈고 있었다. 길마는 가로대가 쳐진 울타리 옆에 걸음을 멈추고, 멀리 떨어지지 않은 곳에서 괭이를 휘두르고 있는 나이 든 흑인 여자를 불렀다.

"안녕하세요, 핼리팩스 아주머니! 잠시만요."

여자가 몸을 돌리고 바로 일을 멈추더니 괭이를 어깨에 둘러메고 길마를 향해 왔다. 뼈대가 크고 새까맸다. 일을 하느라 옷을 대충 걸쳐 입고 있었다.

"아주머니 오두막에 잠깐 같이 가주시면 좋겠는데요, 핼리 아주머니." 길마가 말했다. "아주머니 진술서가 필요해서요."

아주머니는 진술서가 무엇인지 대충은 알았지만 어디에 쓰는지는 몰랐다.

"난 진술서가 없어요. 귀찮게 하지 말고 가셔."

"오래 걸리지 않을 거예요, 핼리팩스 아주머니. 주페가 제 소유라는 걸 확인하는 진술서에 그 사실을 잘 알고 있다, 그리고 맹세할 수 있다고 아주머니가 표시를 해주시면 좋겠어요."

"주페가 길마 씨 것이 아니라고 누가 그래?" 아주머니가 괭이에 몸을 기대며 찬찬히 물었다.

길마가 집을 가리켰다.

"누구라고? 미스터 셉티메랑 식구들이?"

"예."

"그래, 알 만하네요!" 여자가 안됐다는 듯 외쳤다.

"그래요." 길마가 말을 이었다. "다음엔 아주머니의 늙은 노새 폴리시가 아주머니 것이 아니라고 할 거예요."

여자가 버럭 소리를 질렀다.

"누가 그래요?"

"아무도요. 하지만 다음에 그럴 게 뻔해요."

여자가 울타리를 따라 안쪽에서 걷기 시작했고 길마는 속도를 맞추려고 돌아서 풀이 무성한 길 가장자리로 걸었다.

"아주머니는 그냥 진술서만 쓰면 돼요, 핼리 아주머니."

"길마 씨는 그 노새가 내 거란 걸 나만큼 잘 알지. 내가 돌아가신 미스터 가미셰한테 좋은 목화로 노새 값을 치렀어요. 그해에 길마 씨가 피혼나무에서 떨어졌어. 미스터 가미셰가 장부에 다 적어뒀지."

길마는 핼리팩스 아주머니에게서 원하는 진술을 받고 지체하지 않았다. '백 장의 진술서' 중 첫 번째 것을 바람대로 받아서 주머니에 잘 넣고 시골을 떠나 읍내로 가는 가장 빠른 길을 찾았다.

핼리팩스 아주머니는 오두막에 그대로 남아 있었다.

"렐리우스." 그녀가 길에 있는 어린 흑인 남자애를 불렀다. "폴리시 어디 있는지 아니? 가서 굽이길 근처에 있나 봐라. 그 녀석이 울타리 부수고 네 아빠네 옥수수밭에 또 들어갔을 수도 있으니까." 그리고 손으로 차양을 만들어 주변을 훑어보고 불안해하며 중얼거렸다. "노새가 어디 간 거야?"

이튿날 아침 길마는 읍내에 도착하자마자 팩스턴 변호사 사무실로 갔다. 말 소유권에 대한 흑인과 백인의 증언을 얻는 데 전혀 어려움이 없었다. 하지만 변호사의 조언을 구하고 든든한 증거로 무장한 채 농장으로 돌아가기 위해 가능한 한 확실히 해두고 싶었다.

변호사 사무실은 길가에 있는 평범하고 자그마한 곳이었다. 아무도 없었는데 문은 열려 있었다. 길마는 사무실로 들어가서 텅 빈 둥근 탁자에 자리를 잡고 기다렸다. 곧 변호사가 들어왔다. 길 건너에서 누군가와 이야기를 나누다 온 참이었다.

"안녕하세요, 팩스턴 씨." 길마가 일어서서 인사했다.

변호사는 길마의 얼굴은 잘 알고 있었지만 누군지 이름이 기억나지 않아 이렇게만 대답했다. "안녕하세요, 어. 어서 오세요."

"제가 온 것은," 길마가 바로 용건을 말하려고 주머니에서 진술서 한 뭉치를 꺼냈다. "소유권 문제, 그러니까 가미셰 씨 조카인 셉티메 씨가 저한테서 빼앗으려는 제 말의 소유권 문제 때문입니다."

변호사가 서류를 받아서 안경을 고쳐 쓰고 훑어보기 시작했다.

"그렇군요, 예." 변호사가 말했다. "알겠어요."

"가미셰 씨가 화요일에 돌아가시고 나서." 길마가 말을 시작했다.

"가미셰 씨가 돌아가시고 나서!" 팩스턴 변호사가 놀라서 말을 따라 했다. "저, 그 가미셰 어르신이 돌아가셨다는 말은 아니죠? 그래, 그래요. 못 들었어요. 오늘 아침에 슈레브포트에서 방금 돌아왔거든요. 그러니까 가미셰 어르신이 돌아가셨다는 말이군요? 그리고 말 소유권을 찾으러 오신 거고요. 이름이 어떻게 되시죠?" 주머니에서 연필을 꺼내며 물었다.

"길마 저메인입니다."

"길마 저메인." 변호사가 되뇌며 길마를 뚫어지게 보더니 잠깐 생각에 잠겼다. "그래요, 이제 기억이 나네요. 가미셰 어르신이 10년인가 전부터 데려와서 같이 살던 청년이지요."

"작년 11월에 10년이 됐습니다."

변호사 팩스턴이 일어나서 금고로 가더니 법률 서류 같은 것을 꺼내와 혼자 꼼꼼히 읽었다.

"저, 저메인 씨. 말 소유권을 되찾는 것은 아무 문제가 없을 거라고 생각합니다." 변호사가 웃으며 말했다. "우리가 잘 아는 가미셰 씨가 저메인 씨를 재산의 유일한 상속자로 지정하셨다는 걸 알려드리게 돼서 기쁘군요. 그러니까 농장, 가축, 농기구, 기계, 가재도구 등등 모든 것을요. 꽤 큰 재산이지요." 변호사가 좀 더 이야기를 하려는 듯 자세를 편하게 고쳐 앉으며 느긋하게 말했다. "이제 막 인생을 시작한 젊은이에겐 꽤 큰 행운이라는 말씀도 드려야겠네요. 저메인 씨. 죽은 사람 신발 신듯 거저 얻는 거죠! 아주 행운입니다, 행운. 저메인 씨가 이름을 밝히는 순간 3년 전 어느 날 가미셰 어르신이 여기 와서 유언장을 쓰고 싶다고 하던 순간이 섬광처럼 기억났습니다." 말 많은 변호사가 지나간 일과 관심 있는 내용을 계속 이야기했고 길마는 한마디도 끼어들지 못했다.

길마는 별안간 부자가 되어 너무 놀라 정신이 없었다. 그 많은 재산이 모두 내 것이라니! 내 것이야! 백 개의 서로 다른 감각이 동시에 느껴지는 것 같았고 천 가지 생각이 동시에 떠오르는 것 같았다. 새로운 환경에, 너무도 갑자기 벌어진 상황에 맞추어야 하는 전혀 다른 사람이 된 것 같았다. 좁은 사무실이 숨 막히게 느껴졌고 변호사의 말이 영원히 끝날 것 같지 않았다. 길마는 불쑥 일어서서 미안하다며 대충 웅얼거리고 바깥 공기 속으로 뛰어나갔다.

이틀 뒤 길마는 농장으로 돌아가는 길에 다시 핼리팩스 아주머니의 오두막 앞에 섰다. 예전처럼 걸어서, 지나는 길에 말에 태워주겠다는 부탁을 모두 거절하면서 가고 있었다. 길마의 횡재 소식은 이미 다 퍼져서 길마가 다가가자 핼리팩스 아줌마는 개선장군이라도 맞이하듯 큰 소리로 인사를 했다.

"미스터 길마! 길마 씨가 받을 자격이 있는 건 신께서 아시지! 주님이 아셔! 들어와서 좀 쉬어요. 렐리우스! 나가 있어. 저쪽으로 가!" 핼리팩스가 제일 좋은 의자를 닦더니 길마에게 내어주었다.

핼리팩스 아주머니가 커피를 주겠다고 작은 화덕 앞에서 커피를 내리는 동안 길마는 기쁜 마음으로 기다렸다. 길마는 날씨가 따뜻하기에 난로에서 가능한 한 멀찌감치 떨어져 있었다. 얼굴의 땀을 닦고 테가 넓은 모자로 부채질을 했다.

"그 생각을 하니 웃음을 참을 수가 없네요." 나이 든 여자가 난로 위로 몸을 숙이고 크게 웃으면서 말했다. "밤에 자다가 깨서도 웃는다니까."

"왜 그러세요, 핼리팩스 아주머니." 길마는 아주머니가 왜 웃는지도 모르고 따라 웃을 뻔했다.

"미스터 길마! 모르는 것처럼 그러지 마요! 셉티메와 식구들을 생각하면 웃음이 난다니까요. 내일 아침에 마차 타고 카도로 돌아가는 걸 볼 테니까. 세상에!"

“그리 재미난 일이 아니네요, 헬리팩스 아주머니.” 길마는 아주머니가 아주 격식을 차려서 접시 위에 올려준 커피 잔을 받을 때 마음이 편치 않았다. “셉티메가 너무 안됐어요.”

“셉티메도 이제 주폐가 누구 건지 잘 알겠죠.” 헬리팩스는 셉티메가 안됐다는 길마의 말을 못 들은 척하고 말을 이었다. “폴리시가 누구 건지는 말해줄 필요도 없고. 내가 장담하는데, 미스터 길마.” 아주머니가 선 채로 탁자에 몸을 기대고 말했다. “그 사람들은 카도에 돌아가면 힘들 거요. 그 사람들이 말하는 걸 들어보니 거기 먹을 것도 제대로 없었대요. 셉티메 그 사람은 뱀처럼 웅크리고 있는 것밖에 할 줄 아는 게 없고. 브로제 부인은 바느질 같은 걸 한다는데 제대로 하는 것 같진 않고요. 게다가 그 딸아이들은 작년 겨울 거의 내내 맨발로 피 흘리며 뛰어다녔고 제일 작은 애는 발꿈치가 좀 얼었다고 하더라고. 내일 모두 마차를 꾸역꾸역 타고 카도로 돌아가는데 어떻겠어. 세상에나!”

길마는 헬리팩스 아주머니와 함께 있는 것이 전에 없이 몹시 불쾌했다. 커피 잘 마셨다고 인사를 하고 서둘러 자리를 떴다. 너무 급히 나가버려서 헬리팩스가 놀랐지만 기분이 나쁘지는 않았다. 그녀는 문간에 서서 길마를 불렀다.

“미스터 길마! 그 사람들이 이제 폴리시가 누구 건지 잘 알겠지요?”

길마는 셉티메를 만날 준비가 다 안 된 느낌이 들었다. 그래서 길에서 오래 어정거렸다. 가다가 쉬기라도 하듯이 바이유에 드리운 거대한 미루나무 그늘에 서 있기도 했다. 처음에는 묘하게 불편했는데 그다음엔 못마땅한 느낌과 흥분이 뒤섞여서 왜 그런 것인지 알아내려 애쓰고 있었다.

올곧은 성격의 길마는 우선 자신을 대하는 사람들의 태도가 갑자기 변한 것이 얄밉고 마음에 들지 않았다. 그는 변호사가 말했던 것을 기억해내려 애쓰고 있었다. 여러 단어로 된 짧은 구절이었는데 의식에 박혀 있었다. 그 구절이 머리에서 떠나지 않고 약간 곪아서 조금씩 근질근질한 느낌이 들었다. 그 짧은 구절이 뭐였더라? 제정신이 아니어서 제대로 듣지 못했지만 그것은, 뭐더라, 그러니까, 죽은 사람 신발 이야기였다.

그의 커다란 몸에 넘치는 건강과 힘, 타고난 용기와 박력, 참을성이 그 말과 거기 담긴 의미에 반감을 느끼고 있었다. 죽은 사람 신발이라니! 그것은 셉티메처럼 고통받는 사람들을 위한 것이어야 하지 않은가? 의지할 데 없는 그 여자 같은 가여운 사람, 제대로 먹지도 입지도 못하는 다정하고 애처로운 눈빛의 어린 두 딸들 것이어야 하지 않나? 하지만 그 사람들에게 뭐라고 말할지, 어떻게 대해야 할지 결정하지 못했다.

그러나 막상 맞닥뜨리게 되자 마음속에 망설일 새가 없었다. 셉티메는 삼촌 의자에 그대로 웅크리고 있었다. 장례식 이후 한 번도 떠나지 않은 채 그대로 앉아 있는 것 같았다. 마담 브로제는 울고 있었고 아이들도 엄마를 따라서 울고 있는 것 같았다.

"셉티메 씨." 길마가 다가가며 말했다. "내 말에 대한 진술서를 가지고 왔습니다. 더 이상 왈가왈부하지 말고 말을 돌려주시기를 바랍니다."

셉티메는 떨고 있었다. 당황해서 거의 말도 제대로 못 했다.

"무슨 소리야?" 셉티메가 옆으로 흘긋 눈을 들어 그를 보면서 더듬거렸다. "여기가 전부 네 것인데. 날 놀리는 거냐?"

"저는" 길마가 대답했다. "이곳에 가미셰의 혈육이 머무를 수 있게 하겠습니다. 팩스턴 씨를 다시 만나서 법적으로 그렇게 해놓겠습니다. 하지만 제 말은 주십시오."

길마는 말 말고 다른 것도 가지고 갔다. 가미셰 어르신의 사진이었다. 벽난로 위에 놓여 있던 것이었다. 그는 사진을 주머니에 넣었다. 은인 어르신의 지팡이와 총도 가지고 갔다.

사랑하는 '주페'를 타고 문을 나서는데 충직한 개가 따랐고 길마는 황홀하지만 우울한 꿈에서 깨어난 느낌이었다.

눈먼 남자

•

한 남자가 작은 붉은색 상자를 든 채 천천히 거리를 걸었다. 낡은 밀짚모자와 빛바랜 옷은 비를 자주 맞고 그때마다 벗지도 않은 채 그대로 햇볕에 말려진 것 같았다. 나이가 많지는 않았는데 몹시 쇠약해 보였다. 그는 펄펄 끓는 아스팔트 도로를 따라 햇볕을 받으며 걷고 있었다. 도로 반대편에는 상쾌한 나무 그늘이 짙게 드리워져 있었는데 말이다. 다들 그 그늘 아래로 걷고 있었다. 하지만 남자는 알지 못했다. 눈이 보이지 않는 데다 어리석었기 때문이다.

붉은 상자에는 남자가 팔려고 애쓰고 있는 연필이 들어 있었다. 지팡이를 가지고 있지 않아서 갓돌을 따라 발을 끌거나 쇠 난간을 손으로 잡으며 혼자서 길을 따라가고 있었다. 그러다 집 계단에 다다르면 올라가려고 했다. 어떤 때는 아주 힘들게 문까지 올라갔는데 전자 초인종을 못 찾아서 다시 하나하나 계단을 내려와 가던 길을 갔다. 집주인이 여름휴가를 떠나 철 대문이 아예 잠겨 있는 집도 있어서 열어보려고 끙끙거리느라 시간이 많이 걸렸지만 그에게는 시간이 남아도니 상관없었다.

가끔 전자 초인종을 찾아냈지만 초인종 소리를 듣고 나온 남자나 하녀는 연필이 필요하지 않았고 집주인에게 그 작은 물건을 팔도록 해주지도 않았다.

남자는 오래전부터 밖에 있었고 아주 오래 걸었지만 무언가를 팔고 있지는 않았었다. 그런데 그날 아침 어떤 사람이 남자가 돌아다니는 것을 도저히 못 봐주겠다고 생각해 연필 한 상자를 마련해준 뒤 돈을 벌라고 보냈다. 날카로운 송곳니가 달린 허기가 위장을 물어뜯었고 격렬한 갈증이 입을 바싹 말리며 고문했다. 태양은 지글지글 타고 있었다. 남자는 옷을 너무 많이 입고 있었다. 셔츠 위에 조끼와 코트까지 입은 상태였다. 옷을 벗어서 팔에 걸치거나 내버리면 됐다. 하지만 그는 그럴 생각을 하지 못했다. 마음씨 고운 한 여자가 위층 창에서 내려다보며 안됐다고 생각하고 남자가 길을 건너 그늘로 가길 바라고 있었다.

남자는 곁길로 빠져들었다. 아이들이 신나서 시끄럽게 놀고 있었다. 아이들은 남자가 들고 있는 상자의 색깔에 혹했고 상자 안에 무엇이 들어 있는지 궁금해했다. 한 아이가 남자에게서 상자를 빼앗으려고 했다. 남자는 자신의 유일한 생존 수단을 지키려고 본능적으로 버티면서 고함을 치고 욕을 했다. 경찰관이 모퉁이를 돌아 와 그 소란 가운데 남자가 있는 것을 보고 옷깃을 홱 잡아당겼는데, 남자가 맹인이라는 것을 알고는 불쌍하게 여겨서 풀어주고 가던 길을 가라 했다. 남자는 계속 햇볕 속을 걸었다.

정처 없이 돌아다니다보니 어떤 거리로 접어들었는데 그곳에서는 괴물 같은 전차가 천둥소리를 내며 오고 가고 벨을 마구 울렸다. 전차의 엄청난 힘 때문에 발밑의 땅이 말 그대로 흔들렸다. 남자는 길을 건너기 시작했다.

그때 무슨 일이 일어났다. 끔찍한 일. 그 광경을 본 여자들은 기절했고 아무리 강한 남자들이라도 메스꺼워하고 어지러워했다. 운전사의 입술이 얼굴처럼 창백해졌다. 재처럼 허옜다. 그리고 차를 멈추기 위해 초인적인 힘을 쓰느라 부들부들 떨고 비틀댔다.

어디서 그렇게 많은 사람들이 갑자기 마술처럼 쏟아져 나온 것일까? 그 역겨운 광경에 아이들은 도망가고 성인들은 남자고 여자고 차에 탄 채 비명을 질렀다. 의사들이 신의 명령을 받은 듯 마차를 몰아 왔다.

그런데 사람들은 그 죽은 자의 일그러진 얼굴을 알아보고 더 경악했다. 그 사람은 이 마을에서 가장 부자이고 가장 유능하고 가장 영향력 있는 사람이었다. 신중하고 늘 조심하는 사람으로 유명했다. 그런 그에게 이런 끔찍한 운명이 어떻게 덮칠 수 있었을까? 그는 회사에서 늦게 나오는 바람에 빨리 가족들을 만나려 서두르고 있었다. 한두 시간 내에 대서양 연안의 여름 별장으로 출발하기로 돼 있었다. 급히 가느라 반대편에서 차가 오고 있는 것을 알지 못했고 흔히 일어나곤 하는 참혹한 일이 또 일어나고 만 것이었다.

눈먼 남자는 무슨 소란이 일어났는지 전혀 몰랐다. 그는 길을 건넜고 햇볕을 받으며 갓돌을 따라 천천히 걸었다.

실크 스타킹 한 켤레

자그마한 소머즈 부인에게 어느 날 뜻밖에 15달러가 생겼다. 부인에게는 아주 큰 돈이었기에 낡아빠진 지갑이 꽉 차 불룩하게 튀어나온 모습에 오랫동안 맛보지 못했던 우쭐하는 느낌까지 들었다.

물건 구입은 소머즈 부인에게 중요한 문제였다. 너무 좋아 멍하게 돌아다니는 것처럼 보였지만 사실은 며칠 동안 계획과 계산에 몰두해 있었다. 성급하게 써버리거나 나중에 후회할 일을 하고 싶지 않았다. 그날 밤 이것저것 계획해보며 고요한 늦은 시간까지 깨어 있자니 그 돈을 제대로 현명하게 쓸 방법이 확실히 보이는 것 같았다.

1, 2달러는 제니의 신발값에 보태 평소보다 좀 비싼 것을 사면 훨씬 더 오래 신을 수 있을 것이었다. 아들들과 제니와 매그의 셔츠를 만들 퍼케일 천도 살 생각이었다. 그전까지는 낡은 셔츠들을 잘 기워서 입힐 작정이었다. 매그는 새 가운도 필요했다. 그녀는 상점 진열장에서 제대로 할인을 하는 무늬가 아름다운 것 몇 개를 점찍어둔 상태였다. 그러고

도 새 스타킹 살 돈이 충분히 남을 것이다. 각각 두 켤레씩. 그리고 또 한동안 꿰매 신으면 되고 말이다. 아들들에게는 앞에 챙 달린 모자를, 딸들에게는 선원 모자를 사줄 것이다. 말끔하고 깜찍해져서 난생처음 새로워 보일 아이들 모습을 떠올리니 들떠서 가만히 있을 수가 없었고 기대감에 잠이 오지 않았다.

이웃들이 이따금 '더 좋았던 시절' 이야기를 하곤 했다. 어린 그녀가 소머즈 부인이 될 생각을 하기 전에 누렸던 날들 말이다. 하지만 부인은 그런 우울한 회상에 빠지지 않았다. 그럴 시간이 없었다. 과거에 갖다 바칠 시간이 전혀 없었다. 현재에 필요한 것에 능력 모두를 갖다 바쳤다. 어둡고 침침한 괴물 같은 미래를 상상하면 오싹할 때도 있었지만 다행히 내일이란 결코 오지 않는 것이다.

소머즈 부인은 할인의 가치를 잘 아는 사람이었다. 갖고 싶은 물건이 싼 가격에 팔리고 있으면 그 물건을 향해 조금씩 조금씩 다가가며 몇 시간이고 참을 수 있었다. 해야 한다면 팔꿈치로 밀치고 나아갈 수도 있었다. 언제든 차례가 될 때까지 물건을 꽉 잡고 놓치지 않은 채 끈질기고 굳세게 지키는 법을 알고 있었다.

그런데 그날은 약간 힘이 없고 피곤했다. 가볍게 점심을 때웠는데—아니다! 아이들에게 밥을 먹이고 집을 정리하면서 쇼핑을 준비하는 동안 사실 밥 먹는 것을 아예 잊어버렸다.

부인은 비교적 한산한 판매대 앞 회전의자에 앉아서 힘과 용기를 다지고 있었다. 흉벽처럼 쌓인 셔츠감과 무늬 많은 옷감을 에워싸고 있는 열성적인 군중을 뚫고 들어가기 위해서였다. 별안간 온몸에 힘이 쭉 빠지는 것 같아서 판매대에 손을 올렸다. 장갑을 끼지 않은 채였다. 손 아래 아주 부드럽고 감촉이 너무도 좋은 것이 닿았다. 내려다보니 실크 스타킹 더미였다. 그 옆의 현수막에 스타킹 가격이 2달러 50센트에서 1달러 98센트로 인하되었다고 적혀 있었다. 판매대 뒤에 선 젊은 여자가 부인에게 실크 양말류를 구경해보겠냐고 물었다. 부인은 마치 다이아몬드 티아라를 써보고 사라는 권유를 받은 것처럼 미소만 지었다. 하지만 그 부드럽고 광택이 흐르는 호화스러운 물건을 계속 만지고 있었다. 이제는 두 손으로 들어 올려 그 윤기를 감상하고 손가락 사이에 뱀처럼 미끄러지는 감촉을 느꼈다.

그녀의 창백한 뺨에 느닷없이 붉은 얼룩 두 개가 생겨났다. 부인은 점원을 쳐다보았다.

"8인치 반 크기도 있나요?"

8인치 반 크기는 얼마든지 있었다. 사실 그 크기가 가장 많았다. 연청색 스타킹이 있었다. 연보라색도 있고 검정색과 다양한 색조의 황갈색과 회색 스타킹도 있었다. 소머즈 부인은 검정색을 한 켤레 골라서 아주 오래 자세히 들여다보았다. 짜임새를 보는 척했더니 점원이 짜임새가 아주 좋은 물건이라고 확인해주었다.

"1달러 98센트라." 부인이 소리 내 말하며 골똘히 생각했다. "그래요, 이걸로 할게요." 부인은 점원에게 5달러짜리 지폐를 건네고 거스름돈과 물건을 받으려고 기다렸다. 이렇게 작다니! 스타킹 꾸러미는 추레하고 낡은 장바구니 속에 넣으면 사라져버릴 것 같았다.

그런 다음 부인은 할인 판매대 쪽으로 가지 않았다. 엘리베이터를 타고 여성 대기실이 있는 위층으로 올라갔다. 그곳의 외진 구석에서 면 스타킹을 방금 산 실크 스타킹으로 갈아 신었다. 초롱초롱한 정신 상태도 아니었고 자신의 행동에 대해 생각하고 있지도 않았다. 왜 그런 행동을 했는지 생각해보려 하지도 않았다. 생각을 아예 안 하고 있었다. 그 힘들고 고단한 활동을 그만두고 쉬는 것처럼 보였다. 어떤 무의식적 충동에 이끌려 시키는 대로 행동하면서 책임감을 느끼지 못하는 것 같았다.

피부에 닿는 실크의 감촉이 너무 좋구나! 일단 푹신한 의자에 기대서 그 호사를 마음껏 누리기로 했다. 잠깐 동안 그렇게 했다. 그런 뒤 신발을 다시 신고 면 스타킹을 돌돌 말아서 장바구니에 밀어 넣었다. 그러고는 곧장 신발 매장으로 가서 신발을 신어보기 위해 자리에 앉았다.

부인은 까탈스러웠다. 점원은 부인을 만족시킬 수 없었다. 스타킹에 어울리는 신발을 찾기가 힘들었고 부인은 대충 괜찮다고 하지 않았다. 그녀는 치맛자락을 뒤로 당겨 잡고 발을 한쪽으로 돌리고 고개는 반대 방향으로 돌려서, 반들반들하고 코가 뾰족한 부츠를 내려다보았다. 발과 발목이 아주 예뻐 보였다. 자기 발이 아닌 것처럼 보였다. 젊은 점원에게, 아주 훌륭하고 멋진 신발을 사고 싶으니까 마음에 드는 것을 사는 데 1, 2달러를 더 쓰는 것은 상관없다고 말했다.

소머즈 부인은 꼭 맞는 장갑을 껴본 지 아주 오래되었다. 그나마 '할인 판매'일 때만 샀고 너무 싸서 손에 맞기를 바라는 것은 가당찮고 말도 안 되는 일이었다.

이제 그녀는 장갑 매대 쿠션에 팔꿈치를 올리고 있었다. 예쁘고 명랑한 젊은 점원이 섬세하고 능숙한 손길로 소머즈 부인의 손에 팔목이 긴 '새끼 염소' 가죽 장갑을 끼웠다. 손목에서 매만져 솜씨 좋게 버튼을 채웠고 몇 초간 두 사람은 그 대칭을 이루는 장갑 낀 작은 손을 감상하느라 정신이 없었다. 그런데 돈을 쓸 곳이 또 있었다.

몇 걸음 내려가면 거리 가판대 창으로 책과 잡지가 쌓여 있는 모습이 보였다. 소머즈 부인은 예전에 여흥을 즐기던 시절 자주 읽던 고가의 잡지 두 권을 샀다. 포장을 하지 않고 그냥 손에 들었다. 교차로에서는 옷자락을 가능한 한 잘 잡아 올렸다. 스타킹과 부츠, 잘 맞는 장갑이 태도에 기적을 일으켰다. 자신감이 생겼고 잘 차려입은 다른 사람들과 같아진 느낌이 들었다.

그녀는 몹시 배가 고팠다. 다른 때였더라면 배고픈 걸 참고 집까지 가서 차 한 잔에 대충 간식을 먹었을 것이다. 하지만 부인을 이끌고 있는 이날의 충동은 부인이 그런 생각을 하도록 내버려두지 않았다.

모퉁이에 식당이 있었다. 그곳에 들어가본 적이 없었다. 이따금 밖에서서 티끌 하나 없는 식탁보와 빛나는 크리스털 식기, 웨이터가 사뿐사뿐 걸어서 상류 사회 사람들을 대접하는 모습을 훔쳐보곤 했다.

안으로 들어가며 혹시나 하고 걱정했지만 아무도 이상하게 여기거나 놀라지 않았다. 작은 식탁에 혼자 앉자 대기하고 있던 웨이터가 곧바로 주문을 받으러 왔다. 많이 먹고 싶지는 않았다. 아주 맛있는 음식을 조금씩 먹고 싶은 생각이 간절했다. 작은 굴 여섯 개, 물냉이를 곁들인 고기 한 점, 크림 프라페 같은 달콤한 음료. 그리고 백포도주와 마지막에 블랙커피 작은 잔으로 한 잔.

음식을 기다리는 동안 느릿느릿 장갑을 벗어서 옆에 놓았다. 그런 다음 잡지를 꺼내서 칼등으로 페이지를 잘라가며 쭉 훑어보았다. 아주 쾌적했다. 식탁보는 창밖에서 보던 것보다 훨씬 더 깨끗했고 크리스털은 더욱 반짝였다. 조용한 숙녀와 신사들이 있었고, 사람들은 부인이 앉은 것과 같은 작은 식탁에서 식사를 하며 부인에게는 신경 쓰지 않았다. 부드럽고 기분 좋은 음악이 흘렀고 창으로 바람이 솔솔 불어왔다. 부인은 음식을 맛보고 잡지를 조금 읽고 호박색 와인을 한 모금 마시고 실크 스타킹 속에서 발가락을 꼼지락거렸다. 비싼 스타킹도 다르지 않네. 부인은 돈을 세어 웨이터에게 주고 쟁반에 동전 하나를 남겨두었다. 웨이터가 공주 앞에서라는 듯 고개를 숙였다.

지갑에 아직 돈이 남아 있었고 새로운 유혹이 마티네* 포스터의 모습을 하고 나타났다.

약간 늦게 공연장에 들어갔더니 연극은 이미 시작되었고 공연장은 꽉 찬 것 같았다. 하지만 여기저기 빈 자리가 있어서 자리를 안내받았다. 심심해서 사탕을 먹고 요란하게 장식한 옷을 자랑하며 시간을 보내러 온 것 같은 여자들 사이였다. 물론 연극과 연기를 감상하러 온 사람

* 연극, 음악회 등의 평일 낮에 하는 공연.

도 많았다. 그러나 아무도 소머즈 부인처럼 행동하지는 않았다. 부인은 모든 것, 무대와 연기자들, 사람들을 모두 한꺼번에 받아들였다. 그리고 거기 빠져들어 즐겼다. 부인은 재미난 대목에서 웃고, 옆에 앉은 그 요란한 여자와 함께 슬픈 부분에서 울었다. 그리고 그 부분에 대해 잠깐 이야기를 나누기도 했다. 그런 뒤 화려한 차림의 여자가 눈을 훔치고 향수 냄새가 나는 거의 투명할 만큼 얇은 작은 사각형 레이스에 코를 풀더니 소머즈 부인에게 사탕 상자를 건넸다.

연극이 끝나고 음악도 그치고 관객들이 모두 나갔다. 꿈이 끝나버린 것 같았다. 사람들이 사방으로 흩어졌다. 소머즈 부인은 모퉁이로 가서 전차를 기다렸다.

눈매가 날카로운 남자가 전차 맞은편에 앉아 있었는데 부인의 작고 창백한 얼굴을 관찰하는 것 같았다. 남자는 부인의 얼굴에서 본 것을 읽어내지 못했다. 사실, 아무것도 알아내지 못했다. 마법사가 아닌 한 알지 못할 것이었다. 부인이 전차가 어디에도 서지 않기를, 자신을 태우고 영원히 가기를 가슴 아프게, 간절히 빌고 있다는 것을.

이집트산 담배

내 친구 중에 여행가처럼 여기저기 자주 돌아다니는 건축가가 있다. 그 친구가 동양에 갔다가 진기한 물건들을 가지고 돌아와 우리에게 보여주었다.

"이건 네 거야." 그가 작은 상자를 집어서 건네주며 말했다. "넌 담배를 피우잖아. 집에 가져가. 카이로에서 고행자 같은 사람이, 내가 자기한테 친절을 베풀었다고 생각해서 줬어."

광택이 나는 노란 종이로 싸인 상자는 이음매가 안 보이도록 아주 정교하게 붙여져 있었다. 라벨도, 도장도 없었다. 내용물을 알 수 있는 표시가 아무것도 없었다.

"이게 담배라는 걸 어떻게 알았어?" 내가 상자를 받아서, 사람들이 봉해진 편지를 받아 열기 전에 이리저리 살펴보듯, 바보처럼 돌려 보며 물었다.

"그 사람이 그렇게 말하던걸." 건축가가 대답했다. "하지만 그 말이 진짜인지 확인해보는 건 아주 쉽지." 그가 날카롭고 뾰족한 편지 칼을 건넸고 나는 한껏 조심스럽게 뚜껑을 열었다.

상자에는 담배 여섯 개비가 들어 있었는데 손으로 만든 것이 분명해 보였다. 담배를 싼 종이는 연노랑 색이었고 속도 거의 같은 색이었다. 터키나 이집트의 보통 담배보다 더 곱게 잘려 있었고 담뱃잎이 양 끄트머리에 삐져나와 있었다.

"지금 하나 피워볼래, 마담?" 건축가가 성냥을 내밀며 말했다.

"지금 여기서는 안 피워." 내가 대답했다. "커피 마신 다음에 네 흡연실에 슬쩍 들어가게 해주면 피울게. 여긴 담배 냄새를 싫어하는 여자들이 있어서."

흡연실은 짧고 굽은 복도 끝에 있었다. 내부 장식은 전부 동양풍이었다. 넓고 낮은 창이 발코니로 열려 있고 발코니는 정원 위로 튀어나와 있었다. 침대 겸 의자에 비스듬히 기대앉아서 보니 나무 꼭대기가 흔들리는 모습만 보였다. 단풍잎이 오후 햇살을 받아 반짝이고 있었다. 의자 옆에는 나지막한 작은 탁자가 놓여 있었는데 흡연자에게 필요한 용품이 완벽하게 구비돼 있었다. 아주 편안한 느낌이 들었고 희미하게 들려오던 여자들의 끊임없는 수다에서 잠시 도망쳐서 기뻤다.

담배를 꺼내어 불을 붙이고 상자를 탁자 위에 놓인 작은 시계처럼 놓아두는데 은구슬이 구르는 것 같은 낭랑한 소리로 시계가 5시를 알렸다.

나는 그 이집트 담배를 한 차례 길게 빨아들였다. 회녹색 연기가 퍼지더니 작은 기둥 모양으로 뭉게뭉게 피어올랐다. 단풍잎이 어른거리는 달빛에 싸인 듯 어렴풋이 보였다. 묘하게 불안한 기운이 온몸을 통과해서 아득한 와인 향기처럼 머리로 올라왔다. 또 한 번 담배를 깊이 빨아들였다.

"아야! 모래 때문에 뺨에 물집이 생기고 말았네! 얼굴을 모래에 박고 온종일 누워 있었구나. 오늘밤 그 영원한 별들이 타오를 때 강으로 갈 거야."

그는 결코 돌아오지 않을 것이다.

그래서 멀리까지 그를 쫓아갔다. 날 듯이 재빨리, 휘청거리면서, 네 발로 기어서, 팔을 한껏 저으면서. 그리고 나는 여기 모래에 빠져버렸다.

모래 때문에 뺨에 물집이 생겼다. 온몸에 물집이 생겼고 태양이 열기로 나를 짓누르며 고문하고 있다. 저기 야자나무들이 있는 곳이 그늘이다.

나는 밤이 올 때까지 여기 모래 속에 머물러야 한다.

신탁과 별들이 내가 황홀한 삶 뒤에 자초한 죽음을 향해 두 팔을 벌릴 것이고 물속에 잠길 것이라고 했을 때 나는 비웃었다.

아! 모래 때문에 뺨에 물집이 너무 많이 생겼어! 열기를 잠재울 눈물이 없구나. 강은 서늘하고 밤은 멀지 않다.

나는 신들에게 등을 돌리고 말했다. "신은 단 한 분밖에 없습니다. 바르자만이 나의 신입니다." 바로 그 순간이었다. 내가 백합꽃을 달고 화환에 꽃을 꽂은 채 그에게 부서지기 쉽고 향긋한 족쇄를 채운 것이.

그는 결코 돌아오지 않을 것이다. 낙타를 돌려서 떠났다. 그는 몸을 돌려 여기서 웅크리고 있는 나를 보고 빛나는 하얀 이를 내보이며 웃었다.

그는 나에게 키스하고 떠나도 늘 다시 돌아왔다. 불타오르는 분노로 나에게 가시 돋친 말을 퍼붓고 떠나도 항상 다시 돌아왔다. 그런데 오늘은 키스를 하지도 화를 내지도 않았다. 이렇게 말했을 뿐.

"휴! 족쇄와 키스, 너한테도 질려버렸어. 떠날 거야. 다시 너를 보지 않겠어. 사람들이 벌처럼 떼 지어 있는 큰 도시로 갈 거야. 거대한 돌들이 천국을 향해 서서 태어나지 않은 세대를 위한 기념비가 되는, 저 멀리로 갈 거야. 어휴! 질렸어. 너를 다시 보지 않을 거야."

그런 뒤 그는 낙타를 타고 떠났다. 여기 웅크리고 있는 나를 돌아보며 미소를 짓고 하얀 이를 잔인하게 내보였다.

시간이 왜 이리 느리게 흐르는가! 이 모래 속에서 절망을 씹으며 오래 누워 있는 것 같은데. 절망은 쓰디쓰고 결심에 영양분을 주어 키운다.

내 머리 위로 원을 그리며 낮게 날고 있는 새의 퍼덕이는 날갯짓 소리가 들린다.

태양이 사라졌다.

모래가 입술과 이 사이로, 바싹 마른 혀 아래로 비집고 들어왔다.

고개를 들면 저녁별을 볼 수 있을지도 모른다.

아아! 팔과 다리에 고통이! 몸이 찢어진 듯 욱신거리고 멍이 들었다. 왜 오늘 아침처럼 일어나서 달릴 수가 없는 걸까? 왜 다친 뱀처럼 몸을 비틀고 몸부림치며 움직여야 하는 걸까?

강이 가까이에 있다. 들린다—보인다—아! 모래! 아! 빛나! 시원하다! 춥구나!

물이야! 물! 눈에, 귀에, 목에도! 숨이 막힌다! 살려줘! 신들이 나를 살려주지 않을까?

아아! 달콤한 휴식이 황홀하구나! 사원에 음악이 울린다. 그리고 맛있는 과일이 있구나. 바르자가 음악과 함께 왔다. 달이 빛나고 바람이 부드럽다. 화환. 왕의 정원에 들어가서 푸른 백합을 보자, 바르자.

단풍잎이 어른거리는 은색 빛에 감싸인 것 같다. 이제 방에 회녹색 연기가 가득하지 않다. 눈꺼풀을 들어 올리기가 힘들다. 수세기의 무게가, 달아나려 애쓰고 자유를 얻고 숨을 쉬려 발버둥치는 내 영혼을 눌러 숨막히게 하는 것 같았다.

나는 인간의 절망 밑바닥을 맛보았던 것이다.

탁자 위, 작은 시계가 5시 15분을 가리켰다. 담배는 아직 노란 상자에 놓여 있었다. 내가 피운 것은 단 한 개비였다. 그것을 재떨이에 버렸다.

옅은 색 종이에 싸인 담배를 보자 그것들이 또 어떤 환영을 보여줄까 궁금했다. 그 신비로운 연기 속에서 내가 볼 수 없는 것은 무엇일까? 아마도 천국의 평화로운 모습이겠지. 꿈이 이루어진 모습. 내가 상상해본 적이 없는 희열.

담배들을 집어서 두 손으로 구겨버렸다. 창가로 가서 손을 활짝 펼쳤다. 바람이 살짝 불어 그 금빛 가루를 가져가더니 단풍잎 사이로 멀리 이리저리 춤추듯 날려 보냈다.

건축가 친구가 내게 커피를 한 잔 더 가져다주려 커튼을 걷고 들어왔다.

"왜 이렇게 창백해!" 그가 걱정 어린 목소리로 외쳤다. "어디 아픈 거야?"

"꿈 때문에 조금." 내가 말했다.

엘리자베스 스톡의 유일한 이야기

엘리자베스 스톡, 서른여덟 살의 독신 여성이 지난겨울 생 루이 시립 병원에서 폐결핵으로 사망했다. 그 죽음에 특별히 더 안타까운 점은 전혀 없었다. 의사들이 전하는 바에 따르면, 스톡은 회복되리라는 희망을 버리지 않고 있었지만 불치병 병동에 들어가게 되자 결국 용기를 다 잃고 침묵 속에 빠져들어 끝내 그 침묵에서 헤어나지 못했다.

나는 올해 여름 우연히 엘리자베스 스톡이 태어나고 자란 마을인 스톤리프트에 머무르게 되었는데, 그곳 사람들은 엘리자베스가 무언가를 쓰는 데 시간을 아주 많이 쏟아부었다고 했다. 허락을 받은 나는 스톡의 책상을 살펴보았는데 수준 미달인 산문과 우스꽝스러운 운문 천지였다. 그 많은 글 뭉치 중에서 연결되거나 연관성이 있는 이야기 같아 보이는 것은 이것밖에 없었다.

어려서부터 나는 늘 이야기를 쓰고 싶어했다. 눈에 띄게 잘하거나 유명해지려는 야망을 품은 적은 없었다. 우선, 문체를 습득하려면 얼마나 많은 시간과 노력이 필요한지 알고 있었기 때문이다. 둘째로, 이야기를 쓰고 싶은데 플롯을 잘 짤 수가 없었다. 한번은 내가 숲에서 길을 잃어 다시 돌아오지 못한 늙은 시셰파드 이야기를 써서 윌리엄 숙부에게 보여주었더니 이렇게 말했다. "음, 엘리자베스, 내 생각엔 옷 만들기에 집중하는 게 더 나을 것 같아. 이건 이야기가 아니야. 늙은 시셰파드 이야기는 모두가 알잖아."

아니, 문제는 플롯이었다. 내가 생각해낸 플롯이 나중에 알고 보면 나보다 먼저 누군가가 생각했던 것이었다. 하지만 금세 이 자리로 돌아왔다. 그런대로 괜찮은 이야기를 쓸 수 있는 거라는 격려를 받은 나는 아주 솔깃해서 스스로를 부추겼다. "엘리자베스 스톡, 이번이 기회야. 지금 아니면 안 돼!" 그래서 나는 거의 일주일 내내 잠을 자지 않고 거의 꿈꾸는 듯 지내며 머릿속에서 사건들을 이리저리 뒤집고 돌려댔다. 노부인들이 이불을 만들기 위해 퀼트 조각을 돌려대는 것처럼. 사고 난 철로 이야기를 생각해보려고 했는데 안 됐다. 살인사건 이야기도, 사라진 돈 이야기도, 사람을 착각한 이야기조차 생각해낼 수 없었다. 이야기는 독창적이고 재미있고 수많은 행위와 그 밖의 다른 것들로 채워져야 하니까. 소용이 없었다. 포기했다. 하지만 손에 펜을 들고 이렇게 남쪽 창가에 조용하고 평화롭게 앉아 가을바람이 부드럽게 나뭇잎을 살랑이고 있는 걸 보니 문득 내가 어떻게 해서 일자리를 잃었는지 이야기해주고 싶어졌다. 대체로 내 부주의 때문이었지만.

내 이름은 엘리자베스 스톡이다. 서른여덟 살이고 비혼이지만 그렇다고 말하는 것이 부끄럽거나 꺼려지지 않는다. 몇 달 전까지 6년 동안 스톤리프트라는 이 마을의 우체국장이었다. 정부가 한 번 바뀌고 절반이 지나는 동안 내내, 불과 몇 달 전까지.

대체로 이 마을은 너무 작은 것 같다. 너무 작아서 주민들이 서로의 생활을 들여다보게 마련이었다. 복잡한 공동주택에서 남의 집 창을 들여다볼 수 있듯이 말이다. 하지만 나는 이곳 스톤리프트에서 태어났고 큰 불만이 없었다. 꽤 편안했고 내 삶에 대체로 만족했다. 이곳에는 집이 기껏해야 100채 정도 있다. 그것도 상점, 교회, 우체국까지 세고, 언덕 위의 네이선 브라이트먼의 으리으리한 저택도 포함해서이다. 그 저택이 없다면 스톤리프트는 보잘것없어 보일 것이다.

브라이트먼은 대부분 저택을 떠나 있었고 그의 가족도 그랬다. 하지만 그는 이곳을 위해 많은 일을 했고 주민들도 늘 고맙게 여기고 있었다.

그렇지만 여하튼 우체국장도 사람인데 서로서로 다 알고 사는 좁은 동네에 살면서 어쩌다가 우편엽서를 힐끔 훔쳐볼 수 있는 것 아닌가. 다른 사람에게 판단을 맡기겠다. 특히 여자에게 말이다. 다른 사람이어도 어쩔 수 없었을 것이다. 게다가 매우 사적이고 상세한 내용이라면 봉투에 넣어 봉해서 보내지 않았겠는가 말이다.

여하튼 그날 기차가 늦게 왔다. 겨울의 끝 혹은 봄의 시작이었다. 그러니까 어중간한 시기였다는 말이다. 3월 어느 날이었다. 거의 밤이 다 되어서야 5시 15분 정도에 이미 도착했어야 하는 우편물이 들어왔다.

브라이트먼의 딸들은 조랑말 마차를 타고 와서 우편물을 기다리다가 지쳐 이미 한 시간도 전에 가버리고 없었다.

우체국 사무실은 춥고 을씨년스러웠다. 화재가 날까봐 난로를 껐다. 나는 춥고 배가 고팠고 집에 가서 얼른 저녁밥을 먹고 싶어서 안절부절못했다. 기다리던 사람들에게 모두 우편물을 나누어주었다. 그리고 반스 윌러스에게 온 것은 없다고 수천 번 말했다. 반스가 시계처럼 규칙적으로 돌아와서 자꾸 물어본 것이다. 나는 남은 우편물을 얼른 분류하고 옆에 밀쳐두었다. 우편엽서들에 전혀 특별할 것이 없었는데 내가 왜 네이선 브라이트먼의 엽서를 다시 보게 되었는지 정말 알다가도 모를 일이다.

그 엽서는 세인트루이스에서 온 것으로 연필로 커다랗게 '콜린스'라고 서명이 되어 있을 뿐 다른 것은 아무것도 없었다. 그냥 '콜린스'라고만 쓰여 있었다. 내용은 이랬다.

"브라이트먼 귀하: 내일 목요일 오전 10시 참석 요망. 시간 엄수. 중요 이사회 회의. 불참시 불이익. 무슨 일이 있어도 반드시 참석. 콜린스 보냄."

나는 문으로 다가가 주변에 누가 있는지 내다보았다. 하지만 밤 날씨가 몹시 춥고 으스스해서 어슬렁거리던 사람들은 모두 사라지고 없었다. 반스 윌러스라면 나를 집에 바래다주겠다고 서성거릴 법했다. 하지만 나는 이미 오래전에 그가 그러지 못하게 버릇을 고쳐놓았다. 나는 문을 잠그고, 출근할 때처럼 떨면서 집으로 가며, 추위가 캄캄하고 살을 파고드는 것 같네, 아예 꽁꽁 어는 게 낫겠네, 하고 생각했다.

저녁을 먹은 후 편안하게 불 앞에 자리를 잡고서 세인트루이스 신문을 대충 보고 시사이드라이브러리 소설*을 막 읽기 시작할 참이었는데 어쩌다가 네이선 브라이트먼의 엽서가 떠올랐다. 브라이트먼을 아는 언덕 밑 주민이라면 그 엽서가 우체국에 그대로 놓여 있을 경우 브라이트먼 씨가 아침에 세인트루이스에서 열리는 중요한 회의에 못 갈 거라는 것을 불 보듯 뻔하게 알 수 있었다. 물론 나한테는 전혀 중요하지 않은 일이었다. 마음이 찝찝하고 편하게 쉴 수가 없고, 그때 읽고 있는 이야기에 집중이 안 됐다는 것만 빼면. 9시 정도 되어서 나는 책을 내던지고 혼자 이렇게 말했다.

"엘리자베스 스톡, 바보로구나, 그래 맞아." 내가 고무장화를 신고 비옷을 입고 재를 덮어 불을 끄고 우산을 가지고 집에서 나왔다는 말은 할 필요도 없다.

우체국 열쇠를 가지고 내려가서 그 엽서를—사실 브라이트먼의 우편물은 그게 전부여서 따로 떼어놓을 것도 없었다—집은 후 다들 '언덕 위의 집'이라고 부르는 곳으로 출발했다. 그때 내가 무슨 짓을 하고 있는 건지 미리 알았더라면 절대 그렇게 하지 않았을 텐데. 가랑비가 땅에 닿자마자 얼어붙었다. 장화를 안 신었더라면 몇 번이고 미끄러졌을 것이다. 사실은 인도교에서 아주 제대로 한 번 넘어졌다. 바람이 북서쪽

* The Seaside Library. 뉴욕에서 가장 잘 팔린 해적 출판물 시리즈.

에서 아주 세차게 불어오고 있어서 내가 난간을 붙들기도 전에 발이 날아간 것 같았다. 그러다가 한 달 전에 꿰매둔 낡은 장화의 실밥이 삐져나와 있고 그곳으로 물이 들어가고 있다는 것을 알게 됐다. 하지만 나는 괜찮을 것 같았고, 출발할 수 있었고, 되돌아갈 생각은 없었다.

네이선 브라이트먼의 주택으로 오르는 언덕 경사면에는 계단처럼 파인 길이 갈지자로 나 있었다. 그것이 오르막길을 완만하게 오르기 쉽게 해주었다. 그러니까 내 말은, 날씨가 좋을 때 그렇다는 말이다. 하지만 땅바닥이란 게! 그날 밤에는 전혀 쉽지가 않았다. 두 걸음 오르고 한 걸음 미끄러지는 식이었으니. 나는 길섶의 얼어붙은 나뭇가지를 움켜잡았고 우산을 알프스 등반가들처럼 지팡이로 썼다. 삼나무가 신음하고 애절한 풍금처럼 휘파람을 부는 곳에서는 심장이 거의 멎을 뻔했다. 때로는 고통 속에 죽어가는 영혼처럼 깊고 약하게 숨을 쉬었다.

그때 나는 어리석게도 비옷 아래 따뜻한 옷을 받쳐 입고 오지 않았다. 안 입은 것처럼 편안한 뜨개 재킷을 입었으면 좋았을 텐데. 낮에 너무 따뜻해서 봄이 왔다고 속을 만했다. 다들 봄을 기다리고 있기도 했다. 난초도 봉오리를 맺으려 했고 말이다.

하지만 그 엽서를 본 네이선 브라이트먼의 표정을 보자, 나는 힘들게 걱정하며 걸어 올라간 기억을 까맣게 잊었다. 브라이트먼은 나를 난롯가에 앉히고 발을 말리게 하고는 이렇게 말했다.

"이런, 엘리자베스 양, 너무도 고맙습니다. 이런 밤중이라 더더욱 감사해요. 여보, 마거릿, 엘리자베스 양께 좀 독한 토디를 한 잔 타 드려요."

나는 알코올의 맛과 냄새를 참을 수 없었다. 윌리엄 숙부는 토디 냄새를 맡고 마시면 약을 먹은 듯 다 해결된다고 말하곤 했다.

여하튼 브라이트먼 씨는 딸들을 시켜 부산하게 왔다 갔다 하며 여행가방을 채우게 했다. 한 명이 커다란 외투를 가져오고 또 한 명이 머플러와 우산을 챙기더니 여기서 세 사람 모두가 브라이트먼이 세인트루이스에서 가지고 오면 좋겠다고 생각하는 수많은 물건의 목록을 만들었다.

당장 떠날 준비가 된 것 같았는데 나도 그 즈음에 몸이 어느 정도 녹아서 브라이트먼과 함께 나섰다. 그와 함께 가니 아주 안심이 되기도 했다. 그는 아주 예의가 발랐고 계속 이렇게 말해주었다.

"조심하세요. 엘리자베스 양! 여기선 조심하세요. 이제 천천히요. 이런! 춥군요! 이런 날씨에 과일 나무가 어떻게 될지 뻔하군요." 그는 내가 나갈 문으로 가서 내가 지나가게 도와주었다. 그런 다음 그는 역으로 갔다. 심야열차가 천둥처럼 우르릉거리고 역사를 뒤흔들며 굽이길에서 맹렬하게 달려오고 있을 때 나는 옷을 갈아입고 난로 옆에 앉아서 뜨거운 차를 마시고 있을 것이었다. 브라이트먼이 그 기차를 탔다고 생각하고 마음을 푹 놓았다. 뭐, 인간이란 다들 좀 이기적인 존재이지 않나! 사무실에 그 엽서를 그대로 두었더라면 그날 밤에 한숨도 못 잤을 것 같았다.

윌리엄 숙부는 이 심한 감기가 다 거기 걸어갔다 와서 그런 것이라고 할 것이다. 우리 집안이 대대로 폐가 약한 것으로 유명하다는 것은 숙부도 나도 인정해야 했지만.

여하튼 나는 봄 내내 자주 아팠다. 어떤 때는 무거운 몸을 끌고 겨우 출근을 했는데 서 있을 수 없을 정도였다. 어느 날 아침 마른하늘에 날벼락처럼 워싱턴에서 공문이 날아와, 나를 스톤리프트 우체국장직에서 해임한다고 알렸다. 그 공문을 읽을 때 나는 오한이 난 것처럼 온몸이 부들부들 떨렸다. 그리고 속이 뒤틀리고 이가 떨렸다. 내가 그 서류를 펴볼 때 반스 윌리스 말고는 사무실에 아무도 없어서 그에게 그것을 읽어보라 하고 그게 무슨 뜻인지 물었다. 이해하고 싶지 않은 것을 이해할 수 없는 법이니까. 윌리스는 이렇게 말해주었다.

"국장 직을 잃은 거야, 엘리자베스. 그 말이야. 잘린 거라고."

나는 약간 멍하게 편지를 빼앗고 이렇게 말했다.

"알아봐야겠어. 윌리엄 숙부를 만나볼래. 뭐라고 하는지 들어봐야지. 아마 뭔가 실수가 있는 걸 거야."

"정부는 실수 같은 건 안 해." 반스가 말했다. "여기 우체국에서 탄원을 올려야 해. 그게 더 나아. 정부에 탄원을 올려."

이 문제에 대해서는 자세히 설명할 필요가 없을 것 같다. 직원들은 모두 분개했고 그것이 모욕이라고 했다. 사람들은 내가 해고의 근거를 알아내야 한다고 했다. 나는 내가 아파서가 아닐까 생각했다. 열과 기침 때문에 조만간 사직서를 내야 한다고 생각했기 때문이다. 그러나 알아본 바에 의하면 무능과 직무 태만 때문이었다. 내가 엽서를 읽어보고, 사람들이 자기 우편물을 마음대로 가져가게 했다는 혐의였다. 내가 아는 한 네이선 브라이트먼을 제외하고는 그런 경우가 없었다. 브라이트먼은 항상 손을 뻗으며 이렇게 말하곤 했다.

"그냥 두세요, 엘리자베스 양." 내가 편지를 분류하려고 할 때면 그는 이렇게 말했다. 그리고 안 그랬어야 했는데 편지에 손을 뻗었다.

하지만 이제 다 끝난 일이다. 26일이면 사무실에서 나온 지 두 달이 된다. 그 자리에는 콜린스라는 젊은 남자가 앉았다. 세인트루이스의 부유하고 세력 있는 집 아들이었다. 사업에 어울리지 않는 예민하고 시인 같은 성격의 젊은이였는데, 우체국 자리가 비자 집안에서 그를 그 자리에 앉히려고 영향력을 행사했다. 그에게 아주 잘 맞는 자리라고 생각해서였다. 내 생각도 그렇기는 하다. 나는 진심으로 그 사람이 잘되기를 바란다. 콜린스는 조용하고 예절 바른 젊은이다. 주민들 몇은 거부운동을 할 생각이었다. 시작은 반스 월러스였다. 나는 사람들에게 그것은 제정신이 아닌 짓이라고 하고, 반스 월러스에게는 바보 같은 짓이라고 말했다.

"나 바보 맞아, 엘리자베스 스톡." 월러스가 말했다. "20년 동안 네 주변을 맴돌 만큼 바보지."

반스의 문제는 머리가 나쁘다는 것이었다. 나는 윌리엄 숙부 머리가 더 좋다고 진심으로 믿는다. 윌리엄 숙부는 나더러 세인트루이스에 가서 치료를 받는 게 좋겠다고 했다. 나는 그곳으로 갔다. 의사가 이렇게 숨이 차고 기침이 나면 남쪽에서 겨울을 보내는 것이 좋겠다고 말했다. 하지만 더는 돈이 없었다. 있다고 해도 푼돈밖에 없었다. 대니를 학교에 보내고 최근에 이곳에서 이런저런 일에 쓰고 나니 돈이 남지 않았다. 하지만 대니를 탓할 생각은 없었다. 내 생각에 그 애가 마르사 언니의 아들들 중 유일하게 똑똑했다. 그리고 얼마나 공부를 하고 싶어했던지! 학교에 보내지 않는다면 죄를 짓는 것 같았다. 물론 이제 직장을 잃었으니 아이를 데리고 왔다. 하지만 필모어 그린에서 식료품 판매 일을 배우게 했고 모두를 위해 그게 최선일지도 모른다. 잘될 수도 있지 않은가!

하지만 나는 정말, 정말로 무엇을 해야 할지 모르겠다. 밧줄 끝에 다다른 것 같다. 아! 이 남쪽 창가에 앉아 있으니 기분이 아주 좋다. 산들바람이 5월처럼 부드럽고 따스하고, 나뭇잎은 새처럼 날아다닌다. 이곳에 그대로 앉아서 모든 것을 잊어버리고 잠이 들어 깨어나지 않으면 좋겠다. 이렇게 바라는 것은 죄악일지도 모른다. 여하튼, 내가 할 일은 모든 것을 신의 손에 맡기고 운을 따르는 것밖에 없다.

첫 파티

·

파티 드레스는 은은한 분홍빛이 도는 하얀 오건디*로 만들어져 밀리 방 샹들리에 아래 걸려 있었다.

밀리는 중요한 연회에는 한 번도 가본 적이 없었고 아직 그런 데 갈 만큼 나이가 들지 않았다. 하지만 이번 것은 어른들이 가는 그런 파티와 전혀 달랐다. 밀리와 오빠 밥이 어머니를 설득할 때도 그렇게 말했다. 밥의 학급이 겨우 몇 블록 떨어져 있는 칼리지 홀에서 그 파티를 열기로 돼 있었다. 몸짓 보고 맞히기, 활인화**, 암송을 하기로 했는데 모든 활동에서 밀리가 주도적인 역할을 맡기로 돼 있었다.

밀리가 아는 사람들은 다 간다고 했다. 그러니까 열여섯 살에서 스무 살 사이라면 모두 갈 것이었다. 하지만 아무도 밀리처럼 좋아서 펄펄 뛰

* 아주 얇고 반투명한 모직물.

** 배경을 적당하게 꾸미고, 분장한 사람이 그림 속의 사람처럼 보이게 만든 구경거리.

며 기대에 들떠 있지는 않았다. 밀리는 매일, 밤이면 파티를 꿈꾸었고 낮이면 테르프시코레*의 정령에 사로잡힌 듯 집 구석구석 방방마다 자세를 잡고 낭송을 하고 춤을 추며 돌아다녔다.

무슨 일이 일어나면 어쩌지! 생각만으로도 오싹해졌다. 하지만 기껏해야 비가 오는 것 말고는 일어날 일이 없었고, 비는 일기예보를 보면 될 일이었다. 수백 마일 떨어진 곳에 사는 이모 밀드레드가 많이 아픈 것은 분명했다. 그래서 밀리의 어머니가 잠자리에 들 때 어두운 표정이었다.

파티 드레스에 불이 붙어서 타버릴 수도 있었다. 새로 만들 시간은 없는데. 밀리가 집 안을 춤추며 돌아다니다가 굴러 떨어져 발목을 삘 수도 있었다. 그 생각을 하니 20초 동안 정신이 번쩍 들었다.

밀리는 파티 날 아침 식사 자리에서 도저히 토스트나 양고기처럼 평범한 것에 관심이 있는 척할 수가 없었다.

밀리는 이것저것 질문을 막 쏟아내고 불안해하는 모습으로 밥을 걱정시켰다. 자리에서 일어나 어머니를 와락 끌어안은 다음 부엌으로 가서 샹들리에 아래에 있는 그 분홍빛이 도는 하얀 것을 보려고 하녀인 키티를 2층에 보냈다.

얼마 뒤 밀리는 가만히 있지 못하고 앞쪽 계단에 나가 서서 뿌연 10월의 하늘을 바라보며 직접 날씨를 예측해보려고 조짐을 살폈다. 바로

* 그리스 신화에 나오는 뮤즈 중 한 명으로 합창과 춤을 관장하는 여신이다.

그때 우체부가 와서 정중하게 인사를 하고 아주 두툼한 편지 뭉치를 건넸다.

밀리가 느릿느릿 집으로 돌아서면서 광고 전단과 편지를 대충 분류했다. 제인 이모가 어머니에게 보낸 편지가 있었다. 밀리가 잘 아는 그 딱딱하고 각진 필체로 쓰여 있었다. 밀드레드 이모가 아파서 누워 있는 먼 곳에서 보낸 것이었다.

그 순간 밀리는 두려움이 엄습해 눈앞이 핑 돌았다. 조용한 응접실로 가만히 들어가 제인 이모의 편지 봉투를 바라보며 어쩔 줄 모른 채 앉아 있었다. 손가락이, 봉투 안에 든 골치 아픈 내용을 만져서 다 아는 것 같았다. 눈이, 고대하고 기대하는 즐거운 일에 대한 위협을 꿰뚫어 보고 들여다본 것 같았다.

하루 만에 뭐가 달라질까? 밀리는 편지를 이리저리 뒤집었다. 하루 만에 뭐가 달라질 수 있을까? 전혀 상관없다고 생각했다. 그래도 편지를 주머니에 밀어 넣을 때 죄책감으로 심장이 마구 뛰었다.

그런 뒤 밀리는 위층에 올라가 우편물을 늘 두는 거실 탁자 위에 놓았다. 수치스러워하는 양심이 드러날 그 순간 어머니가 그곳에 없어서 다행이었다.

너무도 끔찍한 일이어서 기쁜 마음이 다소 누그러들었다. 학교에 있는 동안 주머니 속 편지를 자기도 모르게 만져보면 생물, 파충류, 끈적이는 무언가 같았다. 하마터면 3시에 집에 가서 어머니에게 드려야겠다고 마음을 바꿔 먹을 뻔했다.

아냐, 즐거운 시간이 기다려! 수다를 떨자! 여자아이들은 나무 아래를 지나며 적갈색 잎사귀 사이의 참새처럼 재잘댔다. 드레스와 머리 장식, 슬리퍼, 팔랑거리는 리본 이야기를 숨도 안 쉬고 떠들어댔다. 하지만 밀리는 자기 방 샹들리에 아래 떠 있는 핑크빛 하얀 구름과는 아무것도 비교할 수 없다고 생각했다. 다시 간절하게 파티가 기다려졌고 이제 아무것도 방해하지 않았다. 불안하고 슬퍼서 착잡해진 어머니의 얼굴을 보아도 아무렇지 않았다.

밀리가 그날 밤 집안일을 감독하러 나타났을 때 밥은 예쁜 여동생이 너무 자랑스러웠지만 그런 말을 하면 너무 약해 보일 거라고 생각했다.

"밀리, 뺨에 물감을 좀 지워야겠네." 어머나, 너무 웃기다! 하녀 키티가 그 농담이 재미있어서 거의 울부짖었다.

"이번엔 눈 속의 반짝이는 걸 떨어내라고 말하세요. 밥 도련님. 그 반짝이는 걸 가져가세요!"

밀리는 어머니가 그런 날을 위해 유물상자에 보관해둔 폭신하고 하얀 케이프를 입히는 동안 흥분한 상태로 진열장의 자동 마네킹처럼 빙빙 돌았다.

그런 파티가 수천 번 있다지만 밀리는 그 말을 절대 믿을 수 없었다.

밀리의 암송에 박수가 얼마나 쏟아지던지! 밀리의 동작에 다들 어찌나 웃어젖히던지! 아름다운 활인화에는 얼마나 칭찬이 쏟아졌던지! 그리고 칼리지 남자애들의 시선과 칭찬이라니! 그 아이스크림 산, 스폰지 케이크 섬, 레모네이드 강이라니!

집으로 오는 동안에도 흥분이 가시지 않았다. 밥의 팔짱을 끼고 있던 밀리는 배려 없이 성큼성큼 걷는 밥의 발걸음을 따라잡느라 거의 춤추듯 종종거리며 재빨리 걸었다. 그래서 가자마자 베개에 얼굴을 파묻었다.

하지만 눈을 감기 전 감각이 잠시 사라졌다. 기쁨이 모조리 묽어져 마음에서 사라졌고 밤 내내 꿈속에 편지만 나왔다.

이튿날 아침 밀리가 괜히 앞쪽 계단에 나가 서 있었던 것이 아니었다. 밀리는 핼쑥했다. 밥의 말대로 무언가가 뺨에서 물감을 지워버렸고 눈에서 반짝임을 앗아가고 멍한 불안을 남겨놓았다.

밀리는 우체부를 기다리고 있었다. 우체부가 납작한 편지 뭉치를 주자 밀리가 주머니에서 편지를 꺼내 올린 뒤 바로 어머니에게 가지고 갔다. 어머니는 거실에 앉아 바느질을 하느라 고개를 숙이고 있었다.

밀리는 돌아가지 않고 약간 떨어져서 어머니를 지켜보았다. 어머니의 눈에 눈물이 차올라 손에서 펄럭이는 편지에 떨어졌을 때 밀리는 왜 그랬는지 몰라도 놀라지 않았다.

"무슨 일이에요, 어머니?" 밀리가 자기 목소리 같지 않은 건조한 목소리로 물었다. 튀듯이 다가가서 어머니를 팔로 감싸 자신의 고동치는 가슴에 끌어안았다. "왜 그래요, 엄마? 왜 울어요?"

"밀드레드 이모가 낫지 않는대. 의사들이 손을 놓았어. 가봐야겠어. 가야 돼!" 어머니는 흥분해 벌떡 일어나서 밀리를 당겨 안았다.

"넌 언니가 없잖아, 밀리. 넌 몰라" 어머니는 중간중간 흐느끼면서 "사랑하는 언니! 결혼 전엔 서로에게 서로가 전부였어. 제인은 달라. 제인 언니는 나이도 많고 완고했지. 가야 해." 떨고 있는 딸을 놓아주며 어머니는 말을 이었다. "키티를 시켜서 바로 준비해야겠어. 언니가 돌아가시기 전에 도착하면 좋겠는데."

기차가 밀리의 어머니를 태우고 역을 떠나고 나자 밀리는 열병 같은 불안의 포로가 되었다. 토요일이어서 학교에 가지 않았다. 밀리는 혼자 멀리 교외까지 걸었다. 자신이 빨리 걸으면 기차 바퀴도 빨리 돌아갈 거라는 듯 급히 걸었다. 그리고 이런 생각만 계속 했다.

"어머니가 몇 시간 후면 도착하실 거고, 그러면 다 괜찮을 거야."

밀리가 밀드레드 이모를 본 적은 있었지만 자주 만나지 않아서 이모 때문에 슬프지는 않았다. 어머니가 슬퍼하니 덩달아 슬픈 것뿐이었다.

밀리는 어머니 생각뿐이었다. 이 방에서 저 방으로 가면서 시계를 보았다. 거의 1초에 한 번씩 시계를 봤다. 시간이 너무 느리게 가고 있었다. 점심 식사 때 밥이 밀리에게 식사를 하라고 재촉했지만 할 수가 없었다. 차가운 손으로 차만 겨우 따를 수 있었고 시무룩한 눈길은 하얀 테이블보에 머물렀다.

오후에 어머니 앞으로 전보가 왔다. 밥이 열어서 함께 읽어보았다.

밀드레드, 오늘 1시에 운명.—제인

밥은 밀리가 왜 그렇게 갑작스럽고 심하게 슬퍼하는지 이해할 수 없었지만 몇 시간 동안 걱정하며 딱하게 여겼다. 밥은 지금까지도 그 일을 이해하지 못한다. 밀리가 진심으로 고통스럽게 뉘우치고 용서받기를 비굴하게 빌었지만 밥에게 한 것이 아니었으니까.

밀리는 이제 다 자랐고 그 이후로 수많은 파티에 참석했다. 하지만 그 첫 파티와 같은 파티는 한 번도 없었다.

"칼리지 홀에서 그 파티 날, 밀리 기억나세요? 암송했던 거?" 얼마 전 어느 날 저녁 친절한 후견인이 안경을 들어 올리며 말했다. "밀리가 정말 많이 변했어요! 품위 있고! 얌전한 자세하며! 하지만 뭔가 없어진 것 같아요."

"그래요?" 다른 친절한 후견인이 안경이 필요 없는 더 초롱초롱한 눈으로 말했다. "제가 보기엔 무언가가 생긴 것 같은데요."

옮긴이의 말

·

케이트 쇼팽은 우리나라에서 『각성』 이외의 작품은 그다지 잘 알려지지 않았으나 미국문학사에서는 수많은 학술지와 논문, 비평을 통해 매우 중요한 작가로 인정받고 있다. 뛰어난 예술가들이 흔히 그렇듯 쇼팽도 당대에는 부정적인 평가를 더 많이 받았고 긍정적인 평가도 대부분 미국 남부 루이지애나 지방에 거주하는 크레올과 케이준의 생활·문화를 잘 표현하는 지역주의 작가로서 받은 것이었다. 그러나 1960년대 후반부터 샬럿 퍼킨스 길먼, 버지니아 울프 같은 작가들과 함께 페미니즘의 선구자로 평가받았다. 이 책에 실린 작품 중에도 당시 남성 중심적인 미국 남부 사회 여성의 자율성과 독립, 정체성 확립을 위한 내외적인 싸움을 빼고는 논할 수 없는 작품들이 있다. 더욱이 노예제 폐지 이전 미국 남부 뉴올리언스에서 백인과 비백인의 구별이 엄격했고, 백인은 다시 크레올과 아카디안으로, 비백인은 물라토, 쿼드룬, 흑인으로 구분되었다. 이런 인종 구분에 여성이라는 단어가 더해져 여성 케이준, 여성 혼혈, 여성 흑인이 되었을 때 억압의 무게가 더 가혹해졌을 것은 말할 필요도 없을 것이다. 그러나 케이트 쇼팽은 여성주의라는 단어로만 규정하기에는 더 복잡하고 더 넓은 작가이다. 쇼팽은 인생에서 장애물을 맞닥뜨리고 길을 잃고 혼란을 겪으며 욕망을 발견하고 자신을 되돌아보고 새로운 길을 발견하는 인물들을 보여준다. 하지만 독자는 인생이 발전과 성장으로 그렇게 간단히 정리될 리가 없다는 것을 알고 있다. 그래서 작가가 다소 모호하고 서둘러 마무리한 듯한 결말을 마련해놓은 것인지도 모른다. 인물들의 인생이 이야기가 끝난 지점에서부터 다시 시작되도록.

쇼팽은 결혼 후 살게 된 뉴올리언스에서 백인 크레올과 아카디안의 문화를 접한 뒤 그것을 작품에 녹여내었다. 크레올은 미국 남부에 식민지를 건설하며 정착한 프랑스와 스페인 인의 후손들을 가리킨다. 이후 이 지역 혼혈들을 널리 가리키는 말로 사용되었지만 쇼팽의 작품 속에서는 주로 백인이며 프랑스식 이름에 프랑스어를 많이 사용하고 저택에 거주하는 부유한 사람인 경우가 많다. 반면 아카디안은 이후 케이준이라는 이름으로 우리에게 더 익숙한 사람들로 캐나다에서 영국의 지배를 거부하여 미국으로 쫓겨난 프랑스인들을 가리킨다. 식민지 정착민의 후손인 크레올과 달리 가난한 백인이다. 예를 들면 「아카디안 무도회에서」의 알세와 클라리세는 상류계급 크레올이고 보빈트와 칼릭스타는 낮은 계급 케이준이다. 알세와 칼릭스타가 서로 호감을 품고 연애를 하기는 하지만 결국 결혼은 각자 다른 상대와 하게 되는 이유가 바로 크레올과 케이준의 계급 차이 때문이다.

표제작인 「편견의 문제」는 편견을 극복하는 카람보 부인의 이야기이다. 부인은 개, 고양이, 거리의 악사, 미국인, 독일인, 신앙이 다른 사람, 프랑스적이지 않은 모든 것을 혐오했고 때문에 아들과 의절까지 했다. 손녀를 매개로 아들과 화해하게 되는 과정을 그려 줄거리는 간단하지만 결말은 아주 명쾌하지 않다. 편견이 결코 완전히 사라지지 않을 것이라는 암시로도 읽을 수 있을 것 같다. 이렇게 표면적으로는 매끈하게 결말을 지은 것처럼 보이지만 찜찜하게 무언가 남은 느낌을 주는 작품들이 또 있다. 「셀레스틴 부인의 이혼」의 경우도 부인이 이혼하지 않고 살기로 결심하고 남편에게 맹세를 받아내며 끝이 나는데 독자로서는 헛물만 켠 법률가처럼 뒤통수를 맞은 느낌이 든다. 부인의 결혼생활이 끝내 잘 유지될 것이라는 예감이 들지도 않고 말이다. 「점잖은 여자」는 부인의 마지막 말도 의미가 모호하다. 남편은 부인이 구버나일을 싫어하는 마음을 이겨냈다고 생각하지만 부인의 대답 '모두 다 이겨냈다'의 모두가 무엇인지, 자신의 욕망을 극복했다는 뜻인지 욕망을 억제하려는 이성을 벗어났다는 뜻인지 혼란스럽다.

작품 속 인물들의 행동은 예상되는 경로에서 대체로 벗어나 있다. 남자의 청혼을 무시하고 아버지와 가족을 택해 가난과 무지로 돌아가는 아젤리가 그러하고 전혀 문제가 없는 것처럼 보이는 결혼생활에서 폭풍처럼 갑작스럽고 격렬하고 짧게 외도를 하는 「폭풍우」의 두 주인공도 그러하다. 특히 폭풍우가 지나고 돌아가는 알세를 향해 '턱을 쳐들고 소리 내어 웃'는 칼릭스타를 보면 도덕적 판단은 미루어두고 우선 통쾌함조차 느낄 수 있다. 또 「한 시간 동안의 이야기」에서 맬라드 부인은 남편의 (착오로 인한) 부고에 슬픔을 금세 추스르고 자기주장이 생긴 마당에 사랑 따위는 중요하지 않다며 거의 접신의 경지로 결혼생활로부터 벗어난 자유를 만끽한다. 「실크 스타킹 한 켤레」의 알뜰한 부인은 공돈이 생겨 용처를 고민하느라 밤을 새웠지만 실크 스타킹의 감촉에 자신을 위한 소비와 향유의 욕망이 깨어나 끝내 전차를 기다리며 멍하게 앉게 되고 만다. 이 작품도 보기에 따라 자신의 욕망을 발견하는 이야기로도, 욕망의 모습으로 인간을 유혹하는 자본과 소비의 힘을 비판하는 이야기로도 읽을 수 있을 것 같다. 「오젬의 휴가」의 오젬은 일 년에 한 번 떠나는 여행에서 말 그대로 경로를 벗어나게 되고 본의 아니게 목화를 따고 아이를 치료하느라 휴가 기간을 다 쓰고 만다. 선행의 뿌듯함으로 돌아왔을 것 같은데 왜 부끄러움을 느꼈는지 생각하는 것도 역시 독자의 몫으로 남았다.

여성의 독립성과 결혼의 문제에서 가장 중요할 작품은 아마도 「아테나이즈」와 「쟁점!」일 것이다. 결혼 자체를 혐오하여 가출을 감행하는 아테나이즈와 부부 상호 독립적인 생활 계약을 맺고 실험적인 결혼생활을 시작한 부부의 이야기이다. 「아테나이즈」는 가부장적인 남편과 답답한 결혼생활에서 벗어나려고 했다가 임신 확인 후 육체적 욕망을 인식하고 가정으로 돌아가는 이야기이다. 임신으로 남편에게 돌아가는 결말이 오빠 몬테클린의 말대로 가장 진부한 해결방법인지, 임신이 일종의 계기로 작동했을 뿐 스스로의 판단에 의해 의지를 가지게 된 것으로 보아야 할지는 생각해볼 문제이다. 또한 이 작품에서 중요한 것은 인물의 내면이다. 내면을 들여다보면 남편 캐조는 단순히 억압적인 가부장이 아니다. 미숙하기는 하지만 아내에게 사랑을 강요할 수 없다는 것을 알고 아내가 자발적으로 돌아올 때까지 기다린다. 그러나 또 마냥 편을 들 수만은 없는 것이 캐조가 아내의 가출을 노예의 탈출과 같은 것으로 여긴다는 점이다. 이렇게 내면을 들여다볼 때 인물들 모두가 결함을 가지고 있기 때문에 어느 한쪽에만 공감할 수가 없다. 이렇게 케이트 쇼팽이 결혼이나 여성의 정체성, 성적 인식에 있어서 시대를 앞서간 것이 분명하지만 거기에서 그치지 않았다. 「쟁점!」은 실험적인 결혼생활에서 서로 상대의 인식적 한계를 확인하지만 스스로의 한계는 모르거나 모른 척하는 이야기이다. 결혼이 '서로의 개별성은 전혀 건드리지 않고 (…) 각자가 자유롭고 완전한 한 인간으로 유지'되도록 하되 그것이 '서로에 대한 사랑과 명예, 예절에 대한 신뢰'를 바탕으로 한다는 결혼 계약은 이상적인 부부 관계를 가능하게 해줄 것 같았는데 말이다. 그 계약이 잠깐 위기를 맞았던 것이 질투나 외도와 같은, 인간이라면 극복하기 힘든 감정적이고 육체적인 문제 때문이었는지, 작품이 해피엔딩으로 끝난 이후 이 부부의 결혼생활은 어떻게 전개될지 생각해보게 된다.

이 책에 실린 것 중 대표적인 비극인 「데지레의 아기」는 한 여성의 불행을 통해 인종, 계급, 성별 문제를 다루고 있다. 가혹한 인종차별이 인종을 숨기는 패싱(passing)을 낳고 데지레와 아기에게 불행의 원인이 된다. 그러나 그토록 엄격하게 구분하고 배척하는 관습이 마지막 반전을 통해 사실은 허구가 아닐지 회의하게 된다. 「절세미인 조라이드」 역시 비극으로, 흑인을 사랑한 혼혈 여성이 백인 주인의 소유욕 때문에 아이를 빼앗기고 미쳐버린 처절하게 슬픈 이야기이다. 그 외에도 부를 가져다주는 결혼과 육체적 쾌락을 가져다주는 다른 남자를 동시에 얻으려 한 앙큼한 여자의 이야기 「키스」, 외로움을 자각하고 울음을 터뜨리는 씩씩한 여자의 「후회」, 환영 속에서 인간 절망의 밑바닥을 보게 되는 실험적 작품 「이집트산 담배」 등 다양한 이야기들을 실었다. 지적인 도시 여자와 농장 떠돌이 일꾼 사이의 성추행과 사과, 용서, 욕망의 문제를 다룬 「수치스러운 일」도 특유의 짧고 강렬한 작품이다.

이 책은 케이트 쇼팽이 약 15년 동안 쓴 100편이 넘는 단편소설 중 23편을 가려 뽑은 것이다. 짧은 작품이 많은 덕분에 비교적 여러 편을 한 권에 수록할 수 있었지만 작가를 제대로 알기에는 여전히 부족한 양이라고 생각한다. 앞으로 더 많은 작품이 번역 · 연구되고 감상이 이루어지길 바란다.

수록 작품의 원제명

· 데지레의 아기 Désirée's Baby (1892. 11.)

· 셀레스틴 부인의 이혼 Madame Célestin's Divorce (1893. 5.)

· 바이유 테셰의 신사 A Gentleman of Bayou Têche (1893. 11.)

· 절세미인 조라이드 La Belle Zoraïde (1893. 9.)

· 편견의 문제 A Matter of Prejudice (1893. 6.)

· 수치스러운 일 A Shameful Affair (1891. 6.)

· 쟁점! A Point at Issue! (1889. 8)

· 아젤리 Azélie (1893. 7.)

· 점잖은 여자 A Respectable Woman (1894. 1.)

· 후회 Regret (1894. 9.)

· 오젬의 휴가 Ozème's Holiday (1894. 9.)

· 아테나이즈 Athénaïse (1895. 4.)

· 페도라 Fedora (1895. 11.)

· 한 시간 동안의 이야기 The Story of an Hour (1894. 4.)

· 아카디안 무도회에서 At The 'Cadian Ball (1892. 7.)

· 폭풍우 The Storm (1898. 7.)

· 키스 The Kiss (1894. 9.)

· 죽은 사람 신발 Dead Men's Shoes (1895. 2.)

· 눈먼 남자 The Blind Man (1896. 7.)

· 실크 스타킹 한 켤레 A Pair of Silk Stockings (1896. 4.)

· 이집트산 담배 An Egyptian Cigarette (1897. 4.)

· 엘리자베스 스톡의 유일한 이야기 Elizabeth Stock's One Story (1898. 3.)

· 첫 파티 Her First Party (1901. 10.)

*숫자는 집필시기

케이트 쇼팽이 걸어온 길

1850년 2월 8일	미국 미주리 주 세인트루이스에서 프랑스계 크레올인 엘리자 파리스(Eliza Faris)와 아일랜드계 이민자인 토머스 오플래허티(Thomas O'Flaherty) 사이에서 태어났다. 아버지는 성공한 사업가였으며, 어머니는 세인트루이스의 프랑스계 사회에서 활발하게 활동했다.
1855년(5세)	아버지가 철도 사고로 사망한다. 세인트루이스의 여성 가톨릭 사립학교인 성심 아카데미(Academy of the Sacred Heart)에서 학업을 시작한다. 이곳에서 친구 키티 가레셰(Kitty Garasche)와 수녀들과 깊이 교류한다. 아버지가 돌아가신 후에는 어머니, 외할머니, 외증조할머니 밑에서 자란다. 외증조할머니는 그녀에게 프랑스어, 음악, 옛이야기와 "명확하고 두려움 없이" 살라고 가르쳤다.
1863년(13세)	외증조할머니 빅토리아 베르동 샤르빌(Victoria Verdon Charleville)이 사망한다. 이복형제 조지 오플래허티(George O'Flaherty)가 미국 남북 전쟁의 남부군으로 참전했다가 장티푸스에 걸려 사망한다. 이때 키티와도 헤어지는데, 남부 동맹을 지지한다는 이유로 가레셰 가족이 세인트루이스에서 추방된다.
1868년(18세)	성심 아카데미를 졸업한다.
1869년(19세)	루이지애나에서 목화 재배를 하는 부유한 집안의 아들, 오스카 쇼팽(Oscar Chopin)을 만난다. 이 해 말부터 단편 「해방: 인생 우화(Emancipation. A Life Fable)」를 쓰기 시작해 이듬해 초에 완성한다.
1870년(20세)	오스카와 세인트루이스에서 결혼한다. 유럽으로 신혼여행을 떠나고 프랑스-프로이센 전쟁 발발로 3개월 후에 돌아온다. 부부는 10월 루이지애나 주 뉴올리언스에 정착한다. 뉴올리언스에서 지내며 크레올 문화를 접한다. 이때의 생활이 훗날 작품 소재가 되었다.

1879년(29세)	오스카의 면화 사업이 실패하고 가족 모두 루이지애나 주 내커터시 남부 클라우티어빌로 이주한다. 오스카는 이곳에서 작은 농장 여러 개와 잡화점을 관리한다. 그녀는 지역 사회에 활발히 참여하며 미국 남부로 이주한 아카디아 출신의 프랑스인들과 가깝게 지낸다.
1882년(32세)	오스카가 말라리아로 사망한다. 그녀에게는 여섯 명의 어린 자녀와 4만 2천 달러의 빚이 남겨진다. 남편이 운영했던 농장과 잡화상을 이어가려 애쓴다.
1884년(34세)	어머니의 요청으로 사업을 정리하고 다시 세인트루이스로 돌아간다.
1885년(35세)	어머니가 사망한다. 짧은 기간 동안 남편과 어머니를 잃은 뒤 우울증을 앓는다. 의사이자 친구 프레더릭 콜벤하이어(Frederick Kolbenheyer)가 치유의 방편으로 글쓰기를 권한다. 글쓰기는 쇼팽의 넘치는 에너지를 분출할 수 있는 통로이자 주소득원이 되었다.
1888년(38세)	첫 번째 시 〈그럴 수 있다면(If It Might Be)〉을 쓰기 시작한다.
1889년(39세)	〈그럴 수 있다면〉이 문학 · 정치 잡지 《아메리카(America)》에 게재된다. 단편 「신보다 지혜로운(Wiser than a God)」과 「쟁점!(A Point at Issue!)」이 《세인트루이스 포스트 디스패치(St. Louis Post-Dispatch)》에 실린다.
1890년(40세)	첫 장편 소설 『잘못(At Fault)』을 개인 출판한다. T. S. 엘리엇의 어머니 샬럿 챔프 스턴스(Charlotte Champe Stearns)가 운영하는 '수요일' 클럽에 가입하고 2년 후 탈퇴한다. 1890년대 초에는 모건 가 3317에 있는 자신의 집에서 문학 살롱 '목요일'을 직접 열어 작가, 예술가, 언론인, 편집자 등과 교류한다.
1891년(41세)	「젊은 의사 고세(Young Dr. Gosse)」를 여러 출판사에 투고하지만 모두 거절당한다. 나중에 원고를 폐기하고 만다. 「모브리 부인의 이유(Mrs. Mobry's Reason)」, 「수치스러운 일」을 쓴다. 《어린이의 벗(Youth's Companion)》과 《하퍼의 젊은이들(Harper's Young People)》 등에 어린이와 어른이 모두 읽을 수 있는 단편 동화와 단편소설, 칼럼 등을 발표하기 시작한다.
1893년(43세)	《보그(Vogue)》 1월호에 「데지레의 아기」가 실린다. 「셀레스틴 부인의 이혼」, 「편견의 문제」, 「아젤리」, 「절세미인 조라이드」 등 여러 편의 단편을 쓴다. 《뉴올리언스 타임스-데모크랏(New Orleans Times-Democrat)》에 「모브리 부인의 이유」, 「수치스러

	운 일」이 실린다.
1894년(44세)	《보그》 2월호에 「점잖은 여자」가 실린다. 「한 시간 동안의 이야기」, 「키스」, 「후회」, 「오젬의 휴가」 등을 쓴다. 3월에 첫 번째 단편집 『바이유 사람들(Bayou Folk)』이 호튼 미플린 출판사(Houghton Mifflin Company)에서 출간된다. 「데지레의 아기」, 「아카디안 무도회에서」, 「바이유 테셰의 신사」 등, 스물세 작품이 수록된 이 책의 출간 이후 단편 작가로 이름을 알린다.
1895년(45세)	「폴리도르(Polydore)」, 「죽은 사람 신발」, 「아테나이즈」, 「두 여름과 두 영혼(Two Summers and Two Souls)」, 「페도라」 등을 쓴다.
1896년(46세)	「아테나이즈」가 《애틀랜틱 먼슬리(Atlantic Monthly)》 8~9월호에 발표된다. 「회복(The Recovery)」, 「실크 스타킹 한 켤레」, 「눈먼 남자」 등을 쓰고 《보그》와 다른 잡지에 발표한다.
1897년(47세)	두 번째 단편집 『아카디의 밤(A Night in Acadie)』이 웨이앤윌리엄스(Way & Williams) 출판사에서 출간된다. 「아테나이즈」, 「후회」, 「편견의 문제」, 「오젬의 휴가」 등, 스물한 개 단편이 수록되었다. 6월부터 『각성(The Awakening)』을 쓰기 시작한다.
1898년(48세)	1월에 『각성』을 탈고한다. 7월에 「폭풍우」를 쓴다. 이 단편은 70년이 지난 1969년에 『케이트 쇼팽 전집(The Complete Works of Kate Chopin)』에서 처음 소개된다.
1899년(49세)	『각성』이 출간된다. 일부 신문에서 긍정적인 평이 있었으나, 당시 여성성에 어긋나는 가치를 조장한다는 이유로 수많은 혹평과 비난을 받는다. 『각성』은 오랫동안 절판되었다가 1960년대와 1970년대에 비평가들에 의해 재발견된 후 문학적 명성을 얻는다.
1901년(51세)	「나무 도끼(The Wood Choppers)」를 쓴다. 이 단편은 이듬해 《어린이의 벗》에 발표된다. 10월에 쓴 「첫 파티」는 사후 1905년 《어린이의 벗》에 발표된다.
1902년(52세)	「폴리(Polly)」가 《어린이의 벗》에 발표된다.
1904년 8월 22일(54세)	세인트루이스 만국박람회에 다녀온 후 뇌출혈로 쓰러진다. 54세의 나이로 세인트루이스 캘버리 묘지에 묻혔다.

에디션 **F 07**
케이트 쇼팽 단편선

편견의 문제

1판 1쇄 찍음 2022년 3월 12일
1판 1쇄 펴냄 2022년 3월 22일

지은이 케이트 쇼팽
옮긴이 정주연

주간 김현숙 | **편집** 김주희, 이나연
디자인 이현정, 전미혜
영업·제작 백국현 | **관리** 오유나

펴낸곳 궁리출판 | **펴낸이** 이갑수

등록 1999년 3월 29일 제300-2004-162호
주소 10881 경기도 파주시 회동길 325-12
전화 031-955-9818 | **팩스** 031-955-9848
홈페이지 www.kungree.com | **전자우편** kungree@kungree.com
페이스북 /kungreepress | **트위터** @kungreepress
인스타그램 /kungree_press

ISBN 978-89-5820-762-7 04840

책값은 뒤표지에 있습니다.
파본은 구입하신 서점에서 바꾸어 드립니다.